U0140898

主编　苏颂兴　刘永良

让青春的日子阳光灿烂

青春健康项目的理论与实践

上海市计划生育协会青春健康项目丛书

上海人民出版社

目　录

序言　谢玲丽/1

前言　孙常敏/1

第一章　青春期：人生的急风暴雨期/1

青春期提前的实证研究/1

青少年成长事务的起点/5

青少年性的需求与矛盾/7

关注少女妈妈/13

性教育的困惑与抉择/17

第二章　反思传统的青春期性教育/27

传统中国性观念的历史衍变/27

风险社会的视角:性知识、性安全与性道德/33

赋权:我国青春期性教育的首要目标/38

性教育的突破:观念与方法/42

第三章　青少年生殖健康项目在海外的兴起及引进/47

美国的非政府组织 PATH/47

ARH 与青春健康项目/48
PLA:参与式学习和行动/53
青春健康项目的总体部署/56

第四章　青春健康项目在上海的试点与实践/61
青春健康项目实施前的调查准备/61
青春健康项目的方案与实施/70
青春健康项目的监督评估/85
青春健康项目的成就、经验与发展/88

第五章　新兴的 PLA 是一门实践的学问/96
诊断工具与评估方法/96
PLA 的原则与特征/101
PLA 的实现途径与技巧/104
PLA 在生活技能中的应用/116

第六章　PLA 在生命教育和同伴教育中的应用/121
生命教育与 PLA/121
同伴教育与 PLA/135

第七章　亲青服务与青少年社会工作/145
亲青服务与青少年社会工作的关系/145
性别、角色与社工价值观/147
艾滋病、公共秩序与社工伦理/152
吸毒、违法犯罪与社工作用/157

性行为、人际关系与社工技巧/161

第八章　亲青服务培训的科学化/167
亲青服务的基本特征/167
服务方式的多样化/170
交流咨询的艺术化/173
干预策略的最优化/187

第九章　青春健康项目监督的定量评估/192
青春健康项目涉及的监督评估/192
监督与评估系统/196
培训效果的评估/204
服务效果的评估/210
政策环境的评估/216

第十章　青少年生殖健康项目的比较研究/220
国际比较研究:社会与文化/220
城际比较研究:政策与法规/223
区域比较研究:创新与特色/230

第十一章　青春健康项目的战略发展思考/237
专业队伍拓展的长效机制/237
市场化服务的可持续运作/240
建立社区工作的制度/243
推进流动人口的服务/248

加强实践探索和理论创新/251

第十二章　青春健康教育理论的发展趋势/255

人口数量与质量的远景/255

以人为本与人的全面发展/262

和谐社会与公共政策的完善/270

青春健康教育的新起点/274

后记/280

序　言

青少年是祖国的未来,民族的希望。在青少年身上我们可以看到社会的形象。青春期是人的生理、心理发展的关键时期。在对青少年进行科学文明进步的世界观、人生观、价值观教育的同时,加强性与生殖健康教育,倡导健康的生活方式,将有利于青少年的健康成长、未来人口整体素质的提高和现代化合格建设者的培养。

青少年性与生殖健康教育是一项前瞻性、探索性的工作。为了推进这项工作,上海市计划生育协会在多年来进行青春健康国际合作项目的实践基础上,组织专家撰写了《让青春的日子阳光灿烂——青春健康项目的理论与实践》一书,引入了国际上先进的理念和方法。该书的出版,将为各级政府、有关部门,以及青少年性与生殖健康教育的工作者,提供科学决策、科学管理和规范操作方面的有益参考。

加强青少年性与生殖健康教育是一项

全新而严肃的工作。我们要以对青少年负责、对上海的未来发展负责的态度,积极开展青少年性与生殖健康教育,不断提高青少年的综合素质,促进青少年健康、全面发展,使广大青少年成为身心健康的有用之才,为上海的现代化建设贡献智慧和才华。

谢玲丽

(上海市人口和计划生育委员会主任)

2006 年 10 月

前　言

青春期是一个性开始走向成熟的时期。从此，生命向后延续的十多年里，一个青年人将谱写人生精彩的篇章：为国家做贡献、为事业创成就，同时也为自身的发展——寻觅异性对象，完成恋爱、结婚、组建家庭、养育子女等一系列的活动。

毋庸讳言，性是人生的重要组成部分。因此如何引导青少年进行正常的异性交往、如何帮助青少年接受健康的性教育，成为家庭、学校和社会必须认真面对的重要课题。西方把这一教育叫作“生殖健康教育”，在我国其含义更宽泛一些叫作“青春健康教育”。从性教育的时代特征出发，许多专家和学者指出面对这一现实课题我们必须把握好三个方面的内容。

一是性的安全和健康教育。当代青少年生活在改革开放的时代。西方生活方式，尤其是性的观念已经通过各种渠道渗透到他们的头脑中，但他们往往忽视了性的安全和健康。今天，当艾滋病和各种性病在我国迅速蔓延正在严重威胁人类健康的时候，从安全和健康的角度对青少年进行性教育，并提高教育的实效性，显得尤为重要。

二是性的权利和义务教育。人类在享受性爱幸福和愉悦的同时，要为配偶、家庭和子女尽自己应尽的义务。在这方面，当代青少年往往缺乏必要的责任意识。特别是有的青少年会把结婚以后的事情提前到结婚以前来做，当自己还是个孩子需要父母照顾的时候却当上了“少女妈妈”。作为独生子女的他们在物质生活精神生活中都享受着来自家庭和社会无尽的关爱，但没有学会付出。特别是对以“付出”为本质特征的爱情，他们缺乏一个全面的认识和准备。

三是与性相关的价值观教育。且不说不同的价值观决定了未来不同的择偶标准，就是连今天青少年与异性交往或选择青春偶像，也同样受到影响。在他们的心目中，“帅”或“靓”或“酷”是唯一的，有的价值取向在市场经济条件下出现了明显的世俗化倾向，注重经济实力而忽视人品、性格。性教育所涉及的价值观教育，关乎其未来生活的幸福感受、质量和水平。

在对许多国家和地区的青春期性教育进行考察之后，我们发现，尽管各国和地区存在着文化背景、历史传统、观念习俗等方面的明显差异，但无论是生殖健康教育还是青春健康教育，在确定青春期性教育的目标、任务和功能上，依然表现出相当的趋同性。这为比较研究、相互学习提供了基础，概括起来有四个共同特征：

第一，以人为本。各国各地区的性教育都立足于本国本地区青少年身心发展的现状，结合本国本地区社会文化背景，制定相适宜的整体化教育目标。因为成长中的青少年，其感情、态度和认知是一个整体，不可能单打一去完成认知目标，而无视感情、态度目标的存在。处于青春期的所有孩子，不管男孩女孩，也不管行为越轨与否都要接受性教育，不能有“被遗忘的角落”。

第二，任务明确。性教育贯穿于人生的各个阶段，但每个不同的阶段都有不同的性教育任务。青春期性教育，应该是人生命历程中一个特殊阶段的教育，其教育任务有着阶段性和层次性的特点。孩子处在什么阶段，就完成什么阶段的性教育任务；不同孩子有不同的需求，要有针对性地开展不同的性教育，一切都因人而异。因此青春期性教育，是一项具体而细致的教育。

第三，伦理至上。性教育发展到今天，各国各地区的专家学者和青少年教育工作者取得了共识，即应当把性道德、价值观教育放在青春期性教育的核心位置。仅传授性知识、性技巧是远远不够的，缺失了性道德的性行为，无异于动物性的本能。因此，性的自然科学知识是教育的认知基础，性的社会科学知识是选择性行为的基本依据，而性伦理性道德的培养和树立是性教育的最终归宿。

第四，正面引导。在过去较长的时期里，各国各地区青春期性教育主要是帮助青少年解决避孕、性传播疾病、性障碍等一系列问题，整个教育的功能处于消极应对的状态。这样的教育是不能从根本上解决问题的。近年来，这一教育已经逐渐从发挥其解决青少年问题的限制性功能转向鼓励青少年主观能动意识的发展性功能，也就是说，从其发挥矫正的功能开始，逐渐走向重视培养的功能；从其强调满足个体需要的功能开始，逐渐达到重视发挥其社会的功能。

这些共同点在客观上也是青春期性教育时代特征的体现。比如，“伦理至上”所体现的权利和义务教育，“正面引导”所体现的与性相关的价值观教育等。它们强烈地反映了性道德观念、性价值观对于生殖健康教育、青春健康教育的重要意义。

其重要意义首先在于,正确的性道德观念和性价值观,可以使青少年正确控制性生理本能和性的欲望,避免做出不理智的性行为。其次,正确的性道德观念和性价值观,可以使青少年恋爱及建立未来家庭有一个健康的开端和健康的发展方向,有利于双方感情建立在道德原则基础上,从而获得稳固的、长远结合的保证。再者,正确的性道德观念和性价值观,可以使青少年性行为趋于完善,达到升华的境界,即用社会的、道德的理性的力量来掌握、驾驭生物的、本能的、感性的力量。

这些共同点为我们提供了相互学习借鉴的基础,更重要的是为我们打开了开展具有中国特色的生殖健康教育,即青春健康教育的大门。

那么如何引进国外先进的性教育理念和方法,如何开展有中国特色的青春健康教育,正是本书撰写的目的。作为一个指导原则,在这里,我们要引用两段精辟的论断:

世界卫生组织人类生殖规划署亚太地区负责官员王一飞教授说,我国的青少年青春期性教育既要顺应时代开放的潮流,正视当前存在的问题,采取更为开放的态度积极引导和疏通,同时也不能照搬照套西方国家的经验,因为性教育问题不仅是生物医学问题,还涉及到道德、信仰、文化、传统等方面,所以要因地制宜,根据不同民族、不同地区、不同的经济发展水平和不同的人群,采取不同的教育模式。

我国著名的医学专家吴阶平教授认为,青春期教育是针对青少年进入青春期生理和心理的特点进行的,从总体上说是人格教育、人生教育、思想道德教育、爱国主义教育、遵纪守法教育、性知识和性道德教育等方面的综合性教育。他还指出，性知识教育可以指导青少年保持性的生理和心理健康；而性道德教育则能够帮助青少年在顺利完成青春期转折过程中建立起高尚的情操；在性观念上的自尊、自重、自爱教育，有利于青少年人格的健全发展。

现在我们的青春健康教育正是沿着这一方向开拓前进。2000年，中国计划生育协会与美国帕斯(即 PATH)适宜卫生科技组织合作，在全国12个省会城市和单列市的城区和部分农村，开展“促进中国青少年生殖健康”国际合作项目(简称青春健康项目)。上海作为12个城市之一，自始至终参加了项目的准备、培训、调查和实施方案设计等工作。经过五年的努力实践，取得了显著的成效。

本书对该项目进行了较为全面的研究和阐述，其框架和结构主要体现在：

第一部分是开展青春健康项目的背景，包括：青春期是怎样一个人生的特殊期？指明这是青少年生理心理发展的急风暴雨期；对传统青春期教育进行反思，提出颠覆传统观念的重要性；介绍国外生殖健康项目的兴起和发展趋势，以及这一项目引进的过程。

第二部分是开展青春健康项目的方法，包括：参与式学习和行动(英语的缩写为 PLA)是怎样一门学问；它在生命教育和同伴教育中的运用；它与亲青服务以及亲青服务培训的关系，阐明了在实践中它如何运用于青少年社会工作，在理论上它如何通过多样化、艺术化和最优化来体现发展的科学化。

第三部分是青春健康项目的自身研究，包括：项目培训效果、服务质量和政策环境监督的定量评估；项目的国际比较、城际比较和区域比较研究，分别从社会与文化、政策与法规和创新与研究的角度加以分析。

第四部分是青春健康项目的展望，包括：青春健康项目的战略发展思考，从不同的侧面如专业化队伍、市场化服务、社区工作制度、流动人口服务提出了各自的对策；青春健康项目教育理论的发展趋势，从人口数量与质量的远景、以人为本与人的全面发展、和谐社会与公共政策的完善三个不同角度来阐述青春健康教育的新起点。

目前，中国人口总量已经突破13亿，到2010年将接近14亿，2030—2040年再达到15亿左右后，有可能逐渐转向零增长。显然，控制人口数量，提高人口素质，特别是提高年轻一代的人口素质（包括科学文化素质、身体素质和道德素质），已经成为我国人口发展战略的首要任务摆在我们面前。英国作家狄更斯在他的名著《双城记》开头的那句话是："我们处在一个最美好的时代，但是我们又处在一个问题多多的时代"。从发展眼光看，挑战与机遇并存，我们要解决许多过去不曾遇到的问题，而解决新问题，寻找新的发展机遇，就首先需要提高年轻一代的综合素质，只有青年人才是未来中国的希望，只有年轻一代的不懈努力才能展现出和谐中国的蓝图。

孙常敏

（上海市计划生育协会常务副会长）

第一章

青春期：人生的急风暴雨期

进入现代社会以后，人的青春发育提前了。这种提前现象主要见于世界各国经济文化生活水平较高的城市中。其主要表现为女孩月经初潮和男孩首次射精的年龄均有不同程度的提前。

青春期提前的实证研究

许多研究表明，世界范围内，在过去的100年间，女孩的初潮年龄大约提前了3年。第二次世界大战以后，在那些经济发达的国家，青春发育提前的现象特别明显：瑞典、挪威、芬兰、丹麦、荷兰、英国和美国，女孩月经初潮年龄平均每10年提前4个月；日本青少年早熟的速度超过了欧美，女孩月经初潮年龄在1961—1972年间提前6.8个月。在我国也有调查结果显示，北京、上海和武汉等大城市女孩的月经初潮年龄1960年平均为14—15岁，1990年提前到了12—13岁。现在发达国家女孩初潮年龄提前趋势已基本稳定，但发展中国家这种趋势大约还要持续。

究竟是什么因素促使人的青春发育提前？十年前人们认为这主要是经济发展生活提高营养丰富的结果，而现在这一见解已被各种研究结果所取代。虽众说纷纭,但都能自圆其说。这样,青春期提前的原因在某种程度上似乎变得“模糊”了。因为任何青春期提前的理论都是一个(群)特殊对象的特殊状况,结果相同,个个有别。但是不管怎么说,有关青春期提前因素的研究,昭示了这一现象提前的复杂性以及国际社会对这一现象的广泛关注。

有一点是肯定的,即青春期提前与多种因素有关,单一因素已经不能完全解释这一变化,它是多种因素综合作用的结果。

下面我们一起来检索近年研究青春期提前因素的文献:

一是在饮食和营养结构变化的情况下,种族因素与青春发育提前相关。

《美国公共卫生杂志》2005 年第四期发表北卡罗来纳大学林达博士的一项研究成果,研究规模为 6 500 个样本。作者认为,青春期提前不仅与儿童肥胖症发生率密切相关,而且与种族也有关联。其研究发现,黑人女孩与白人女孩相比,月经初潮发生在 11 岁之前的可能性要高 55%,而西班牙裔女孩比白人女孩高 76%。亚裔女孩在 14 岁或 14 岁以上进入青春期可能性要比白人女孩高 65%。而这些现象都和女孩的体重有关:月经初潮在 11 岁之前的女孩中有 40%超重,而在 11 岁之后发生月经初潮的女孩中超重的比例只有 25%。

二是儿童青少年长时间暴露在电视等人造光源下,就有可能导致性早熟。

有学者认为,儿童过多地看电视会导致青春期的提前到来,而影响青春发育的,是其体内被称为“睡眠激素”的褪黑激素,即褪黑激素越低青春期提前的比例越高。据英国《新科学家》杂志报道,佛罗伦萨大学罗伯特等人的研究结果支持了这一假设。他们对

74名年龄为6—12岁每晚平均看3小时电视的儿童进行了观察，并且测试了其体内褪黑激素的数值。研究的前7天，他们要求这些孩子比平时多看电视，结果其体内褪黑激素都有所下降；之后7天，他们又不让这些孩子看电视，结果其体内褪黑激素平均上升30%。因此他们认为，电视机的普及为青春期的提前推波助澜。

三是一些化学物质对青春期发育的提前负有“不可推卸”的责任。

在从印度和哥伦比亚等国移民到欧洲的儿童中，一些女孩乳房8岁就开始发育，月经10岁就已经来临。人们把这种现象归结为营养的突然增加。因为这些孩子在移民前缺少食物而发育缓慢，但移民后获得了足够营养而发育迅速。比利时研究人员经过对照组的比较研究，得出杀虫剂与移民孩子青春期发育提前存在某种相关性的看法：26个移民孩子中有21人青春期发育提前，血液中DDE的水平较高；15个相同年龄但未进入青春期的比利时儿童，只有2人血液中检测到了DDE。他们由此推论这些青春期发育提前的儿童，有可能是杀虫剂DDT“刺激”的缘故。为了进一步确定DDE具有类似雌激素的作用，对控制性和青春期发育具有重要作用，他们在老鼠身上做了试验。结果发现，DDE可以促使大脑释放出刺激发育的生化信号。一些专家认为，影响青春期提前的化学产品包括杀虫剂、抗生素、兴奋剂、性激素、生长激素、添加剂、洗发精等，以及二恶英和家庭装潢材料中的许多化学物质。

四是吸烟与喝咖啡对处于青春期的孩子来说，也成了直接或间接发育提前的因素。

美国有项调查结果表明，在怀孕期间依然喜欢抽烟的女性，其女儿通常会比那些母亲怀孕时不抽烟的女孩早发育2个半月；这种影响对不同种族的人也有区别。比如，在那些孕期每天至少吸一盒烟的白人母亲中，她们的女儿比那些不抽烟的白人母亲的女儿发育提早 2 个月；而在吸烟的黑人母亲中，她们的女儿要比那些不抽烟的黑人母亲的女儿发育提前 6 个月。

不久前，加利福尼亚健康研究中心的格尔博士和他的助手发表了一个报告。报告指出，那些长期喝咖啡的女孩月经初潮时间通常比那些喝茶的女孩要早。他们的调查还发现，孕期经常喝茶的母亲，其女儿的发育时间会比正常年龄晚 5 个月左右，在那些发育较晚的白人女孩中，其母亲确实有 70%是非常喜欢喝茶的。

五是女孩与父亲关系的好坏对她们何时进入青春发育期有影响。

一位美国学者对 173 名 5 岁前进幼儿园的女孩及其家庭做了调查，这项调查表明，社会因素（家庭关系）同样会影响孩子的生理发育：与父亲关系特别好的女孩青春期发育迟于那些与父亲关系一般或关系不太好的女孩。调查发现，没有父亲的女孩和受到父亲辱骂或父亲对其持否定态度的女孩，她们的青春期出现得较早；反之出现得较迟。因此父亲在生活中对女儿投入的多少（关心程度和持肯定态度）不仅影响女儿的心理，也影响女儿的生理发育。女孩青春期发育的提前在很大程度上是父亲对女儿否定性态度和关心程度不够的一种反馈。母亲对女儿的上述影响则远不如父亲大。

英国路透社报道了另一项研究，这项研究共有 87 名青少年女性做样本。研究认为，女孩会受到非血缘关系男性的性激素影响，从而促进其性的发育。也就是说，如果有继父或另一个男人进入母女生活，女儿发育提前的可能性就更大；并且顶替父亲的这个人进入家庭时女孩年龄越小，她发育的时间就越提前。如果母亲有抑郁症，也会使女儿的青春发育提前。

此外，还有一些因素涉及到青春期的提前问题，在此我们不再一一列举。我们之所以做较详细的文献检索，目的在于说明当今社会生活对青少年生长发育的重要影响，由此认识协助青少年完成成长事务以及加强青春期教育的紧迫性。

青少年成长事务的起点

在人的一生发展中，青春期是青年期的起点。我们知道，青年期是一个有着丰富内涵的时期。有学者（如 E. 哈维格斯特）从人的发展与教育的角度，提出了青年发展的十大任务，即学习与同龄男女的新的交际；学习男性或女性的社会角色；认识自己的生理构造，有效地使用身体；从情绪上独立于双亲或其他人；有信心实现经济独立；选择和从事职业；作结婚和家庭生活的准备；发展作为公民所必需的知识和态度；追求并实现有社会性责任的行为；学习作为行动指针的价值与伦理体系。也有学者（如日本桂广介）曾把青年的基本课题概括为五个方面：同朋友的正当交际；同异性的正当交往；从家庭的监督下独立；计划未来的生活；确立人生观和价值观。

无论从哪个角度看，认清性别角色、把握异性交往都是青少年成长中的起点或重要内容。当今青年成长事务呈现了许多新的变化，认识这些变化着的青年成长事务，有利于我们有针对性地做好当代青少年的工作，尤其做好青春期的性教育，为他们提供有效的广泛的社会服务。

要认识青少年的成长事务，作好青春期的性教育，我们必须看到这样一个背景:当代青少年跨入现代社会变得曲折困难。比如,社会生活的急剧变化使缺少历史参照经验的青少年在跨入现实社会时,容易变得迷离而恍惚。青少年在把握个人与异性关系上,会引发这样那样的矛盾和冲突;青少年获得了广泛的选择范围和机会,同时也增加了选择的困难。再比如,“代沟”在社会变革中更为突出。社会变革客观上使两代人产生不同的切肤感受,形成有明显差异的观念行为,在包括性观念性行为在内的许多方面产生一次次碰撞、冲突和对立。虽然两代人之间的各种差异,主导面是与社会进步同向的,但代际缺乏相互理解和信任,是青少年进入现代社会所遇到的又一难题。

因此,当代青少年面对着前所未有的成长烦恼。青春期方面的烦恼主要表现在:

首先,心理发展和社会性成熟滞后,造成青春期焦虑。

一方面当代青少年的生理发育提前,心理发展滞后,另一方面其社会性成熟期如今也推迟了,因为工业化和城市现代化延长了人们接受教育和智力训练的时间。这意味着,在今天一个人要成为社会所需要的人,需要更多的时间和更艰苦的努力。限于经济上、精神上的各种条件,青春期焦虑便接踵而来:体象烦恼、性梦烦恼、手淫烦恼、初恋烦恼,一部分青少年的婚前性行为也发生了。

其次,角色模糊与自控力差,引起青春期角色冲突。

角色冲突在青春期成长过程中具有典型意义,它常常由个体自控能力不足而产生一念之差引起。如有人明明扮演着朋友的角色,内心却以恋人或情人角色自居,这种角色冲突短暂而激烈,一时冲动便决定了行为的结果。事后,他们都会因此而感到焦虑不安,内疚自责,以至抱憾终身。角色冲突属于意识范畴,是社会存在的反映。强调这一点，是为了认清社会发展背景与当代青少年发生角色冲突的关系。也就是说，现代社会赋予人们更加丰富的角色类型、角色要素、角色内容，个体进行角色冲突调适的任务大大地加重。

再者，精力旺盛与追求享受，导致青春期行为偏离。

在生产能力增强和物质丰富的背后，当代青少年出现享乐主义的膨胀。好逸恶劳成为当代西方青少年的一股潮流，就连已患了“劳动中毒症”(劳动过度)闻名于世的日本，其后代今天也成了追求享乐的“新人类”。一家颇具权威的日本广告公司进行了调查，表明有 68.5%的青年都说他们活着就是为了享受。享乐主义盛行的一个指向是追求性的解放，部分青少年为此铤而走险，走上犯罪道路。

在闲暇时间及个人自由支配时间增加的背后，还出现精神变态的群体。新技术的广泛运用，一周工作日的减少，在客观上增加了人们的闲暇时间，使人们通过闲暇消遣来寻求自我表现和塑造个性。问题是在这同时也使部分青年人变成“新部落”：从美国的嬉皮士到英国的崩克，从日本的暴走族到法国的“左派”，他们企图挣脱传统理性文化所给予的精神重负，刻意追求一种感性上的满足，放浪形骸，玩世不恭。虽然当年性革命的发生不能和这些群体划等号，但这些群体中的许多骨干是性革命的鼓吹者实践者。自由的休暇生活，为他们反抗现实创造了某种条件。

青少年性的需求与矛盾

在我国，一些学者将青少年性意识的表现和发展划分为三个阶段:交往疏远期、异性狂热期和浪漫恋爱期。交往疏远期从儿童末期开始,到少年中期结束,女孩在这一时期表现得更为明显,她们羞于同男孩接触。女生与男生同桌要划"三八线",就是非常经典的故事。异性狂热期从少年初、中期开始,到青春期的中、后期结束,属于青少年异性意识的表现和发展的重要阶段。"早恋"、"定情"等等,在中学里司空见惯,不过这些想象只能与男女同学之间的正常交往、相互"好感"和"吸引"划上等号。浪漫恋爱期从青年初期的中后阶段开始,是青春期异性意识发展相对成熟的阶段,应该是青年进入恋爱收获爱情的时候了。

广义的性意识包括性情感、性观念、性需求以及对性的自我调节等,是性心理活动的重要内容。既符合社会道德规范又有利于自己身心健康发展的性意识,才是健康的性心理。它具有正确的性别认同、正确的性对象和正确的性行为意识;正常的异性吸引、从友情到爱情的转化以及情爱与性爱的结合;受健康的性观念、性情感和性意识约束。因此,我们要加强对青少年的性教育,并提倡青少年性心理的自我调节。

我们知道,女孩主要是通过月经初潮、乳房发育、长出阴毛以及女性感体貌,男孩主要是通过嗓子变声、长出阴毛、阴茎勃起、遗精以及男性感体貌,来感觉和体验各自的生理成熟,开始注意异性并对生殖问题产生兴趣。青少年性意识的产生,来源于他们身体上的变化,尤其是性器官、性机能的变化,从而使他们感受到性的兴奋和冲动。这些身体变化使他们开始关注性、生殖知识和两性关系,关注文学作品、医学书籍和影视作品中有关性爱的描写,关心自己的容貌和打扮,并产生与异性交往的愿望。性的需求与矛盾,充分地体现出来。概括当前这方面的问题,主要有:

第一，性知识缺乏与性需求满足之间的矛盾。

我国青少年性生理和性心理的成熟出现前趋态势，性态度更加开放，性道德观念趋向多元，而性教育滞后，这样的矛盾极为突出。

青少年性成熟年龄提前后，许多男孩在小学高年级或初中就有了手淫行为，因为缺乏起码的性知识，他们不知道适当的手淫是正常的。他们对自己的手淫行为感到害怕和耻辱，但又控制不了自己的欲望。据了解，有的孩子每天手淫多达四五次，还排解不开内心的困惑和焦虑，结果是睡眠严重不足，精神萎靡，学习成绩直线下降。

对于这样的孩子，我们首先要改变其认知，让他们懂得性心理与性生理相匹配，即性生理得到满足，性心理就会正常；相反性生理得不到满足，性心理的需求就会更加强烈。其次，需要劝慰引导他们释放自己的性需求，让他们懂得手淫次数因人而异，即只要身体条件能够承受，次数并不重要。

第二，性伴侣确定与性关系游戏之间的矛盾。

可以毫不夸张地说，从异性交往到相恋是从青春期到青年期这一过程的主题。寻找性伴侣是一件非常严肃认真的大事，但许多青少年、青年并没有正确对待或很好地处理。上个世纪60年代西方社会的“试婚”盛行起来，就是一个明显的写照。而今天西方社会又出现了新的被称之为“勾搭”的性关系游戏，取代了传统的男女“约会”，同样说明寻找性伴侣中的问题继续存在。

Hooking up 即“勾搭”的意思。所谓勾搭，是指青少年、青年之间并非情侣的亲密关系，但包括了亲吻和性行为。“勾搭”在媒体报道和现实生活中已经比约会更为常见。比如在美国，在中学和大学校园里，约会和浪漫关系已鲜有所见，而“勾搭”像流行感冒一样到处蔓延。高科技为“勾搭”的流行推波助澜。因为无论在大都市还是小城镇，手机和网络的普及使青少年、青年拥有空前的隐私，因而使得“勾搭”更为容易。

目前还不清楚有多少青少年选择“勾搭”，而不是约会。但最近的研究结果表明，高中生与约会对象之外的人发生性关系并非罕见。2001 年俄亥俄州立博林格林大学进行了一项调查，发现当地 11 年级的学生中有 55％的人有过性经历，其中又有 60％的人表示其性伙伴只是普通朋友。“勾搭”异性朋友多的同学被视为“性魅力足”。所以在他们的眼里，成功者与不计其数的异性约会，而“失败者”只与一个异性约会，或根本就不约会。

随着因特网成为青少年社会生活的一部分，许多青少年把自己的个人简介放到网站上，并在聊天室一呆就是几个小时，目的为了“勾搭”。“勾搭”对青少年造成非常严重的伤害已经显现：15 到 19 岁的少女患淋病和衣原体性病的比例正在直线上升。美国疾病防治中心最新的数据表明，2000 年报告的新发现性病案例中有 48％发生在 15 到 24 岁的青少年之中。

第三，同性恋与同性健康情感的矛盾。

当我们提及同性恋现象的时候，不得不承认这是个极为复杂的问题，因为学术界在法律、伦理、医学等许多领域都对它有争议。有的国家比如法国，甚至通过法律来肯定同性恋的合法性。海外有媒体惊呼：这是 20 世纪影响人类社会发展的十大事件之一。当代社会对同性恋已经采取较为宽容的态度，因为其成因与先天的生理因素如遗传基因、激素水平、大脑结构等有关，但从其成因后天习得的心理因素、社会因素的角度看，童年环境和青春期经历中某些值得我们忧虑的问题，仍然使同性恋被视为必须纠正的和防止的。

比如，青春发育提前的青少年在与异性交往中受挫、异性恋情感没有正常发展而同时受到同性的诱导、童年的性别认同错误等，都是性需求和满足之间矛盾的结果，成为发生同性恋的直接诱因。童年环境（男孩同女孩玩、同女孩游戏等）对人格发展的影响在前，并且影响很大，但青春期的性经验，特别是首次性经验，对人格的发展影响更大更强烈。于是青春期发生的同性恋现象较以往增加了。我们不能把"同性性行为一种性释放方式、一种生活方式"都认同为自然和正常的性取向。

同性恋者的行为纯粹以娱乐为动机，"性就是玩"；纯粹是对性快感的追求，"玩男玩女都一样"。这种没有伦理制约的性行为与动物就没有区别了，也超越了与同性正常交往、建立健康情感的范畴。

有报道称，今天同性恋更多地发生在女孩身上。这是否与我国贯彻独生子女政策后家庭在抚育孩子过程中存在的偏差有联系，我们还没有见到任何有关这一方面研究的报道，更不能从现象上做简单的判断。但是，我国独生子女中出现了比多子女家庭中的孩子有更多的双性化的现象，必须引起全社会的广泛注意。区分并树立性别角色，将有助于人际正常的交往和健康情感的培养。

第四，艾滋病及艾滋病病毒蔓延与青年性的需求的矛盾。

有专家表示，进城务工青年和大学生是艾滋病传播的高危人群。且不说这个立论有无调查数据支撑能否站得住脚，不少人有不同看法，但近年来性观念日益开放，这两个群体对性有着特殊需求，在没有教育没有控制没有干预的条件下，会出现许多与性和性健康相关的问题，包括艾滋病及艾滋病病毒蔓延，人们是不难理解的。

限于篇幅，本章仅就大学生与艾滋病的问题做点分析。1995年前后，我国大学生中就已发现一些艾滋病病毒感染者；2005年4月，一个名叫朱利亚的成为第一个向社会承认“我是艾滋病病毒感染者”的在校女大学生。艾滋病成为大学生必须正视的问题，已是一个不容回避的事实。

2002年湖南某大学艾滋病防治实验室的一份调查报告，从一个侧面告诉我们问题的严重性。这份调查报告显示：过度开放的性观念有可能成为大学生群体中艾滋病传播的高危因素。问卷调查在湖南省4所高校中进行，825名本、专科在校生参加。结果50%以上的人认可婚前性行为，30%以上的人认可有多个性伴和婚外情，16.9%的人认可商业性性行为，约10%的人认可同性爱和同性性行为。过度开放的性观念，以及由于大学生处于性活跃年龄，大多没有经济来源，不具备稳固的性交往条件，所以有许多人会选择多性伴生活方式，使他们更易受到艾滋病的侵袭。就全世界而言，艾滋病病毒感染者70%以上由性接触传播，其中50%以上是14～25岁的青少年。

根据心理学家马斯洛五个层次的需求理论，生理需求是人类的第一需求，没有生理需求的满足就不可能达到其他更高层次的需求。性是一种正当的生理需求，压抑性需求的人无法做到身心健康。但问题是当性需求面临艾滋病的威胁时，我们采取怎样的态度和行为。能使人类最终战胜艾滋病的，不应只是药物、疫苗和安全套，还应包括性道德，即用道德内省抑制性冲动，避免发生混乱的性行为。传统性道德是预防艾滋病“最有效的措施”和“最巨大的卫生资源”。

目前我国社会的现实状况是，艾滋病已经进入了快速增长期。据国内权威机构提供的统计数据，全国艾滋病病毒感染者的年增长率在30%左右。可见预防艾滋病及艾滋病病毒蔓延，是青春期性教育亟待解决的一个大问题。

关注少女妈妈

作为青春期性需求与矛盾的最严重的后果之一，要数少女妈妈的问题了。现在不仅在西方国家，甚至在经历长期封建社会的东方国家包括中国在内，少女妈妈已经或将要成为一个突出的社会问题。

如前所述，世界范围内当代青少年性成熟一般提前到了12岁至13岁左右，为这种“早熟”提供的相应性教育和社会服务、社会保障却严重滞后。许多青少年主要通过网络、黄色录像、黄色漫画、与同学交流黄色笑话等“地下”渠道得到性知识，尝试婚前性行为。正是对婚前性行为准备不足，许多青少年怀着侥幸心理没有或很少考虑其行为后果，有的则认为一旦怀孕大不了去做人工流产罢了，他们根本就没有认识到“人流”手术将对身体和精神造成多大的伤害。

少女未婚先孕好像没有成熟的青苹果，苦涩难尝。她们中的绝大多数在怀孕后都会瞒着父母，因为没有钱进不了费用高的大医院，于是只能选择卫生、设备、医术条件差的小医院小诊所去做流产。这就给许多少女造成后遗症：有的少女在频繁“人流”后失去生育能力，永远失去了做母亲的资格；有的少女妈妈被男方遗弃，使孩子永远失去了父亲的爱抚，不仅给自己而且给家庭和“没身份”的孩子留下不可磨灭的心灵创伤；有的少女还会产生“破罐子破摔”的心理，报复男人报复社会，进而发生精神错乱或滑向犯罪的深渊。

据世界卫生组织的统计，全世界每年有 1 400 万青春少女生育，其中非意愿怀孕的为 440 万人。在俄国 15—17 岁的少女妈妈达 4 万人，60%的少男少女在 17 岁前有性行为。在法国，1999 年有 1 万名少女怀孕，6 700 人堕胎。在英国，1997 年少女怀孕为 9 万人，其中 14—16 岁的为 8 000 人，14 岁以下的为 2 200 人。

另据世界卫生组织的统计，英国的少女生育率一直在欧洲排名第一。英国 16 岁以下少女的生育率为千分之 10.0，是德国的 1 倍、法国的 2 倍、荷兰的 5 倍。我国台湾 15 至 19 岁少女生育率为千分之 12.95，少女生育率已高居亚洲之首，是韩国的 4.6 倍、日本的 3 倍、新加坡的 4 倍。

少女妈妈之所以成为一个严重的社会问题，还在于这一问题给社会带来的沉重负担。请看下面的数据：

以美国加州的一些城市为例，假如一个 18 岁以下的少女生了一个孩子，不知道孩子的父亲是谁，自己又没有工作，当地政府每月要给这个孩子 700 美元现金、300 美元食品代价券，有时还给 200 美元购买衣服鞋袜的代价券。奶粉是每星期免费发送的。

再以英国为例，政府规定 16 岁以上的少女妈妈在抚养婴儿的过程中可以得到地方服务机构的各种帮助；16 岁以下的少女妈妈可以申请失业救济、婴儿补贴和住房补贴等。英国少女妈妈每人每周可以向政府领取 82 英镑的收入补贴，政府为此而拨出的补贴每年高达 40 亿英镑。为在 2010 年前将少女妈妈的人数减少

50%，英国政府在2000年拨出了6 000万英镑的专款。

对于越来越突出的少女妈妈现象，我们究竟如何来认识？许多专家学者提出了非常深刻的见解。他们经过调查后认为，“性开放”并不是全球少女“未婚先孕”现象的主要原因，“性盲”才是其中更重要的因素。有鉴于此，为解决少女妈妈的社会问题，政府的工作重点就不仅仅是帮助她们解决经济困难，而应该是引导她们如何防止成为少女妈妈。用中国的古话来说，就是“授人以鱼，不如授人以渔”。也就是说，不仅要提供免费的避孕服务、性病治疗服务和人工流产服务，进行怀孕后处理，还要为青少年提供性知识和技巧。

在美国，性知识和技巧已经非常普及，教育内容非常统一。全国的性教育从小学高年级开始，教师向学生讲解性器官和性行为的正确概念和名称，告诉学生自慰是探索自己身体、了解自己性反应的非常有益的举动，不跟别人有性行为能百分之百地避免性病和艾滋病。教师对各种避孕方法和各种可怕的性病说得特别的仔细，目的在于：你要做什么事情，先要知道后果。到了高中，学生就可以在学校里面领到免费的安全套。

在英国，性教育从10岁儿童开始抓起。政府在全国各地建立300所青少年性教育中心，向他们传授性知识、替他们解答疑难困惑、教他们避孕技巧等，以帮助年少无知、骚动不安的青少年度过青春期。性教育中心概括了青少年在两性交往时要遵循的一个“ABC原则”：A代表Abstinence，意为“避免发生性行为”；如果发生性行为，就要提倡B，它代表Be-faithful，意为“固定、单一的性伴侣”，还要使用C，它代表Condom，意为“保险套”等避孕方法。“ABC原则”颇为有效地避免了青少年当上“小妈妈”、“小爸爸”。

当然，单纯地进行性知识的教育和性技巧的传授是远远不够的，性教育机构的关键，还得加强对青少年的性道德教育。即便像美国那样的性开放国家，回顾其对青少年性教育的历程，我们也会发现，教育者的教育目标越低，教育效果就越差。所以，我们要正视性的教育，使性教育不再遮遮掩掩。而且，还要从道德的角度出发，与其过多地对他们进行避孕知识的教育，不如使他们明确婚前性行为的危害，通过道德自律使他们自觉地洁身自好。

在我国，少女妈妈问题的严重性也已经凸现出来。据不完全统计，在我国每年的怀孕流产人数中，未婚流产数占 54%，其中 18 岁以下的青春期少女要占到人流总量的三分之一。

少女妈妈问题开始引起社会的关注，有的地方采取了一些措施。比如共青团长春市委和少工委联合吉林省生殖保健医院等相关单位，共同组建了长春市少女救助中心，以避免怀孕少女到不正规的诊所就医所产生的严重后果。少女救助中心严格实行保护性的医治，在充分尊重、保护个人隐私的前提下，开展青少年生殖健康知识免费咨询服务，对青少年紧急避孕方法进行指导，以及对意外妊娠的少女进行终止妊娠手术等。据悉，少女救助中心将适时申请成立基金会，为救助行动提供物质保证。

上海市计划生育技术指导所发布的一份统计资料显示，许多青春期性行为发生在 16 岁前后，16 岁已成为青春期性困惑的一个“坎”。上海成立了首家“青春关爱俱乐部”，专门为 10—19 岁青少年提供性教育和生殖健康教育服务。这个机构以“俱乐部”而不以“医院”或“诊所”命名，是恰到好处的，它能够让青少年在毫无心理压力的情况下去接受它的服务。这个机构在成立后的 2 个月内共接到 255 个咨询电话，其中 16 岁少年打来咨询电话的占了三分之一，坦言首次发生性行为的占34.8%，到医院做过人工流产的"少女妈妈"占了24.4%。可见这样的机构深受青少年的欢迎。

虽然我国在为少女妈妈的服务方面已经迈出了第一步，但是作为这一服务重要部分的性知识和技巧的普及教育，却至今未能在成年人和青少年中获得认同。2005年，一项由来自41个国家、超过31.7万人参与的全球性网络调查让我们感到，在中国推行健康的性教育来防止少女妈妈现象已是刻不容缓的一件大事。在这项调查中，98%的受访者都认为青少年应该从16岁甚至更早开始接受正式性教育，而中国的受访者则普遍认为这是没有必要的。

看来我国需要通过宣传，影响舆论，来改变包括青少年在内所有民众的观念，必要时还得运用强制手段或途径来推进青少年的性教育，比如立法。现在已经有专家提出制定一部《性教育促进法》的建议，虽然一部新的法律的起草和颁布过程并非易事，需要经历一个漫长的过程，但这一建议本身依靠媒体力量也起到了宣传的作用。总之，为解决少女妈妈的问题，要让更多的人出更多的主意参与进来。

性教育的困惑与抉择

青春期性教育是现代人在青少年教育中面临的一个棘手的难题。这里，我们先分析一下海外性教育的现状。

（一）海外青春期性教育的现状

从20世纪50年代末60年代初性教育被提上议事日程以来，其争论在西方一直没有停止过。当前海外性教育争论的焦点是：

1. 性纯洁教育与性安全教育

在美国，少女妈妈每年耗费政府450亿美元，因此主张青少年禁欲的呼声不断高涨。前第一夫人希拉里说，我们要做的不是控制生育率，而是控制自我。然而，这种做法忽略了个人的独特性和需要，绝大多数的中学在性教育中包含了避孕和比较安全的性行为的信息，而不是把婚前禁欲作为唯一的选择。有人指责，性教育开展二三十年，只见青少年中性罪错的问题越来越严重；有人反唇相讥，教会宣扬贞洁二千年，为什么没有让青少年不尝禁果呢？现在，全美有三分之二的学区（覆盖86%的学生）实施性教育，三分之一的学区（覆盖14%的学生）制定了禁欲的政策；美国南方的学区超过55%的学校制定了禁欲政策（比全国平均水平高20%），而东北部只有20%的学校制定这种政策（比全国平均水平低15%）。联邦政府对性教育的参与一直是比较有限的，全国各州通过了各式各样的性教育法律。

2. 人格为基点的性教育与知识技巧为基点的性教育

一些国家和地区的性教育非常强调两性教育。比如加拿大在其性教育中，特别地关注男女平等，甚至把它列入公民教育的范围。有许多专案计划，鼓励女生修读传统上认为男性"专利"的数理科目；详细审阅各种课程和教材，以确定有没有性别偏见的成分。当然，女权主义者也不得去担当两性教育的任务。他们认为，性知识和性技巧教育不是性教育的全部，应该把两性问题摆到重要地位，因为这涉及人格的发展和完善。在我国台湾，性教育相当保守，以至于著名的"张老师"这样的教育机构开始涉足青春期性教育后，社会舆论竟然把它改称为"黄老师"。台湾"教育部"大力提倡的是两性平等的教育。1997年，从上到下成立各级"两性平等教育委员会”，制度化地推动以两性平等为重点的性教育。由此，让青少年学习两性的知识、接受有关性方面的心理咨询和辅导、防止学生从色情网站或BBS中习得偏差的两性教育。从两性平等入手进行性教育，不仅突出了人格教育而且似乎更符合中国的传统文化。

3. 课程化性教育与非课程化性教育

性知识贫乏与滞后，而性态度却日益开放，这在青少年中很普遍。针对这种现象，1998年香港特别行政区教育署再次推出新的《学校性教育指引》。与1986年推出的“指引”相比，有三个不同。一是性教育延伸到学前教育及小学；二是过去被歧视的性教育课题，如自慰、同性恋、性骚扰、艾滋病等得到正视；三是编写教材、教案在教学活动中运用。问题是新的《学校性教育指引》属于非强迫性的，只建议学校每星期最少用两堂课的时间，或在学校期末考试结束后来实施性教育。一句话，性教育课程仍不能以独立学科的形式出现，而只能通过正规或非正规课程渗透进行。于是，能否开展性教育取决于学校的重视程度。在相当多的学校里，性教育被视为“闲课”。专家呼吁，应删减一些不合时宜、不能符合学生需要的学科；增加性教育、公民教育、环保教育等“通职”教育学科，即不为考试制度而设立却对学生人格发展产生深远影响的学科。为避免上述争论，英国以建立专门的性教育机构来解决。英国首相布莱尔要求性教育从10岁儿童抓起，在学校传授性知识的基础上，政府在全国各地建立300余所青少年性教育中心以帮助他们度过骚动不安的青春期。

4. 学校承担性教育与家庭或教会承担性教育

支持性教育的人士认为，性教育是一门非常重要并且复杂的学问，必须由学校去完成。其复杂性在于，今天我们已经不能简单地向学生“灌输”一种理念，而要教会他们学会“选择”。反对性教育的人士则认为，性教育是父母的权利，是监护人的责任，这是不能被剥夺的。更有甚者对学校实施性教育表示愤怒，他们认为送子女到学校是去学习知识和技能的，而不是去学习性知识的。如果他们不认同学校性教育，就不准许子女参与这一课程或者另选一所学校。

（二）我国青春期性教育的现状

其实海外关于青春期性教育的这些争论，今天在中国大陆也同样存在。不过，两者的差异也是明显的。如果说西方的青春期性教育强调了性知识和技巧而忽视了性道德教育内容的话，那么中国的青春期性教育则强调了性道德而忽视了性知识和技巧的内容。可惜的是我们一以贯之地强调的性道德有时还夹杂着封建道德的糟粕，把那些糟粕当作传统继承下来灌输给今天的青少年。

曾经有一个个案让我们的心情难以平静：某中学的男生将同班女同学强奸了，事发后老师为了学校名誉鼓励私了，女生家长也怕“丑闻”外扬，结果大事化小，小事化了。我们的性道德及其教育的价值指向竟然保护了侵害者、加害者而不是无辜者、受害者。这样的性道德教育内容是有必要进一步加以厘清的。

1949 年以后的中国，提出过并尝试过青春期教育，但青春期性教育则起步于上世纪 90 年代初。正是由于上述教育内容和指导思想，我们开展了十多年的青春期性教育，至今仍是一锅“夹生饭”。青少年发育提前，渴望了解性成熟、性行为、性心理方面的知识，但得到的解答常常羞羞答答或似是而非。面对已有朦胧性意识的青少年，我们害怕"性教育"变成"性教唆"，于是宁愿背过身去，回避他们各种性的需求和困惑。事实上，青少年接受他们所需要的性教育更多地来自学校和家庭以外的其他途径。

1. 从大众传媒获得性的知识和信息

10到24岁的人口在我国有2亿多，这是一个需要性知识的庞大群体。现在相当程度上，青少年需要的性知识主要来源于报纸、杂志、书籍、广播、电视、音像制品和互联网。各种媒体所发表的许多文学作品，都有情爱情节或细节的描写。有的青少年把它们收集起来，变成了"手抄本"。特别是网络的出现，使原本举步艰难的青春期性教育受到了巨大的挑战，遇到了前所未有的困难。教育界、医学界、社会学界的专家和广大父母，必须正视这一现实。

在网络时代，我国青春期性教育的困惑越来越多。一方面新一代人在性教育的空白或性暗示中长大，另一方面却在网络上接受各种各样的色情信息，接受着错误的性教育。网络应该与家庭、学校一样，肩负着创造文明、科学、健康的性文化环境的责任，要提供健康的性道德和性知识，帮助他们避免生活中的过失和错误、痛苦和不幸。目前，健康教育网站却寥寥无几。

2. 从同伴小群体获得性技巧和性经验

围绕青春期性教育的话题，老师家长欲说还"羞"，但青少年在伙伴和群体中交流起来却是无所顾忌，甚至欲罢不能。特别是那些所谓的性技巧和性经验，乃至若干黄色故事，口口相传，津津乐道，"普及"之快，出乎老师家长的意外。一些青少年接受了这样的"性教育"，便遏制不住自己展开对"性福"的追求。这种"同伴教育"所起的负面作用显而易见。而许多青少年受到"地下"性信息的刺激，更加陷入心理困顿、心理困惑。他们怕老师知道受批评，怕家长知道受打骂，把困顿困惑秘密地藏在心里，从而加剧了内心的性焦虑。

当然“同伴教育”只要好好引导，是可以作为青春期性教育的一种好方式、好途径的，但需要进行适当的培训，并且适宜于高中生、大学生。这种“同伴教育”源于澳大利亚，是对那些有影响力和号召力的青少年(同伴教育者)进行有目的的培训，帮助他们掌握一定的性知识和性技巧，并通过他们向周围的同龄人传播相关的专业知识。在向同龄人宣传时，宣传者自身也得到了再教育。可惜这种正面的“同伴教育”方式在我国尚未大力地推广。

3. 从商业场所设施获得性刺激和性文化

随着改革开放的深入和市场经济的发展，在经济活动中商业文化的发育和生长极为迅速。舞厅、音乐茶座、酒吧、网吧、咖啡馆、卡拉OK、游戏机房等等，如雨后春笋般涌现，它们是许多青少年向往的地方。虽然法律规定，一些场所设施18岁以下未成年人不得入内，但经营者为追求利润，常常违法经营。在市场管理部门执法不力的地方，青少年非常容易混迹其中，受到性的刺激和性文化的熏陶。严重的，在一些场所还会存在性的交易。青少年从这种渠道获得的“性教育”，是一种性的腐蚀。

(三) 青春期性教育基础上试点生殖健康教育

当前在我国，青春期性教育矛盾的主要方面是如何开展的问题，社会和学术界在经历了许多困惑和争论以后，矛盾正在逐步地化解。

化解的标志是确立了“道德的性是美好的”的观点，使青春期性教育逐渐树立起这样的理念：第一，性知识应该正面传授；第二，性知识与性道德教育必须并行。因为传授性知识并不是鼓励青少年尝试性活动，青少年从教育者那里不仅学到性知识，还有社会规范。讳言性知识，片面强调性道德，无法达到疏导青少年性压抑或性膨胀的目的。这是完整的辩证的青春期性教育理念。

具体来说，在青春期性教育中我们开始注意从三个方面来引导青少年培养自己正确的性意识：

1. 培养性的自控能力。情窦初开的青少年与异性交往时难免感情冲动，会有热烈、亲昵的举动，但切不可放纵欲望，把结婚以后的事情拿到结婚以前来做。青少年处于长知识长身体的时期，要把主要精力放到学习中去，而不应沉湎于性幻想、寻求性刺激。

2. 培养异性交往正常心态。正常的异性交往是青少年成长事务的一件大事，在这个环节上出现问题，一个人是无法顺利地完成社会化任务的。所以正常的异性交往将有助于培养青少年对异性的正常心理反应。像种族隔离那样搞“异性隔离”，无异于加剧青少年对异性的恐惧感或神秘感，从而出现性的心理障碍，进而造成人格的扭曲。

3. 培养广泛的兴趣爱好。这是青春期性能量宣泄释放的重要途径之一。也就是说，鼓励青少年多参加有益于身心健康的文娱活动，是为了减少对性需求的关心。总之，培养正确的性意识既是青春期性教育理念的结果，也是实施青春期性教育理念的保证。

今天，国际社会非常关注青少年的性与生殖健康问题，非常强调为青少年提供必要的性与生殖健康信息和服务、非常重视保障青少年获得生殖健康教育和保健的权利，从而帮助他们选择规避风险的行为模式和健康生活方式。

我国政府也积极在全社会倡导关心和重视青少年的性与生殖

健康问题，以健康教育和适宜服务为手段，在改善青少年性与生殖健康状况、创造有利于青少年成长的宽松社会环境方面做出了不懈努力；并且把“青春健康教育”项目在我国进行试点。这使我国青春期性教育的范围或视野被大大地拓宽了。我们将站在青春健康的新高度，重新审视青春期的性教育。试点的成效是显著的，我们将在下面的章节加以阐述。问题是，在面上许多学校和家庭对青春健康的认识是模糊的，甚至还存在误区。主要有以下方面：

1. 有关青少年健康的概念。20 世纪六七十年代，苏联东欧的学者曾经有一种占主流地位的见解，就是青年不存在要研究其健康问题的必要。青年没有病，老年才有病。因此，老年学的研究对象是老年病；青年学的研究对象是人生观。这种观点至今还影响着我们。应尽快改变旧的“健康”观念，要明白健康不仅仅与虚弱或疾病有关，而更多更深地与心理、生理的发展联系在一起，青年健康应该是个体以及与社会相适应的良好状态的总称。

2. 有关青少年健康的现状。目前青少年的健康状况，我们的视野往往停留在近视眼、蛀牙、蛔虫病等传统的“常见病”上。显然，在人们的心目中这些是青少年的健康问题但又算不上什么健康问题。我们对青少年的健康，尤其是心理健康状况如何，没有一个客观的正确的分析和判断。许多青少年研究者、工作者至今把青少年的心理问题、心理障碍、心理疾病、心理压力、心理素质等概念混为一谈，以至许多调查结果要么夸大、要么无视青少年的心理问题，除生理指标外，青少年的其他发展指标还没有制定出来。因此，我们要在弄清青少年包括心理健康在内的健康现状的基础上，全方位地来思考青春期性教育的问题。建议各地各个学校在专家的指导下进行一次心理健康状况普查，从而尽快做好全面调查青少年学生健康状况的工作。

3. 关于青少年健康教育的形式。将性与生殖健康教育纳入学校的正规教育，容易受到传统教育形式的制约。应该说，健康教育不只是一般的课堂教学，而是要用“知”、“信”、“行”三把钥匙开启学生的健康之门。关键是“行”，即指导学生在日常行为上如何保证身心健康。所以，健康教育的形式重在课堂之外。

这三个健康教育上的认识误区，是我国青春期性教育深化过程中的实际状况。

（四）青春期性教育面临的抉择

中国是世界上青少年人口最多的国家。政府充分认识到生殖健康是青少年成长的一部分，强调要为青少年提供科学的性与生殖健康信息、咨询和服务，促进其培养健康的人格，满足其特有的服务需求。推进青少年生殖健康教育，是我国青春期性教育面临的一项重大抉择，这将造福于广大的青少年。

作出这一抉择，体现了我国政府造福青少年的意志和决心。中国是一个发展中国家，欠发达地区的青少年以及流动人口中的青少年，是生殖健康教育及其服务体系难以覆盖的弱势群体。他们受教育程度低，加上特殊的生存状态和生活方式，使其面临着比同龄人更多、更复杂的性与生殖健康风险问题。随着艾滋病和性病从高危人群向普通人群的日益扩散，这部分青少年受到越来越大的潜在威胁。有报告指出，在艾滋病病毒感染者中，19岁以下的儿童和青少年已占到约7.4%。所以困难再大，政府也将为此投入巨大的人力物力和财力。

作出这一抉择，体现了我国政府造福青少年的人文关怀。长期来，我国的生殖健康教育对象是以已婚和未婚来划分的，即只在前者的范围内进行，而且其出发点是计划生育控制人口急剧增长。这是政府的功利性之所在。而现在生殖健康教育要充分重视不同年龄、不同性别、不同生长环境的青少年在性与生殖健康方面的不同特点和需求。这意味着政府的工作转向了以人为本。

作出这一抉择，体现了我国政府造福青少年的措施的科学性。现在缺乏全面反映青少年性与生殖健康状况的全国性信息和连续性数据，是不利于生殖健康教育规划的设计制定、宣传倡导、项目实施和绩效评估的。为改变这种非理性的局面，也为保障青少年在性与生殖健康方面的权利和需求，政府将为此建立完备的政策体系，并完善生殖健康教育和服务的各种机制，使之与国际接轨。

参考文献

张文夫，“电视与青少年的早熟”，《环球时报》生命周刊，2005年8月29日。

“青少年的隐秘情感生活再现性革命”，《国际先驱导报》，2004年6月16日。

苏颂兴，“站在世界和社会发展的高度探索我国青年工作的改革”，《青年发展战略》，国家行政学院出版社2005年版，第60页。

苏颂兴，“关于海外的性教育现状及其争论的焦点”，《性教育与生殖健康》杂志，2003年第1期，第3页。

李银河，《同性恋亚文化》，今日中国出版社1998年版，第28—35页。

第二章

反思传统的青春期性教育

在一种文化中,性教育方法与该文化的性观念密切相关。占据中国数千年主流文化的儒家意识形态对中国性观念的形成有着巨大的影响,这种影响至今不衰。既然谈到"反思传统的青春期性教育",那么必须先认识中国传统的性观念。

传统中国性观念的历史衍变

传统中国的性观念并不如人们以往所以为的那样,一直是禁锢而保守的,似乎性开放观念完全来自西方。研究中国性文化的学者大致同意,宋朝是中国性观念发生变化的分水岭。在宋朝以前,中国的性观念既是开放的,又是中性的,没有宋明理学出现以后所赋予的道德上的邪恶含义。中国在宋以前,性观念从盲目、放纵到自然、开放、宽容,直至宋明之后的禁锢、虚伪。因此我们不得不问,性为什么在后来的历史衍变中被视为是危险的?为什么我们的文化会把性想象成这样。

中国性文化,大约形成于商朝后期到春秋战国时期,这正是原始社会逐步消灭,封建君主制社会的道德伦理体系日益形成之际。

中国古代的性观念在早期儒家学派保存、整理并传授的《易经》中得到较充分的反映与记载。如《易经》将正、负两种作用力分别称为阴和阳，阴阳是使宇宙万物生生不已的二重作用力，这一概念逐渐形成一种哲学体系并为儒道两家所接受和利用。《易经》强调性是一切生命的基础，它是阴、阳两种宇宙作用力的体现。所谓“男女构精，万物化生”①；“一阴一阳之谓道，生生之谓易”②即为此理。性是顺应天命，符合自然的事，只能调节，不应也不能弃绝。

儒家宗师孔子极为推崇的《诗经》，原非严格意义上的儒家经典，305 篇以“窈窕淑女，君子好逑，求之不得，辗转反侧”作为开篇，缠绵悱恻之情思，叩动永恒的心弦。孔子说“《关雎》，乐而不淫，哀而不伤”③。《诗经》有大量男欢女爱的描写，对男女之间的纵情狂欢毫无避讳，有的篇章对性的宣扬不仅直率，甚至是夸张的。孔子对《诗经》的评价实出后人意料之外：“《诗》三百，一言以蔽之，曰：‘思无邪’。”④显然，早期儒家大都能客观地看待性。

秦汉到魏晋时期，两性关系从先秦的自然放纵、调整走向规范、融洽和新的调整。汉代一个奇特的现象是汉代统治者作为个人更倾向于“黄老之道”，但出于社会控制的需要，统治者发现儒家是唯一能为中央集权的帝制提供稳固意识形态的更加实用的思想体系，儒家终于成为中国历久不衰的正统的官方意识形态。也正是从汉朝开始，中国的性文化出现了理想生活与现实生活的严重对立。作为统治者个人他们过着性放纵的生活；作为统治群体，他

---

① 《易经·系辞下》第四章。
② 《易经·系辞上》第五章。
③ 杨伯峻译注，《论语译注·八佾篇第三》，中华书局 1980 年版，第 30 页。
④ 杨伯峻译注，《论语译注·为政篇第二》，中华书局 1980 年版，第 11 页。

们推行儒家两性隔离，成为一种行为规范约束社会和控制社会。但是，道家的思想通过自由知识阶层隐士、神仙家、炼丹家、方士与巫医等逐渐传入民间，并渗透到上层社会，形成原始道教。中国传统性学—房中术，就在道教的外衣下发展并且兴盛起来了。帝王将相，王公贵族、士大夫把他们信奉的纵欲说成是养生长生再至自由飞升。

佛教于东汉初年传入中国，对中国人的性观念并没有真正产生很大影响。这个时期，平民的一夫一妻，上层社会一夫多妻制都已确立，社会对性的控制并不严格，寡妇可以再嫁，"守节"之事非常罕见，离婚之事常有，男女私奔处罚很轻，仍然存在男女野合习俗，女性实际地位并未降到完全的奴隶，同性恋为社会之常有。到了隋唐，社会经济文化繁荣，性开放程度也最大，妇女可以离婚、再嫁，婚前性行为亦较普遍，描写性的书籍与房中术又广泛流传开来，佛教密宗性秘术也传入中国①。

宋朝是中国性观念发生变化的分水岭，以朱熹为代表的理学家主张把儒、道、佛融于一体，用理学统一天下。由此，性观念由松到紧，强调"存天理，灭人欲"、"烈女不事二夫"、"从一而终"、"寡妇不能改嫁"、"饿死事小，失节事大"等贞操观念，使人们的思想受到禁锢，性观念也随之谨慎、保守起来。孔子推崇的《诗经》在自称继承了孔孟道德的大理学家朱熹眼中，则成了"淫奔者自叙"。

明朝是中国社会的一个特殊历史阶段，大规模手工业、商业的发展，造就了一批具有工商业成分的城市，出现了市民阶层。明朝实行严厉而残酷的专制制度，其专制程度超过以往任何朝代。专

① 史成礼：《敦煌性文化》，广州出版社1999年版，第24—25页。

为监视平民言论与行为而设立的东厂和锦衣卫，迫使各阶层人士，从市民、平民到儒生、官僚，都企图在寻找性刺激中麻醉自己，苟且偷生。明代色情文学大兴，固然有突破理学和礼教制造的思想罗网之意，也有对高压社会的一种反动。原来隐蔽地流传于市民阶层和下层社会的性小说，公开而广泛地在全社会流传开来。房中术专著在宋代已基本绝迹，在明代却将医术与色情文学混杂，出现了一个著书高潮，《金瓶梅》、《绣榻野史》等数十种色情小说广为流传，宣扬性享乐主义，甚至出现了世界最早而又举世罕见的同性恋小说，春宫画在明代也达到鼎盛。

1644 年入主中原的满族是游牧民族，社会经济的发展比较落后，文化也不发达，为维持永久统治，清廷从文化上全盘接受了中国封建文明走向颓败时产生的封闭自守的偏执文化——理学礼教。

根据人类学的研究，游牧民族在性上是比较开放、率真的，没有成熟文明那么多清规戒律，这与他们的经济发展水平与文明程度是相一致的。清廷作为征服中原的少数民族，没有像蒙古人入主中原时那样，以蒙古文化取代汉族文化。相反，满族人不仅没有排斥汉族文化，反而全盘接受，其中既有统治的需要，又有对自身文明落后的自卑感。清廷大兴文字狱就是这种自卑意识的变相流露。同时清王室找到一条自认为可以显示其文化"蛮"性成分已不复存在的最佳策略，即在全社会开展一场以焚毁书籍为主的精神禁欲运动，性爱小说被一律禁毁。这标志着宋明以来的性行为禁锢又发展为性的精神禁欲，即从"诛淫行"到"诛淫心"。不管人们是否做出了具体性行为，只要去想，就已经是违反礼教，危害王朝统治，要处以流放和徒刑。中国两千年的性文化传统在这近三百年内遭到严重扭曲，一切与性有关的事物无不遭到厄运，造成全社会谈“性”色变的局面。这种“只许做不许说”观念之后果，就是中国在精神禁欲期间，出现了“性也，为后也，非为色也”的唯生殖主义之势和人口暴长。性禁锢的又一不良后果是人们日常生活中喜欢说色情笑话，开性玩笑，尤其是骂人时污言秽语，即使身为女性也不能免，这个后遗症遗留至今。生活在中国的西方人，对此感受颇深，这也成为不少西方人将中国人列为淫秽民族之列的实据。“十九世纪早期来华的美国人倪维思于 1869 在纽约出了一本书《中国和中国人》，在书中倪维思说中国人在外表上道貌岸然，是可敬可佩的君子，实际上放纵淫荡，他举证的例子就是在中国大众中，一个普遍的习惯是讲猥亵下流的语言，这种习惯似乎已经胜过了西方国家的污言秽语”①。汉语为世界最古老的语言之一，它旺盛的生命力及丰富多彩的表现力令西方人叹为观止，可是汉语中多姿多彩的秽语同样令西方人惊讶不已。性心理学称喜欢说脏话为秽语症，属于性变态的一种——暴露癖。因为在秽语症中，口腔成了快感区。秽语症根本上是一种象征的行为，其动机与出发点是要目击别人在情绪上的难堪，从而使自身得到情绪上的满足。从这个层面上说，秽语症是性禁锢的一种变态反映。

从历史上看，在对待性这个问题上，中国的性观念和性行为是矛盾的。它的矛盾表现在以下几个方面：其一，观念与行为是分离的、非一致的，也就是说，带有约束性的性观念被认为是公共道德和私人道德的基础，但是在现实生活中具体行为与观念是对立的，社会或含蓄、或明确地鼓吹从性的放纵中获得满足。其二，性的话

① ［美］马森：《西方的中华帝国观》，时事出版社 1999 年版，第 200 页。

语在中国社会是禁区，人们闭口不谈，但是却憎恶禁欲主义，奉行禁欲主义的僧侣阶层在中国不受人尊敬，也没有社会地位。其三，男女授受不亲是单向度取向，目的是幽闭女性，男人可以过着放纵的生活。其四，统治阶层信奉儒教，指导乡里小民生活的原则却是佛教与道教低层次的杂乱的糅合体。社会禁止谈性，但并不意味拒绝。统治阶层以纳妾的方式来满足情欲生活，其他阶层由于受经济能力的制约，常见通奸者。尽管明清朝廷不断强调礼教，并对贞妇烈女辅之以国家旌表制度，士人书写节烈，乡里社会宣讲节烈故事，在这样提倡妇女节操的社会，仍然有许多妇女甘心受诱惑。据台湾赖惠敏的研究，在三百六十余件犯奸案中，犯案者的职业不外是商贾、雇工或者佃农，有些人甚至就是四处行乞者。有趣的是不少犯奸案件系起于丈夫纵容，丈夫无力养活家口便让妻子与人通奸谋财。从社会阶层来看，犯奸情者几乎都是没受过教育，且居无定所的游民，这样的民众似乎不受传统礼教束缚①。

上层社会男性实行纳妾、狎妓，下层社会男性因无钱纳妾，便以诱奸邻女为满足私欲之途。可见，统治阶级推行礼教，强调上行下效，风行草偃的性道德实在是收效甚微。中国的性观念是复杂的，它更多的属于社会控制的范畴，因此与性有关的观念与行为是割裂的。对性的话语权的控制完全掌握在权威手中，有严格的等级差异，从而在全社会就出现了奇怪的现象，性只能做，不能说，尤其不能对青少年说。这种观念支配中国达千年之久，也正是基于此观念，一旦青少年出现了所谓的性问题，几乎社会、学校和家长

---

① 赖惠敏，《情欲与刑罚：清前期犯奸案件的历史解读(1644—1795)》，中国台湾，《近代中国妇女史研究》，1998 年 8 月，第 6 期。

都将其归之于开放所致，很少有人反思这恰恰是由于青少年对性的无知和性神秘所致。这是性无知所带来的风险。

风险社会的视角：性知识、性安全与性道德

关注青少年的性与生殖健康问题，不仅要为青少年提供必要的性与生殖健康信息和服务、保障他们获得生殖健康教育和保健的权利，还必须帮助他们确立规避风险的行为模式和健康生活方式。

德国风险理论大师乌尔里希·贝克(Ulrich Beck)早在80年代就告诫人们“风险社会”已经到来，吉登斯(Giddens)干脆将现代性等同于风险社会①。在缺乏危机意识的中国语境里，风险理论不可避免地遭到冷遇。在风险社会里，人们无法解释发生了什么以及为什么会发生，风险社会最主要的识别特征就是风险因素的不确定性，风险来自于或存在于“不知”(无知)。你所不知道的东西对你伤害最大，因为你不能对未知的东西做出准确的估量。由于现代社会一直鼓励对确定性永无止境的追求，因此当人们面临一系列不确定事件时往往反应迟钝。道德安慰往往会导致在未来的风险危机中失去戒备的可怕危险。传统社会的风险被物质世界的种种危险所主宰，风险社会则强调“人造风险”(吉登斯语)。必须意识到，在风险环境中，道德的承诺和“良好的信念”本身就具有潜在的危险性②。

---

① [英]安东尼·吉登斯，《现代性与自我认同》，赵旭东译，三联书店1998年版，第31页。

② [英]安东尼·吉登斯，《现代性的后果》，田禾译，译林出版社2000年版，第137页。

传统的性教育理想目标是使所有的青少年都能有一个健康的性道德,但是性道德建立的前提是基于对性知识的充分掌握。换句话说,青少年的性安全高于性道德,培育青少年性的自我保护意识,随后才能有一个健康的青春。

青少年性道德的培育应该是阶梯式的,它的模式应为:

性知识→性安全→性健康→性道德

1994 年召开的国际人口和发展大会在《行动纲领》中明确强调"青少年获取生殖健康信息和服务的权利",该权利包括知道性知识的权利,社会、学校和家长有义务让青少年了解性知识。在风险社会里,"知否"已成为规避风险的第一道防线。在风险社会,如果依旧采取控制信息的能力来度过风险,显然这本身就是在制造风险。风险大师贝克特别强调风险是介于安全与毁灭之间的一个特定阶段,在这个阶段,人们的思想和行动取决于对风险的"感知"①。在风险社会里,社会和个人的应对必须与过去形成的某些观念彻底隔离,避免简单地用旧有的习惯来导引新的行动进程。应该区分教育家杜威提出的"习俗性道德"和"反思性道德"。习俗性道德是指关于家庭、团体和社会信奉的从未受过质疑的道德,它植根于悠久的传统文化;反思性道德则始于个人的思考,带有实验性,它鼓励个人自我探索后得出的结论。

中国社会普遍缺少青少年参与的意识,这与传统文化中的教育理念有关。当提到青少年问题的时候,成人习惯说儿童生存、保护、发展,却不谈"参与"。所有有关青少年事宜,几乎不征求他们

---

① [德]乌尔里希·贝克,《风险社会再思考》,李惠斌主编,《全球化与公民社会》,广西师范大学出版社 2003 年版,第 288 页。

的意见，即使与青少年密切相关的事务，也不太关注青少年的感受。在成人的眼里，青少年是没有权利的，是被教育的对象。由于不鼓励青少年参与公共事物，因此，在大多数情况下，青少年是沉默的，即使有机会说话，也难以形成独立的声音。在青少年的话语中，通常可以看出成人对他们的控制和影响。

教育专家孙云晓曾将这种现象概括为“集体失语症”。即使在有机会说话的地方，如电视上或报纸上，青少年所表达的声音是否是他们真实的感受？成人不习惯听青少年独立的声音，只习惯用自己的价值观来判断青少年的对错。对中国人格外敏感的性更是如此。青少年的性问题都是由成年人在谈论，即使是成年人也是遮遮掩掩地说，完全听不见青少年自己的声音。何况大多数成年人都认为给青少年讲授性知识是一件冒风险的事。

在中国，没有比性更能使人产生变态心理的。其实，自从有了人类社会，所有社会都运用各种力量对人的两性行为加以严格控制，只是这种控制的宽严在不同社会及同一社会的不同时代程度有所不同。当一个社会不断重复，强化某一种思想或观念时，除了政治上的需要外，常常意味着这个观念还没有作为社会规范被每一个体内化为行为准则。如果社会倡导的观念与现实行为产生对立，那么其后果一是观念流于形式和虚伪，二是社会成员易产生压抑感，甚至导致心理变态的双重人格。

由于社会控制的需要，儒家文化将性视为道德的基础。所谓“万恶淫为首”，只要与性有关的一切在儒家文化中就成为“特殊情况”，这种影响至今不衰，乃至影响到社会、学校、家长对性教育的态度和取向。传统的教育模式是禁止谈性，其后果会导致两面性：吸引与反感。任何禁止，本身就是一个悖论：正是人们所向往才必须禁止，而禁止之后向往必然更强。由于长期以来一直将性视为邪恶，几乎整个社会对性知识都处于“蒙昧”状态。同时，将性知识等同于性道德，讲述性知识就等于传播黄色信息，鼓吹性放纵。因此，在中国的文学作品里有一个奇特的现象，只有坏人才是性启蒙的载体，正面人物都是禁欲主义者。

现在是网络时代，禁止性是完全不可能的：一是网络时代是大众传播爆炸的社会。没有大众传播以前，社会可以轻易地限制性的表现流通范围，在当前的互联网时代，即使是青少年也不能被阻挡在流通范围之外，而且互联网使用的庞大群体恰恰是青少年。这就使得教师和家长在选择何种施教的方法上比较滞后，甚至完全不能与青少年沟通。二是网络时代是图像社会，所谓“读图时代”。图像的直观性，使以前靠文字和绘画难以取得的“即刻满足感”，变得惊人的容易。三是网络时代又是一个相对闲暇和富裕的社会，青少年有时间享受高科技带来的便捷。

其实有关性问题的争论就是我们希望生活在什么样的社会形式中的争论。性向前发展，社会也随之发展。性既是最私密的和个人的活动，又是最公开的活动。人们说到它时经常低声屏气，而它却总是从广告、报纸、广播、电视和互联网对我们大喊大叫。在这样的大环境下，青春期性教育就显得非常必要，让孩子从小就能以非常坦诚的态度去面对性，在性心理发育过程中少走弯路。那种遮遮掩掩的教育方法，只会让孩子对性产生曲解。性知识是建立性道德的前提，没有健全的性知识，就没有良好的性道德。

由于传统文化的影响，在青少年的性教育上我们的观念自始就存在问题。

首先，孩子不需要。很多人认为不需要对孩子讲授性知识，认为孩子长大后自然而然就知道了，从而导致青少年对性的理解很朦胧。社会对青少年的性心理和性行为的能力估计偏低。中学生的年龄一般在 13 至 18 岁之间，这是一个富于激情但又危险的年龄段。他们生理上不断发育会带动心理上的渐趋成熟，对自己的身体变化会有好奇心，这就决定了他们不可能对性知识一无所知，相反，他们会主动了解有关性方面的知识。

其次，父母不重视。据上海市计划生育科研所有关调查显示，目前青少年性知识获得途径，来自家庭中母亲的教育仅 3%，来自父亲的只有 1%。很多父母并不重视子女的性教育和性健康，当他们的子女做出了与性道德相违背的事时，许多父母都采取回避的态度。

再者，目标不一样。传统的性教育是以防止社会问题而不是满足青少年需求为原则的。社会、学校与家长习惯于考虑青少年性成熟提前带来的社会问题、少女怀孕、性病和艾滋病的威胁、人口危机、性犯罪等等。主张进行性教育往往正是为了防止这些“问题”，而从未考虑青少年的生长环境是否有利于他们形成安全、负责任的性与生殖健康的能力，忽略了青少年自身的需求。新的性教育目标不同，它提出要以青少年为主体，针对青少年的生长需要，而不是以牺牲青少年需要为代价的维持社会安定的需要，为青少年提供系统的、科学的性与生殖健康信息、咨询和服务。在此目标下，每一个具体目标都体现了以青少年为主体，以满足青少年生长需要为重要原则。

十年前，国际计划生育联合会对全世界范围内 35 项调查做了综合分析，结果表明：性教育可以促使性活跃者采取安全性行为，使没有开始性活动者推迟其初次性行为；性教育在目标人群开始性活动之前尤其有效;提供选择(保持贞洁、推迟性行为和安全性行为)的性教育比单纯提倡贞洁的性教育更为有效。没有证据表明性教育诱发婚前性行为上升。目前,国际社会对青少年性教育的共识是:性教育宜早不宜迟。

赋权:我国青春期性教育的首要目标

(一) 青春期性教育道路曲折

与西方国家相比,我国面向青少年开展性教育起步较晚。

1963 年,中国全国医学科学工作会议在北京召开。会议期间,周恩来总理专门邀请了十多位专家来到自己的办公室。在与他们一起谈到青春期性教育问题时,他指示,应该在男孩首次遗精和女孩首次月经之前,把性知识教给儿童青少年,使青少年能够健康成长。但是这个建议在那个性观念禁锢的年代没有得到实施。

改革开放以后,青春期性教育的问题重新提上议事日程。相距周恩来总理当年作出指示,时间整整过去了二十多年,这是一代人的时间跨度!20 世纪 80 年代中期,国家相关部门开始通过各种途径主张面向青少年开展性教育。国家计生委曾联合国家教委、卫生部等部门多次下发通知,要求在中学开展青春期教育。90 年代,中小学健康教育基本要求(试行)的法规出台;部分省市为配合青春期性教育编写了相关教材及教师用书,一些学校相继开展了性教育工作试点。

直到 2000 年,中国计生协与国际组织合作,在上海、北京等 14 个试点地区开始了为期五年、旨在改善青少年与未婚青年性与生殖健康状况的教育。这意味着我们不再封闭,不再保守,开始把青春期性教育，放在国际的背景下来考虑和实施。

（二）从“控权”向“赋权”的转变

这个五年试点教育标志着我们的青春期性教育观念发生了一个根本的变化，把指导思想从“控权”向“赋权”转变，明确了青春期教育的首要目标。这个首要目标是“增强青少年自尊、自信、积极的性别平等和基本权利意识，以及安全、健康、负责任的性与生殖健康行为能力”。这是一种赋权，即成人将青少年本来应该得到的获知权利还给青少年。当以前提出要性教育的时候，成人很少考虑获知性知识等是青少年的权利。性教育本来应该是一种赋权过程，而不是对青少年身体或心灵进一步控制的过程。他们应该通过各种渠道获取有关他们身心发展的信息，在他们人生中最重要的青春期阶段，通过增长他们的权利意识和能力来帮助他们选择自己的生活，促进他们健康成长。并且只有这样的性教育才是对青少年真正有效的教育。

在赋权中，我们要让青少年懂得，如何通过负责的性行为和适当的生殖健康信息与服务，来降低青少年的健康风险。这对目前我国的性与生殖健康教育有着非常重要的意义。比如性别平等理念将有利于女孩在这个人生重要阶段树立自尊和自信，同时，女青少年将通过参与生殖健康教育项目获得能力，使她们的身体真正成为她们自己的身体，也就是说要让女孩具有支配自己身体、保护身心健康的能力。

总体上，我们目前开展的性教育与“赋权”的目标还相去甚远。

首先，表现在性教育对象的局限上，赋权有“真空”。性健康教育应该是一个终身教育的过程，从小学到大学，从性知识到性道德，循序渐进地进行。但国家规定的课程安排中，性教育从初中二年级开始，主要对象是青春期的中学生、大学生。随着生活水平的提高，我国青少年的性成熟提前，不少学生小学未毕业就出现了遗精和月经，小学高年级学生和初一学生成了被性教育“遗忘的角落”。校外青少年和未婚青年的性与生殖健康教育处于关怀少、宣传教育滞后的状态。流动人口中的青少年更是成为被忽视的群体。

其次，表现在性教育的内容上。专家们认为，完整的性教育应该包括性生理、性心理和性道德教育，尤其有必要在各地开设“少男少女门诊”，用专业的人才和技术手段解决年轻人“成长的烦恼”。但是目前的性健康教育读物主要是针对成人的，其数据和典型事例不能拿来教育学生。中学课堂现有的性教育课本基本上只有《生理卫生》教科书，停留在一般的健康教育层次上，而对怀孕、性生活等知识遮遮掩掩。有学生戏称：“我们已经知道的，老师在教；我们想知道的，老师不教。”《藏在书包里的玫瑰》一书的作者，调查了13名中学生，这些主人公当初与恋爱对象发生性关系时，几乎都是出于好奇。尤其农村地区学校，许多学校是抱着“不讲比讲好”、“出了问题再讲”的观点，即便是唯一能讲到“性”的《生理卫生》课，也是“老师挑着讲，学生偷着看”。赋权在某种程度上变成了“空转”。

不过，我国一些城市目前开展的性教育正朝着“赋权”的目标不断地努力着。

首先，把性教育对象拓展为三个目标人群。

第一目标人群为校内校外的青少年；第二目标人群为对青少年性与生殖健康知识、态度、行为和能力有直接影响的人员；第三目标人群为影响青少年性与生殖健康教育和服务工作的有关部门决策者。也就是说，在性教育问题上，青少年需要“赋权”，教师、校长、家长和领导同样更需要有“赋权”的指导思想和行动。离开了后者，“赋权”就成了“空话”。

其次，在性教育的方法上强化了参与。

这是一种知行并举的教育方法，它可以充分调动青少年的主动性和参与性，同时也更直接、客观、准确、深入地了解青少年性与生殖健康信息与服务需求，为制定青少年性与生殖健康教育与服务工作方案提供依据。它通过一种开放的、群体参与的过程，运用简单的定性研究方法，帮助教师与青少年、及青少年相互之间的学习。参与中达到了“赋权”的目的。

（三）“赋权”，青春期性教育的根本出路

中国是世界上青少年人口最多的国家，青少年对性与生殖健康信息与服务有大量的需求。在一个开放的社会里，10—24 岁青少年人群存在着大量的渴望了解性与生殖健康的需求，而社会在很大程度上不能满足这种需求，出现了很多问题。

在第一章，我们已经论述了这种问题和矛盾。概言之，随着社会经济的全面发展和人民生活水平的提高，青少年性生理成熟年龄提前，而结婚年龄推迟，从而导致婚前性成熟期延长；加上人口流动性的增强，各种性文化传播媒介的冲击，家庭结构的变化，社会利益主体的多元化及其社会经济地位差别的扩大，这些因素导致传统道德说教的作用已显著削弱；青少年一方面缺乏性知识和避孕知识，难以获得相关服务，另一方面又越来越多地认可婚前性行为，造成初次性行为低龄化，从而导致婚前性行为、意外妊娠、性病与艾滋病毒感染率呈上升趋势。青少年对性与生殖健康知识和

服务的需求如果不能从正规的渠道得到满足，就会受到不科学的、不健康的信息误导。

“赋权”是解决青春期性教育问题和矛盾的根本出路。

生殖健康和性健康是贯穿人的整个生命周期的一个重要组成部分，是青年男女的基本权利。青少年的性与生殖健康有着明显地区别于成年人的需求。从这点上说，社会要将青少年生殖健康视为关系家庭、社区、国家，以至于“全球性”的问题。青少年生殖健康面临的问题不仅包括生理、心理层面，而且涉及社会文化、权力地位、健康教育和保健服务等诸多方面。有鉴于此，我们就应该把青少年生殖健康明确为应当优先关注的问题之一，让所有青少年特别是女孩子，获得生殖健康信息和服务的权利。

各国在国际社会的支持下，应当保护和促进青少年生殖健康教育、信息和服务的权利，大幅度降低青少年怀孕。因为为数众多的少女意外怀孕与生育，说明青春期性教育和生殖健康服务远远没有满足青少年的需求。这不仅影响青少年自身的健康与发展，导致了全球孕产妇和婴儿死亡率的提高，同时也造成许多不必要的出生和单亲家庭增多等一系列社会人口、经济问题。提倡“赋权”，使她们对早恋、早婚、早育有正确的认识并采取正确的行为，自觉地减少和控制未婚先孕和人工流产。总之，提倡“赋权”就是积极引导青少年选择对自己、家庭和社会负责任的行为。

性教育的突破:观念与方法

（一）突破性教育难点的关键

当前，开展青少年性教育要解决两方面的问题。一是认识问题;二是方法技巧问题。随着时间的推延,时代的变化,长期沿用的教育方法如单纯的禁欲、道德说教等,已越来越显得落后。学生反映课堂上讲的都是他们知道的,而他们需要的却又得不到帮助。传统的性教育方法是单向的,由学校和老师为学生设计,凭教育者自己的经验和要求,向学生灌输知识,至于学生在想什么,要求什么都不了解。

面对青少年的健康尤其是生殖健康面临越来越多的威胁,人们希望采取一些创新方式来增进青少年生殖健康的效果。支持和鼓励所有具有创新意义的青春期性教育活动,消除、摈弃传统的观念和宣传教育方式,是突破性教育难点的关键。

针对青少年性与生殖健康的现实状况,我国政府充分认识到性与生殖健康是青少年成长的一部分,强调要以青少年为主体,从他们的需要出发,提供系统的、科学的性与生殖健康信息、咨询和服务,促进其健康人格的形成和发展。同时将性与生殖健康教育纳入正规学校教育。

我们知道,青少年精力充沛,感情炽烈,有强烈的好奇心、冒险和无畏精神,即使身处逆境,也会表现出不同于成年人的才能和适应能力。考虑到如何利用青少年旺盛的精力,发挥他们的才能,我们需要倾听青少年的心声,理解他们的看法,了解哪些因素影响他们的健康的行为和性行为。这种倾听过程和了解过程将帮助成年人与青少年交流信息,加强青少年之间及他们与成年人之间的联系。要开发出解决青少年最关心、认为最重要问题的项目,就需要为青少年提供讨论和分析他们性行为及其对他们生活影响的机会。

对青少年开展生殖健康教育要取得更好的效果,必须从思维方法和教育技巧上进行调整,基本点就是要确立以青少年为主体的思想方法。从事青少年生殖健康教育研究的学者和社会工作者,只有在思想上确立青少年主体地位以后,才有可能去积极探索青少年在想什么,需要什么;才能通过一些游戏和活动来调动大家的积极性,使他们积极参与并进入角色,发挥自己的创造性。

由于中国人长期习惯使用经验、假设、定量分析等工作方法与思路,要从根本上转变思维定势,有一个从易到难、循序渐进的过程。我们在教育中,要善于把握机会,用探究式的方法把问题引向深入。对积极参与者给予真诚的精神鼓励,或颁发小礼品等物质奖励,会激发大家的表现欲。在参与过程中让青少年自我发现,调动他们的潜力,激发思维,在互动与碰撞中得出结论,加深对问题的认识。在积极参与和发言的过程中,青少年思路开阔了,对问题的思考也更主动了。每一个人都不再为发言内容的对错而顾虑重重。他们发现了一个新的自我,增强了自信,能够表达自己的观点,同时,又注意倾听别人的发言对自己观点进行修正。不管你说的怎样,贵在参与。这种自由宽松的气氛,会使大家不再谨慎、压抑和怯场。

这一创新的性教育特点是,共同参与,共同交流,共同决定,共同行动。通过游戏、自主发言、师生对话,将生殖健康知识融入其间,使青年人自己教育自己,自己做出决策,加强自身的性教育,以培养健康的心灵。

应该说,没有青少年的参与,也就没有青少年的青春健康教育。这是一个具有创新意义的活动。它提倡的是以青少年为中心的自主教育,是青少年真正需要的教育,也是真正对青少年有益的教育。

（二）砸碎性教育开展的枷锁

青春期性教育的实施聚焦在两点上，一是与青少年的坦诚沟通，二是争取家长的支持和配合。缺乏沟通和支持，是制约青春期性教育健康正常开展和实施的枷锁。

计划生育宣教中心向青少年传播科学、准确、完整的生殖健康知识，专家给青少年学生开设讲座，但家长普遍持反对意见。家长反对的理由是"孩子本来不知道男女之事，上课一讲反而把他们带'坏'了。"

所以现实是，一是涉及性的信息和知识的传播依旧受传统文化习俗所制约，不能充分发挥主流媒体在知识普及方面的积极作用。相当一部分决策者、工作者、家长、教师等对向青少年提供性与生殖健康信息和服务持消极态度。从事青春期性教育的人员缺乏人际交流和咨询辅导的技巧，青少年参与程度非常有限，宣传形式和内容难以为青少年所接受。

二是有关青少年性教育的内容侧重于生理解剖知识的介绍，缺乏心理、伦理等方面的辅导和安全性行为和避孕知识的教育；正规的性与生殖健康教育开始得太晚，多数青少年在进入青春期之后才有机会接受性教育。另外，现行性与生殖健康教育大多只区分已婚和未婚对象，未充分重视不同年龄、性别、生长环境青少年在性与生殖健康方面的不同特点和需求。

三是现行宣传教育和服务体系尚未覆盖青少年中的弱势群体。中国欠发达地区的青少年以及流动人口中的青少年，由于特殊的生存状态和生活方式所限，他们受教育程度相对较低，自我保健意识和能力欠缺，面临着比同龄人更多、更复杂的性与生殖健康风险问题。

青少年的性教育和生殖健康不仅仅是公共卫生的问题，而且往往是成年人不愿意谈论和关注的问题。正如人们所了解的，应该为青少年提供什么样的性与生殖健康的服务，在世界各国也是一个争议非常大的问题，所以在这样一个背景下，在青少年性教育和生殖健康领域开展工作，需要极大的勇气。

如果说我们能够对我国的青春期教育现状作较深刻的反思，那么这和近年来我国与国外非政府组织在青春期性教育及生殖健康方面的合作是分不开的。下面将就青春健康国际合作项目进行论述。

第三章

青少年生殖健康项目在海外的兴起及引进

1979年改革开放以来，我国政府积极鼓励国外非政府组织参与我国青少年性与生殖健康教育。这些国际合作项目推进了我国青春期性教育观念和方法的重大转变。从20世纪90年代开始，中国计划生育协会(简称中国计生协)先后与联合国人口基金、国际计生联、盖茨基金会等合作，实施了一系列这一领域的教育试点项目。2000年之后，中国计划生育协会又与美国非赢利性国际民间组织——适宜卫生技术组织，进行了一项较大规模较长时间的新的合作。本章论述的是美国适宜卫生技术组织实施的青少年生殖健康项目及其运用的参与式学习方法对我国性教育反思所起的促进作用。

美国的非政府组织PATH

美国适宜卫生技术组织(Program for Appropriate Technology in Health)简称“帕斯”(PATH)，是一个非营利性的国际民间组织。

总部设在美国西雅图。

PATH 在美国国内许多城市，以及印度、肯尼亚、菲律宾、泰国、乌克兰、越南、加拿大等国家设有分部，其宗旨是促进妇女儿童健康，提高生殖健康服务质量和防止传染病流行。作为世界卫生组织在人类生殖、艾滋病和乙型肝炎研究等领域的合作中心，它为许多国家政府卫生部提供技术支持。因此，PATH 在社会健康教育、预防性传播疾病和艾滋病毒感染、促进青少年性与生殖健康等方面的创新和项目建设上久负盛名。

1980 年以后，PATH 曾是联合国与国际人口基金援华项目的执行机构，同国家计生委、卫生部、化工部等进行过多年的有效合作。它在我国实施了 16 个关于促进避孕药具的安全性、有效性和可获得性的项目。

2000 年，PATH 又与中国计生协合作，达成一项为期五年的协议，在我国开展青春期性教育方面的项目。

ARH 与青春健康项目

青少年处于人生观和世界观逐步形成的关键时期，适时、适度和适当地对青少年进行性生理、性心理和性伦理教育并加以正确的引导，既是保护青少年健康成长的需要，也是社会发展、国家兴旺和民族繁荣的需要。在这一领域进行对外合作，更是时代发展的需要。

PATH 为在我国 12 个省会城市和单列市的城区和部分农村，开展“促进中国青少年生殖健康”国际合作项目，投入了 734 万美元，其中在中国执行 400 万美元。青少年生殖健康，简称 ARH

(Adolescent Reproductive Health),我国把它简译为“青春健康”。

(一) 青春健康项目引进的过程

青春健康项目是中国计生协与 PATH 合作的一个重要项目。从项目引进的过程来看,自始至终得到了各级政府的支持和社会各界关注。下面我们作一简单的回顾。

1999 年 5 月,中国计生协代表团访问 PATH,确定合作意向。

1999 年 9 月,中国计生协与 PATH 联合在青岛举办全国青少年性与生殖健康项目培训班,修订了项目文本。

2000 年 4 月,中国计生协与 PATH 合作的青春健康项目获准资助。

2000 年 7 月,PATH 青春健康项目组官员一行 5 人访问中国,共同商定了项目实施计划。

2000 年 9 月,青春健康项目研究顾问组成立,并召开了第一次会议。

2000 年 9 月,青春健康项目启动会议、项目定性研究方法培训班在北京举行。

在中国计生协和 PATH 联合举办的青春健康项目启动新闻发布会上,来自国家计委、国家计生委、财政部、团中央、全国政协、国务院法制办的领导,来自联合国儿童基金会、联合国艾滋病规划署、英国海外开发署、澳大利亚驻华使馆、挪威驻华使馆等国外机构组织的代表,来自国内研究机构的专家、学者以及部分省、市计生协的领导和项目工作人员 100 多人参加了会议。中央电视台、中央人民广播电台、中国国际广播电台、新华社、人民日报、中国新闻社、中国青年报、中国政协报、中国日报等 18 家新闻单位的记者参加了会议并对会议进行了报道。

（二）青春健康项目的试点阶段

青春健康项目全面开展之前是经过了充分的准备、启动和试点的。

按照合作协议的要求，这一项目要覆盖12个省会城市和单列市的城区和部分农村地区。我们选择了北京、天津、上海、济南、哈尔滨、武汉、广州、杭州、重庆、西安、青岛、深圳；此外，为了便于在今后向农村地区拓展，又确定了河南省上蔡县和江苏省沛县作为农村试点。上述城市所在省（市）计生协也分别选择了部分农村县作为试点参与本项目。这些城区和农村地区在我国是有代表性的，并且具有开展青春健康项目的基本条件。

建立青春健康项目研究顾问组，是项目准备的一项重要内容。青春健康项目在我国将以系统、深入的研究和有效的行为改变模式为基础，借鉴国内外青少年生殖健康方面相关的研究成果和成功经验，制订出有效的干预策略。中国计生协与“帕斯”决定，成立“青少年生殖健康研究顾问组”，集中相关领域最有影响的专家学者和研究机构代表，形成一支全国青少年生殖健康研究方面的权威力量，促进研究成果转化为适宜的倡议与干预行动。

2000年9月20日，中国计生协和PATH在北京召开了研究顾问组的第一次会议。会议确定了本项目所需要开展的重点研究领域，综合分析了现有的相关研究方法与成果，讨论了进一步开展调查研究、倡议以及项目监督评估活动的方案，明确了研究顾问组的职能和具体的工作细则。

研究顾问组将履行五个方面的职能：协助汇集、综合现有的青少年性与生殖健康方面的研究成果，并指导其应用于项目工作；了解青少年性与生殖健康研究方面的不足与缺陷，据此就确定今后研究计划提出建议；对研究方案进行审核并提供必要指导，评估研究结果，以确保研究的质量及其对项目工作的贴切性；协助中国计生协建立和落实项目的监督与评估计划；指导研究成果的传播及其应用于培训课程、宣传培训材料、媒介开发、倡议策略和其他项目活动。

研究顾问组的工作范围是为青春健康项目的研究、监督评估和政策，提供指导与咨询。

对研究的指导与咨询包括，综合分析重要研究成果，在此基础上确定今后的研究范围和课题；根据现有研究成果和相关工作现状，指出青少年性与生殖健康知识、态度、行为及相关工作的总体态势；指导和协作项目地区开展快速评估和参与式调查活动；指导项目地区运用研究结果指定项目实施方案与计划；开展由中国计生协与“帕斯”通过的其他有关课题研究。

对监督评估的指导与咨询包括，制订省级和国家级项目监督评估战略；确定项目的关键监督评估指标；根据中国计生协与“帕斯”批准的顾问组建议，对现有的全国生育率抽样调查和人口普查数据进行再分析；审核并改进现有的管理信息系统；为省级计生协收集和分析数据提供帮助；与各地计生协合作，确定便于推广的项目监督评估办法；协助制定评估组织能力建设的办法与方案。

对政策倡导的指导与咨询包括，研究国家和地方与青少年生殖健康需求和服务相关的政策；确定向有关决策机构和决策者传播研究结果的机制；确定将主要研究成果应用于培训与宣传材料以及其他宣传活动的办法和机制；考虑研究与评估结果对项目拓展及制定今后项目计划的指导意义。

中国计生协将根据实际工作需要组织协调由相关研究机构代表组成的工作组，落实上述任务；还要求、督促和协助各项目地区的计生协建立青春健康项目的研究专家队伍，聘请相关的性与生殖健康方面的专家、学者，为项目的实施提供指导和技术支持。

（三）青春健康项目的实施目标

引进青春健康项目旨在改善我国 10—24 岁青少年和未婚青年的性与生殖健康状况，我国确定了四个具体目标：

1. 增强青少年自尊、自信、积极的性别平等意识和基本权利意识，以及安全、健康、负责任的性与生殖健康行为能力；

2. 促进青少年获取和利用他们乐于接受的性与生殖健康服务和咨询；

3. 营造有利于开展青少年性与生殖健康工作的社会、社区和学校氛围；

4. 通过加强中国计生协和其他有关机构倡导、计划、实施、评估青少年行为教育创新活动的能力，增强国家对青少年性与生殖健康问题的关注和措施。

怎样实现上述目标，这里以项目实施区天津为例。

天津从 2001 年开始此项工作。南开大学是天津项目点唯一的大学课题组。该课题组从 2002 年 3 月正式启动青春健康项目的培训课程。首期培训选取理科一年级学生 30 人，培训内容共五讲：性与性行为——学会拒绝；远离艾滋病、毒品；生殖、避孕、健康；人际关系；生涯规划。通过这些培训课程，南开大学还积极开展青春期“同伴教育”研究；“青春健康网站”建设和“青春健康”专线咨询服务；开展学生性与生殖健康的有关调研工作等；努力为天津高校学生性与生殖健康教育积累经验。

(四) 青春健康项目在上海的新发展

借鉴 PATH 在青少年性教育和生殖健康教育方面的经验，上海实现了青春健康教育的新发展：

发展之一，是将性教育的对象分为三个目标人群。第一目标人群：13—18 岁左右的中学生（包括职校学生）和 15—24 岁的校外青少年（包括流动人口）；第二目标人群：对青少年性与生殖健康知识、态度、行为和能力有直接影响的人员，包括青少年家长、中学教师、计划生育和卫生工作人员、避孕药具零售者等；第三目标人群：影响青少年性与生殖健康教育和服务工作的有关部门决策者，包括各级党政领导、卫生、文教及其他相关部门领导、学校、社区或单位的负责人。

发展之二，是教育方式的新奇。这种新方法以参与式学习与行动为主。我们称之为 PLA 方法（Participatory Learning and Action）。这也是一种知行并举的定性评估调查方法，它可以更直接、客观、准确、深入地了解青少年性与生殖健康信息与服务需求，为制定青少年性与生殖健康教育与服务工作方案提供依据。它通过一种开放的、群体参与的过程，运用简单的定性研究方法，帮助教师与青少年及青少年相互之间的学习。

PLA：参与式学习和行动

青春健康项目采用 PATH 在生殖健康教育（ARH）中形成的

“参与式学习和行动”(Participatory Learning and Action,缩写为PLA)方法。PLA方法开始时运用于定性评估研究,以后运用于青少年生活技能的培训。PLA不仅“颠覆”了我国传统的性教育,而且作为开展“基线”研究,为提高研究水平提供技术支持。

(一)培训班,PLA的一次实际操练

中国计生协和PATH于2000年9月,在北京举办了青春健康教育国际合作项目培训班。培训班主要内容是对青少年性与生殖健康需求的定性研究方法,即PLA进行了培训,内容包括PLA的几种主要方法及掌握和运用的技巧。

培训班研究制订了项目地区需求评估与研究计划,同时对各项目地区所收集的有关青少年的数据资料进行了分析。培训班以轻松、坦诚、愉快的自我介绍开始,学员畅所欲言,集思广益,气氛非常活跃。探讨问题时,在互相启发和思想的碰撞中,把问题引向深入,使大家在讨论中思考,在思考中完善。培训班还注意将所学的理论方法用于实践,安排学员们进行了实地练习和考察,与北京市八一中学学生和大钟寺蔬菜批发市场外来人口中的青少年进行了座谈,用PLA的方法进行了一次需求调查,了解青少年的需求。在实践中体会、总结、归纳和掌握PLA方法。

(二)PLA给我们带来了什么

PAL方法的特点是知行并举,能让我们定性评估和了解青少年性与生殖健康的知识水平、价值观念、行为能力和实际需求。所谓PLA定性或研究,是以青少年为中心,运用PLA方法通过一种开放的、平等的、群体参与的过程,向青少年学习,与青少年相互交

流，帮助我们更直接、客观、精确、深入地了解青少年性与生殖健康的信息与服务需求。年轻人精力充沛，感情炽烈，有强烈的好奇心、冒险和无畏精神，即使身处逆境，也会表现出才能和适应能力。为此在制定青春健康项目实施方案前需要倾听他们的心声，理解他们的看法，了解哪些因素影响他们的健康行为和性行为，利用他们旺盛的精力，发挥他们的聪明才能，参与到项目的设计中来。

PLA 作为一种诊断工具帮助我们克服代际之间沟通障碍，鼓舞成年人以热情和责任感来响应青少年的需求。帮助成年人与青少年交流信息，加强青少年之间，以及青少年与其相关的成年人之间的联系，使青年人积极表达自己需求和所关心的问题。要开发出能解决青少年最关心、他们认为最重要问题的项目，就需要为青少年提供机会，讨论和分析他们的性行为和性行为对他们生活的影响。PLA 定性评估研究活动提供了一系列口头和文图表达手段，帮助青少年参与者估计自身的处境，积极参与项目的设计和实施。

PLA 定性评估研究也为人们从社会、文化各个层面理解青少年提供进行深刻思考的空间，特别适合了解和理解与青少年有关的人际关系中的力量对比、性别动态和期望、代际问题以及交往中的其他问题。PLA 的评估与研究过程可以使我们充分吸收青少年的观点，使青少年占有主导位置，让青少年自己澄清和分析自己所关心的问题，可以促使他们积极参与项目的设计和实施。PLA 没有先入为主的框框，而是较为开放的一个过程，通过实际评估的过程来发现问题和重点。经 PLA 评估调查，与项目参与者共同设计的项目，能够保证项目内容符合青少年的需求，从而为项目开始后确保青少年的支持与合作奠定基础。无论就实现项目目标而言,还是就项目的可持续性而言,它们都具备更大的成功机会。在这方面 PLA 具有许多独特的优势。

实际工作者希望青少年积极参与青春健康项目,但又往往缺乏这方面的技能,PLA 方法提供了这方面的技能。小组座谈和讨论、自由列举和排序、可视技术、分析技术和角色剧等最常用的方法,为制定青少年性与生殖健康教育与服务方案提供了方法学的保证。

总之,PLA 作为一门新兴的实践的学问,本书第五章将作专门的论述。

青春健康项目的总体部署

青春健康项目在我国启动阶段,就对项目的意义、内容、社会环境,以及与社会各界建立和加强联系与协作等,进行了总体部署。这些部署是富有成效的。

(一) 统一思想,创造开展项目的有利环境

中国计生协积极倡导青少年性与生殖健康教育,这是《中国计划生育协会 1996—2010 年发展战略》确定的战略目标之一。性与生殖健康对于青少年的健康成长,对于提高整个中华民族的人口素质,对国家的繁荣富强都是至关重要的。我国目前正在集中力量搞好经济建设,这就要求人口、经济与社会要全面协调发展。竞争的社会归根到底是人才的竞争、是知识的竞争,发展经济没有人才就是一句空话。因此我们寄希望于青年一代,要把青少年人口

资源开发好利用好。

关于青春健康项目在我国实施的意义，PATH 的青春健康项目高级项目官员主任琼·哈菲做了极为深刻的阐发，可以成为我们统一思想的认识基础。

她说，现在青年人所面临的无论是机遇还是挑战，是我们这个年龄的人很难设想的。在中国，也像在全球其他地方一样，青年人能与互联网以及全球范围内的各种信息直接相连，特别是他们所接受的性信息是很难控制的；在中国流动人口中，大部分是 24 岁以下青年人，他们一方面在外地寻求更好的生活方式，同时远离了父母监管和家庭约束，远离了他们所熟悉的社会氛围。所以我们的目标是创造一个良好的社会环境，这个环境能够使他们自主地选择健康的生活方式。正是在这种背景下，中国计生协和美国 PATH 携手开展这样一个大规模的生殖健康教育项目。

她还说，青春健康项目所产生的影响将远远超出中国国界。目前这一项目虽然在全球“开花”，但规模较小，成功的干预措施，记录又不够充分。PATH 在我国拓展这个项目，就是因为我国有广泛的网络，众多的志愿者，有为未被满足需求的人群提供服务和宣传的目标。如果能够成功地实施、评估和记录这个项目，那么中国不但能够提高自己在解决青少年性与生殖健康方面的能力，而且能为世界在这方面贡献自己的力量。

所以，促进青少年生殖健康是时代赋予我们的使命。今天对青少年性与生殖健康问题的忽视，就像当年对人口问题的忽视一样，会导致灾难性的后果。据专家推测，如果不采取有效措施，中国很快就会成为艾滋病感染人数最多的大国，国家每年为此将要支付7 000亿美元治疗和护理艾滋病人。各级计生协要发挥群众组织的优势和特点，协调社会各方面的力量开展此项工作，一起创造开展青春健康项目的有利环境。

（二）加强领导是项目实施的重要策略

在对项目部署和实施时，"加强领导"包含两方面的含义，一是积极争取各级政府的领导，二是各级计生协主动承担起领导项目的责任。

多年来，国家计生委和各级计划生育部门一直用"车之两轮、鸟之两翼"来形容两者的关系。群众组织的很多优势是其他组织和政府部门不能替代的，所以政府要充分地发挥他们的作用。国家计生委以及各级计划生育部门理所当然地在各方面，特别是在解决实际问题方面来支持和帮助做好青春健康这个项目。

"加强领导"是项目实施的关键。因此，在引进PATH的青春健康项目以后，我国卫生部的领导就一再强调，"卫生部和各级卫生部门，将积极支持中国计生协依据我国的法律法规，创造性地开展青少年性与生殖健康宣传与服务工作，共同促进健康事业发展的新局面，为广大人民群众的健康，为社会精神文明建设做出新贡献。"这是来自政府部门领导的庄严承诺。

指导和督促项目地区青少年性与生殖健康的工作计划和实施，各级计生协的领导要承担直接的领导责任。比如要建立健全项目的领导机构，中国计生协成立了专门的项目办公室，在执委会的领导下，配备了专职主任和工作人员。再比如要组织好专家队伍，中国计生协成立了研究顾问小组，各省也要聘请一些性与生殖健康方面的专家为项目提供技术指导。

(三)明确把项目覆盖所有青少年人群的责任

当代青少年是与改革开放同步成长起来的。虽然社会上对于性这一问题已经不像他们的父辈时代那样遭禁锢、被回避,但是据调查结果显示,青少年性知识的匮乏程度仍是令人震惊的。由于性知识的不全面而引发的一系列心理问题、社会问题,我们不容忽视。换言之,社会必须明确要把青春健康项目覆盖所有青少年人群的责任。

联合国人口基金和中国计生协适时地推出了"青春健康之旅"活动,在大学一、二年级的同学中广泛开展了同伴教育活动,这不失为覆盖所有青少年人群的有效途径和方法。由于作为组织者的志愿者和作为参与者的同学只有一两岁的差异,同伴教育更能让大学生彼此之间较快地建立起平等、尊重、信任的和谐关系,从而在坦诚、愉快的气氛中传播了性知识,在较短的时间内取得了更好的效果。

要明确各级计生协把项目覆盖所有青少年人群的责任,各地可以根据具体情况选择切入点,从点到面,逐步在项目地区全面推开。不同地区在不同阶段可以有不同侧重,但在总体部署时,各项目地区协会的主要任务是调查研究,摸清底数,同时在组织、协调、宣传、发动等方面作好准备。

联合国人口基金代表贝慕德对青春健康项目"覆盖所有青少年人群",表示了充分的肯定。他在参加"青春健康之旅"启动仪式时说:"我非常高兴看见美国 PATH 和中国计生协合作开展这个项目。如果没有年轻人的直接参与,这个项目可能很难获得成功。我坚信,今后会有更多青年的参与;正是有他们的参与,我才坚信这个项目会取得成功。这是我对这个项目良好的祝愿。"

青少年性与生殖健康领域也是世界卫生组织关注的一个重要内容。世界卫生组织驻华代表嘉诺司·安诺斯热情赞扬 PATH 在中国开展这样一个覆盖所有青少年人群的项目。他指出:"青少年的健康尤其是生殖健康面临越来越多的威胁,如抽烟、酗酒、非意愿妊娠等等。我很高兴地从这个项目框架中了解到,这个项目希望采取一些创新方式来增进提高青少年生殖健康。我觉得现在是消除、摈弃传统宣传教育方式的时候了,如单纯的禁欲、道德说教等。"所以世界卫生组织驻华办事处在制订亚太计划时,特别地把青少年的生殖健康作为重要的工作内容,使之造福于所有的青少年。

福特基金会在中国资助了一些非常重要的有关青少年性行为的研究工作,包括根据不同年龄的青少年采取不同的干预活动的项目。福特基金会所资助的不仅仅是鼓励青少年采取安全性行为,同时更多关注的是性别平等及相互之间和谐的关系。最近福特基金会又资助为青少年提供信息的青苹果信息网站,这个项目给目前正在进行的青春健康项目覆盖所有青少年人群,提供了很好的发展机会。福特基金项目官员高夫曼表示,在中国向青少年提供性与生殖健康教育,确实迫在眉睫,必须现在马上开始行动,否则他们的生活和健康就会受到很大的威胁。

青春健康项目是个有创新意义的活动,引起了全世界的关注。因为这是全世界青少年真正需要的教育,也是世界各国青少年工作者的责任。

第四章

青春健康项目在上海的试点与实践

上海是中国青春健康项目试点城市之一，自 2000 年起，经过五年实施，青春健康项目按实施方案达到了预期目标。

青春健康项目实施前的调查准备

(一) 青春健康项目实施的背景

成立于 1980 年的中国计划生育协会(简称中国计生协)，是全国计划生育系统的民间组织，从事计划生育和生殖健康宣传教育工作。中国计生协积极倡导青少年性与生殖健康教育，这是《中国计划生育协会 1996—2010 年发展战略》确定的战略目标之一。其主要内容为“以未婚青少年为目标人群，了解他们的需求，向他们提供生殖生理、妇幼保健、青春期保健和计划生育的知识和信息，使他们对早恋、早婚、早育有正确的认识并采取正确的行为，减少未婚先孕和人工流产。积极引导青少年选择对自己、家庭和社会负责任的行为”；“呼吁并联合有关团体和社会力量，为青年人提供适宜的易于理解和接受的生殖健康方面的培训、咨询和服务”。

20 世纪 90 年代以来，中国计生协依靠地方协会开展了一些性生理、性心理、性卫生、性道德及性法制教育，在向广大群众传播性与生殖健康知识，提供相关服务方面，有着得天独厚的优势和潜力。特别是实施了青少年性与生殖健康试点项目，开展了“青春健康之旅”同伴教育活动，受到青少年的热烈欢迎。在实践中探讨和总结出一套符合中国国情的、开展青少年性与生殖健康工作的形式和方法。

中国计生协和 PATH 在青少年性与生殖健康方面有着相同兴趣和共同目标，这为双方合作和 ARH 项目引入奠定了基础。

上海市计划生育协会（简称上海市计生协）是全市计划生育系统民间组织。上海市开展青少年性与生殖健康教育起步比较早，1980 年就率先在一些中学开展了青春期教育。1986 年，上海市计生协成立上海市性教育研究会，开始与上海市教委等部门联手，开创了上海市青少年性健康教育活动。同年 10 月，中国计生协在江苏省太仓市召开性教育研讨会，会议充分肯定上海市开展青春期性教育的经验，建议向全国推广。1987 年，上海市计生协、上海市性教育研究会、上海市教育局和上海市计生委等部门合作，举办了“上海市青春期教育指导展览会”，向教师、家长展示青春期教育的初步成效，进一步宣传青春期教育的重要意义，以推动中学开展青春期教育。1988 年，国家教委和国家计生委在上海召开“青春期教育现场会”，上海向来自全国二十多个省市自治区的领导介绍了开展青春期教育的情况与经验；会后国家教委和国家计生委联合下达了《关于在中学开展青春期教育的通知》。

1990年，受国家教委的委托，上海市教委、文汇报与上海市性教育研究会联合，创办了《文汇青春期教育刊授学院》，先后两期共培训学员二千余名；期间还举办了《性医学教育系列讲座》和三期“全国性知识教育培训班”，为全国和上海开展性健康教育培养了一批紧缺的师资力量，推动了学校青春期教育的开展。1994年，上海市性教育协会与上海市中小学德育协会、心理辅导协会等联合召开了“上海市中小学青春期性教育研讨会”，对近年青春期性教育作了认真的回顾与探讨。为推进社会开展性教育，1987年至1994年上海先后举办四次大型性教育展览会，参观者达三百万人次；1992年，与上海人民广播电台合办《悄悄话》节目，并在卢湾区妇女保健所专设《悄悄话》咨询指导站；举办了“生殖健康与性教育”大型咨询活动和知识竞赛；编写了数十种性教育书籍，摄制了《少男性保健》、《少女性保健》、《婚恋教育》、《男孩、女孩》等多部录像片，为学校性教育和在社会上普及性教育提供了形象化教育资料；组织大量的学术研究，出版了性教育研究文集及“动态”简报，召开和参加了一系列健康教育的国际研讨会。

青少年性和生殖健康教育在上海已有二十多年历史，但与发达国家青少年性与生殖健康教育相比，尚处于初级阶段。成年人对广泛开展青少年性与生殖健康教育的认识还有许多误区，青少年对学校中开展的性与生殖健康教育内容和方法还不甚满意，这体现了上海要引入ARH项目的必要性、适时性和可行性。

（二）青春健康项目的“基线”研究

在青春健康项目引入前，已有的许多实证研究大多没有把青少年作为主体或中心，缺少青少年对项目的参与和需求的内容，因此研究成果往往难以转化为有效的干预行动。为更好地实施青春健康项目，使其新颖内涵和实施方案更能为青少年所接受，上海在项目实施前进行了定性评估调查研究，旨在了解青少年性与生殖健康的知识、态度、行为及能力；影响青少年性与生殖健康的环境因素；青少年利用性与生殖健康服务的情况及其障碍；探索向青少年提供性与生殖健康教育与服务的有效、切实可行的方法和途径。

调查研究在浦东新区和闸北区展开。浦东新区主要是调查普通高中学生；闸北区主要是调查校外青少年和流动人口。浦东新区共组织 11 个小组访谈，其中学生 6 个组，成人 5 个组；闸北区在全区 11 个街道，组织了 16 个小组访谈，其中校外青年 8 个组，流动人口 5 个组（其中特殊服务行业对象 1 个组），成人 3 个组。两区共计 27 个组，青少年 176 人，成人 74 人。这一定性研究，对青少年性与生殖健康知识及其来源；青少年及其他相关人员的态度和观念；青少年的性与生殖健康行为；青少年的生活技能；青少年的社会人际关系；性与生殖健康教育和服务的利用情况及现存障碍；向青少年提供性与生殖健康教育和服务的建议等，有了“基线”资料。经过整理、汇总、分析，2001 年 2 月，完成了“上海市青少年性与生殖健康参与式学习与行动定性研究报告”，为制订青春健康项目实施方案提供了客观依据。

（三）青春健康项目的引入

基于中国计生协和 PATH 在促进青少年和未婚青年性与生殖健康方面的共同目标，双方经过充分交流和协商后，于 2000 年达成为期五年的合作协议。在这个项目中，上海是重点试点城市之一。随即,中国计生协在北京召开青春健康项目新闻发布会暨启动会议,上海参加了启动会议和同时举办的 PLA 定性研究方法培训班。同年,上海市计生协制订了项目实施前青少年性与生殖健康 PLA 基线定性研究方案,并且设计了小组访谈提纲;浦东新区和闸北区开展了 PLA 定性研究;中国计生协确认上海市青春健康项目五年实施方案,与上海市计生协签订了青春健康项目实施协议书;上海市青春健康项目启动会议暨新闻发布会在锦江小礼堂召开,市政府领导、中国计生协与 PATH 官员、新闻媒体及相关人员等出席了会议,宣布青春健康项目引入上海。

(四) 青春健康项目的管理

为加强青春健康项目的组织领导和有序管理,上海市计生协和市人口和计划生育委员会(简称市人口计生委)的领导听取了项目开展情况的汇报;市人口计生委召开主任办公会议,专门研究实施方案,并将项目纳入市人口计生委的工作计划。市计生协向市人口计生委上报"关于申请上海市开展青春健康国际合作项目专项配套资金的报告",市、区两级财政落实了配套资金。杨晓渡副市长听取青春健康项目工作汇报,研究加强领导、保证实施的具体措施。上海市成立了青春健康项目指导委员会、领导小组、专家小组和项目办公室。项目指导委员会和领导小组发挥统筹、领导和协调作用,由分管副市长任指导委员会主任,市人口计生委主任任领导小组组长;专家小组提供业务技术指导;项目办公室负责日常工作。市计生协负责青春健康项目的组织协调、倡导呼吁、师资培训、质量管理和评估监督;各区计生协负责项目试点的组织实施;项目试点区和试点单位都成立相应的组织实施机构或责任部门和责任人。市项目办与区项目办、区项目办与各试点单位分别签订了协议，明确各自的职责和义务。市、区相关部门积极参与、共同构建项目，制订了会议、联络、汇报、培训、活动、归档、监督、评估等制度，以确保项目顺利进行。

（五）青春健康项目的技术准备

从背景资料可以看到，上海开展青少年性与生殖健康教育不是从零点起步的，引入 ARH 项目开展青春健康教育，就不能是低水平的重复。青少年性与生殖健康教育是一个国际性关注的问题，开展这方面教育比较早的国家，不断研究探索，逐步形成了比较成熟的经验。

ARH 项目的新颖性可以概括为：运用多因素干预的理论模式／框架；设计三个目标人群的工作路线；采取参与式的教育方法（PLA）；开发调整行为能力的教育内容（生活技能培训）；开展亲青服务等多维的工作方法。加深对项目新颖性的理解，有助于项目实施前的技术准备。

1. 多因素干预的理论模式／框架

青少年性健康知识、态度、行为和决定，受五方面因素的影响：

（1）个人因素。包括年龄与性别、居住地点；知识、态度与信仰（宗教）；自尊、自信；学习动机、技能；饮酒、滥用药物；其他危险行为（沮丧、压力、出走、受虐）。

（2）同伴因素。包括对同伴行为的认识（性活跃、滥用药物、酗酒）；与性伴侣的关系（年龄与收入差别）；性与钱物的交易；对性伙伴的责任感。

（3）家庭因素。包括文化程度与收入水平低下的家庭态度

(轻视教育、鼓励早婚、不希望子女接触信息和服务);和谐美满家庭的态度(家庭内有良好的沟通、受家庭道德观念潜移默化、更多得到家庭成年人监护)。

(4) 组织因素。包括与宗教组织联系;与学校的联系;受教育机会,如安全的校内环境、学习的表现和走向;青少年工作情况,如丰富的业余活动、咨询、通过社区组织与其他成年人的联系。

(5) 社会因素。包括社会不稳定,如失业、贫困、失学;政治动荡,如战争、犯罪、迁移与流动;社会风俗,如习惯、缺少机会;政策,如提供避孕服务的合法性、法定结婚年龄等;大众传播媒介,如角色确定、色情信息等。

除个人因素外,其他方面因素也起着很大作用,因此对青少年开展性与生殖健康教育,如果忽略各种影响因素,效果往往是有限的。多因素干预的理论框架改变了既往单一的只针对青少年进行的性与生殖健康教育,而是对青少年有影响的因素同时进行多维的干预。

2. 三个目标人群的工作路线

在多因素干预的理论模式框架下,三个目标人群的工作路线,即把影响因素都列为工作的目标人群(图 1)。我们把各级领导人列为第三目标人群,通过倡导和呼吁,以取得他们对项目的重视和支持,创造一个有利的决策环境。为营造良好的社会氛围和环境,我们把影响青少年行为的周围人群,如家长、老师、同伴、社会成年人等,列为第二目标人群,通过宣传和培训,以提高他们的知识水平,改变不良的观念和行为准则,这是一个非常重要的环节。在对第三、二目标人群开展工作、进行干预的同时,把青少年列为第一目标人群,开展教育和服务,就能产生更好的效果(图 1)。

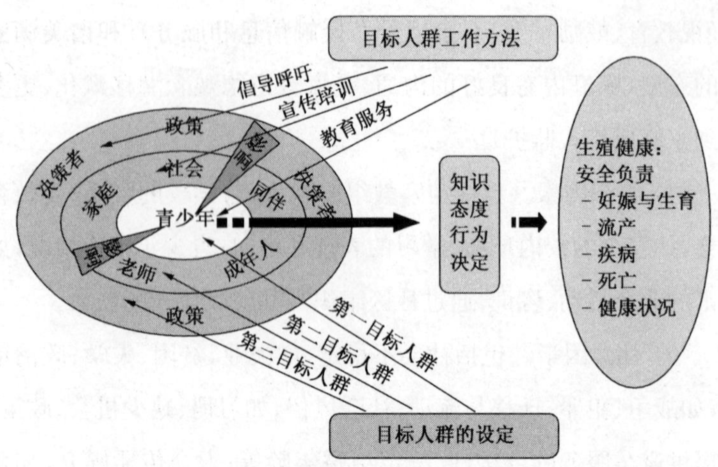

图 1　青少年性与生殖健康教育理论模式/框架

3. PLA 教学方法

PLA 方法在项目开始前是用于基线定性研究的，项目开始后同样用于师资(主持人)培训和青少年生活技能培训。PLA 方法以青少年为中心，改变青少年被动接受教育和服务的地位，使青少年在接受教育和服务过程中处于主动。根据教育内容围绕主题，PLA 选择适当方法开展平等的亲青交流，客观地了解青少年的实际情况，如知识水平、价值观念、态度和行为，开展有针对性的教育。PLA 方法能更有效地提供知识、传递信息、交流观念，引导青少年健康地、科学地和负责任地应对自己性与生殖健康的问题，比传统的单向教育方法更具有实效性。

4. 调整行为能力的教育内容

反映青少年性与生殖健康水平的不仅是知晓有关的知识，更为重要的是态度和行为。在开放的信息社会中，青少年获取性和生殖健康信息的途径很多，用什么样的价值观、什么样的行为准则、采取怎样的决定，都会产生不同的结果。青春健康项目采用的生活技能培训内容，着重调整青少年的行为能力，不仅为他（她）们提供科学的生殖健康知识和信息，而且帮助他（她）们提高生殖健康行为能力；不为教育而教育，而是针对性地解决青少年中存在的困惑和问题，从而更具科学性、实用性和实效性。在PATH的技术指导下，由中国计生协组织力量编写的、结合我国国情的青春健康项目生活技能培训教材（先由上海等城市的项目点试行后），2002年正式定名为《成长之道——青春健康生活技能培训指南》；2003年上海结合本地实际，由市青春健康项目办公室和市计生协联合编印了《青春健康——"生活技能培训"参考用书》。

5. 个性化亲青服务

对青少年进行生活技能培训，提供生殖健康知识和信息时，会引发出许多需要解惑的个性化的问题。亲青服务（Youth Friendly Service）是青春健康项目引入的、为帮助解决个性化问题设计的一种服务理念，是青春健康项目重要组成内容（图2），目的是为青少年提供亲切友好、科学准确、持之以恒、并为青少年乐于接受的性与生殖健康服务。亲青服务方式有宣传动员、健康教育、信息提供、咨询、生殖健康技术服务等；亲青服务人员要接受专门培训，热爱青少年性与生殖健康工作，要掌握咨询服务技巧，要严肃、亲切、畅言、守密，尊重青少年，理解青少年成长发育方面的要求，认可青少年之间的差异，有足够时间和青少年交流，满足青少年需求，保护青少年的隐私。要创造亲青服务的设施条件，包括有恰当的开放时间，方便的地理位置，足够的使用面积，舒适的环境布局，充分的隐私保护等。亲青服务希望达到的目标是，了解青少年成长需求，帮助青少年排忧解难，增强青少年自尊自强，促进青少年身心健康。

良好的亲青服务应该使青年人感觉到服务的环境是隐蔽的，不受干扰的；服务人员对青少年需求是很关心的；不管婚姻、性别如何，青少年都是受欢迎的；服务人员对其保密是值得信赖的。

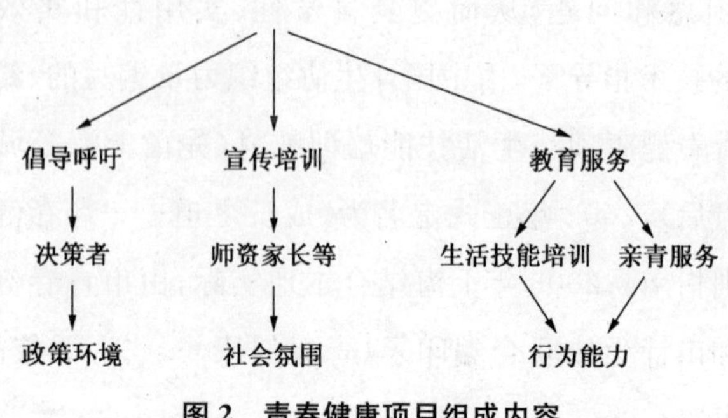

图2　青春健康项目组成内容

青春健康项目的方案与实施

(一) 青春健康项目实施的方案

上海市计生协在制订青春健康项目实施方案时，确定了六个具体目标：

1. 提高青少年性与生殖健康知识和技能，改变其对性及相关问题的看法与态度，增强青少年的自尊、自信、积极的性别平等和基本权利意识，促进安全、健康和负责任的性与生殖健康行为。

2. 促进青少年获取和利用他们乐于接受的性与生殖健康咨询及其他服务。

3. 营造有利开展青少年性与生殖健康教育和服务的社区和学校氛围。

4. 提高青少年性与生殖健康教育者和服务提供者的教育和

服务能力，并改变其传统观念。

5. 通过加强计生协和其他有关机构倡导、计划、实施、评估青少年行为教育创新活动的能力，促进社会和政府部门对青少年性与生殖健康问题的关注并实行相应措施。

6. 评价开展青少年性与生殖健康教育和向青少年提供性与生殖健康服务的效果，并分析其影响因素。

为保证项目实施质量，上海市计生协对实施项目的可行性、有效性和示范性作了周密的设计，为项目持续发展奠定了扎实基础。确定项目的实施方案的原则是：认识项目在先；倡导呼吁第三目标人群开路；宣传培训第二目标人群铺垫；教育服务第一目标人群追求实效；扩大试点范围"由点到面、分步实施、滚动推进"。

（二）青春健康项目方案的实施

1. 认识项目在先

青春健康项目由上海市计生协主持实施，由于其本身对实施大规模的国际项目缺乏经验，对基层计生协来说更是生疏，所以在青春健康项目实施前和滚动推进过程中，市计生协非常重视认识项目在先，强化三个意识。

（1）强化项目意识。市计生协的各级网络对开展一般群众性的工作很有经验，但青春健康项目有别于日常工作，不能简单地进行布置和安排。青春健康项目在我国实施，引入的国际经验，包括理论框架、设计路线、目标人群设计，实施方法等都有一个结合国情、不断探索的问题。项目产出的结果应该包括两个方面，一是项目实施后直接产出的成果；二是通过项目产出成果的评估，总结出在我国可以推广的青少年和未婚青年性和生殖健康教育的经验或者工作模式。因此要不断探索研究项目是否适合国情，有一个不断强化项目意识的过程。

(2) 强化质量意识。为了使项目得出的结果具有科学性，必须强化项目实施的质量，严格按照项目设计要求不走样。在项目实施中经常遇到的问题是，急于求成。在项目实施取得经验以后我们可以尽力把项目做大，但在项目摸索阶段急于扩大成果，不一定能带来正面的结果，相反由于不严格按照项目要求实施，质量不能保证，在评估项目结果时往往会产生偏差。要扩大项目试点范围，必须对项目的总体框架、技术路线、科学方法学习在先，认识在先。尤其对决策层面必须倡导呼吁在先。只有认识提高了，我们才能有目的地去实施，项目的质量才能有保证。

(3) 强化发展意识。建立项目时就要有发展意识，目的是推进上海市青少年和未婚青年性和生殖健康教育发展。项目提供了利用国际资源的机遇，在充分学习、汲取和消化国际经验、验证它的科学性、先进性和实用性的同时，我们要从发展的角度审视项目实施中的每一过程，融合市情探索创新。许多实践告诉我们，这是一个将项目转化为经常性工作的过程，要更多强化发展意识。

2. 倡导呼吁开路

开展青春健康项目的总目标是改善10—24岁青少年和未婚青年的性与生殖健康。实现这一总目标，必须得到各级领导部门的同意。因此，按照上海制订的项目实施方案，实施项目先要从倡导呼吁第三目标人群(各级决策者)开路。市计生协和区项目试点计生协，从不同层面坚持不懈地对第三目标人群进行倡导呼吁，以此使各级各部门领导决策层对实施青春健康项目的观念发生积极的转变,使各级政府将青春健康项目纳入政府的议事日程。210余名市、区各部门的主要或相关领导亲自主持或出席项目启动会、推广会、新闻发布会和大型的宣传活动并发表讲话;一系列支持青少年性与生殖健康教育和服务的重要文件相继出台;帮助落实项目经费;促进多部门之间的合作参与; 25家区级以上的电台、广播、报纸和网络,报道项目活动130余次;开发区以上与项目直接有关的宣传品64类,约20多万份,广泛宣传,扩大项目的社会辐射效应;促进广大群众理解、支持和参与项目,先后有4千余名中小学教师、20万名家长、50万名大中学生和15万名校外青少年参与了项目宣传活动。倡导呼吁为青春健康项目的实施,创造了一个良好的政策环境和社会氛围。

2001年9月全市召开青春健康项目启动会议,市政府领导、中国计生协和PATH高级官员,市教委、市卫生局、市总工会、团市委、市妇联、市科协、市人口委、计生协和区县相关部门领导,有关专家、新闻记者,近百人出席了这次会议。市领导在会上提出三点意见:一是应该充分认识到青少年性与生殖健康工作关系到未来人口的整体素质的重大意义;二是各级政府要给予支持,各部门尤其是教育、卫生、共青团、科协、性教育协会都要结合各自的职责积极参与,形成合力;三是各部门主动参与、献计献策,形成“思想上要重视、组织上要落实、方案上要细化、目标上要明确、经费上要保证”的共识,积极探索,创造特色。

青春健康项目开展以来,上海出台的促进青少年性与生殖健康教育和服务的政策性文件中,市级文件有8份、区级文件57份。青少年性与生殖健康的权利在各文件中都得到了体现。半数以上都是多部门积极参与,联合下文。上海市人口和计划生育委员会,上海市教育委员会,共青团上海市委员会,上海市计划生育协会4个市级政府部门和群众团体经过反复协商,于2003年7月联合下发了《关于进一步加强本市青少年性与生殖健康宣传教育工作的意见》,该文件将青春健康项目目标融入四个相关部门宣传教育的目标,明确各自的职责和任务。市教委的职责是将性与生殖健康教育纳入《生命教育》正规课程,选拔和培训师资骨干,利用学校心理辅导咨询室提供性与生殖健康咨询服务,充分利用家长学校,促进家庭性教育。该文件还要求各部门紧密配合,形成合力,确保宣传教育和服务内容为青少年所需、形式为青少年所乐意接受。这些认识和要求符合时代发展的要求,体现了以青少年为主体的思想。

各区县响应《关于进一步加强本市青少年性与生殖健康宣传教育工作的意见》文件精神,进一步加大政策倡导力度。南汇、闵行、静安、长宁、虹口等11个区县的宣传部、人口委、教委、团委等部门也联合发文,以青春健康项目为抓手,进一步加强青少年性与生殖健康宣传教育工作。各区以青少年为主体,提倡参与式的学习方法,鼓励同伴教育、自我教育,寓教于乐;关注弱势、边缘和重点人群如盲人、智障儿童和流动人口的教育与服务;肯定青少年有接受性与生殖健康教育和获得服务的权利,明确指出青少年的需求是多样的,从而要求进行综合性性教育;强调要加强青少年自身的心理健康和社会适应能力,在加强学校教育的同时,加强社区和家庭的教育,以及三者的互动合作。

倡导呼吁产生的另一重要成果是经费得到了保证。根据青春健康项目协议,中国计生协每年下拨上海项目经费40万元,要求当地政府落实等额配套经费。上海市、区二级青春健康项目的经费投入逐年增高，都超过了等额配套的金额。五年来，上海各级政府累计下拨配套经费达 610.39 万元。

3. 宣传培训铺垫

宣传培训第二目标人群是实施项目基础性工作。切实改变第二目标人群的观念、态度和端正行为准则是一项铺垫性工作。宣传培训包括两方面，一是项目师资队伍建设，二是对成年人员宣传培训。

(1) 师资队伍建设

上海市计生协把加强师资队伍建设列为项目活动重要内容之一，注重师资选拔、分级培训、作用发挥、维护发展。

师资选拔。

选拔师资应考虑专业背景，市计生协选拔的项目师资队伍由教师、医师、社会工作者、计生干部、志愿者等多方面人才组成；要求师资具有医学、社会学、教育学方面知识，社会工作、计生工作、教育工作方面的经历；乐于参与青春健康项目工作，能和年轻人交往，热心主持活动；有敏锐思维、良好交流、沟通、协调和主持技能；尊重不同意见，善于倾听，不加主观批判；能坦然、自然地谈性；有幽默感；善于运用多种多样的参与式教育方法。师资选拔分级进行，国家级师资由市计生协选派，市级师资由区计生协选送。

分级培训。

市计生协培训各级师资总共 2 937 人。其中选派 15 人参加国家级师资培训，183 人参加市级师资培训班。市级师资队伍构成情况是：计生协会人员 73 人，占 39.9%；教师 63 人、占 34.4%；医务人员 31 人，占 16.9%；青年骨干 10 人，占 5.5%；研究人员 3

人,占 1.6%;药房人员 3 人,占 1.6%。各区县计生协组织区级培训 2 754 人,每次培训时间 2—4 天;采用 PLA 方法(共同讨论培训班目标、自我/互相介绍、头脑风暴、小组讨论、案例分析、角色扮演等)通过多媒体专题介绍、试讲、培训后问卷评估等进行培训。内容包括:青春健康项目背景和理论框架;上海市青春健康项目实施分案;生活技能培训教案介绍;PLA 培训方法介绍、主持生活技能培训的技巧;了解年轻人价值观、行为变化;生殖避孕、预防性病与艾滋病;亲青服务的特征以及基本服务技巧;国内外少女妊娠形势、亲青服务中的男性青少年问题、青少年性与生殖健康政策、青少年犯罪相关法律政策等。为保证区级培训顺利进行,市计生协向区县印发师资培训教案和亲青服务培训资料,并对区级培训进行技术指导和质量把关。

作用发挥。

师资经培训后发挥了作用。一是开展生活技能培训和咨询。师资在项目活动中的任务是运用 PLA 方法,按照制定的教材《成长之道》,对校内外青少年开展生活技能培训。二是对第二目标人群宣传培训。师资对所在地的基层师资进行培训活动,并对家长、老师、社区计生骨干、其他成年人等第二目标人群进行宣传培训。三是参与所在区县项目的实施。师资帮助总结实践经验,不断完善项目实施分案,改进宣传培训技能。四是协助计生协开展宣传倡导。师资在培训中,把掌握的第一手资料,如青少年的状况和需求、社会反应和支持程度等,作为宣传倡导的内容,对领导和决策者进行倡导和呼吁。

维护发展。

维护青春健康项目师资队伍稳定和求得不断发展,是体现项目发展意识的重要内容。市计生协为参加市级培训班的师资颁发证书，建立上海市青春健康项目师资库，记录接受过国家级和市级培训人员相关信息。对库内师资创造条件进行继续培训，并随着项目试点范围不断扩大，库内师资队伍也不断扩大。师资库为市计生协维护和发展师资队伍提供了基础性资料，也为各区、县项目点提供聘请授课师资信息。市计生协鼓励和组织区、县计生协之间师资交流经验，开展生活技能培训观摩课活动，加强师资间的沟通，相互切磋，取长补短，提高培训技能。市计生协为优秀师资创造提高条件，选派他们参加中国计生协举办的项目培训，通过电话、电子邮件为他们提供国内外青少年性与生殖健康教育服务信息资料，鼓励他们总结项目实践经验，以维护师资队伍的稳定和发展。

(2) 成年人员培训

家长同步培训。

家庭是开展青少年性与生殖健康教育的重要阵地，但目前家庭青春健康教育始终是薄弱环节，许多家长思想观念上存在着障碍。针对这一现状，各项目点在项目实施过程中采取多种形式对家长进行了宣传培训：发送致家长的公开信，举办各种报告会、家长会、讲座、信息论坛、座谈研讨等，加强沟通、取得理解和共识。浦东新区召开了试点学校学生家长座谈会；闸北区为试点街道的家长举办“关注青少年性与生殖健康教育是学校与社会共同的责任”专题报告；松江区邀请家长参加“让性与生殖健康教育走进社区、走进家庭”的讨论；静安区组织家长参加“架起心灵之桥”的互动活动；南汇区邀请市有关专家为家长介绍青春期生理与心理知识。上海电视台“有话大家说——关注青少年性与生殖健康”栏目特别邀请了家长、老师参加，和学生进行了面对面的交流。家长同步培训使其认识到，对青少年开展性与生殖健康教育不仅涉及生理健康范畴，更关系到青少年的心理与人格的健全，从而加深了对青春健康项目的理解，有利于项目的推进。

社会成人教育。

除了针对师资和家长的培训，市、区计生协还利用各种机会向社会各界成年人介绍项目，宣传青少年性与生殖健康教育的信息，以争取更多的第二目标人群的理解和支持。市计生协定期举办大型的性与生殖健康信息传递会；组织各种活动，向人口计生干部、社区医务人员等介绍青春健康项目，使越来越多的成年人结合本职工作，重视对青少年的教育与服务。

同伴教育。

同伴教育是指具有相同年龄、性别、生活环境，具有相同经历、教育水平和社会地位，或由于某些原因而具有共同语言的人，在一起分享信息、观念和行为技能的教育形式。它具有文化适宜性（即能提供符合某一人群文化特征的信息）、可接受性（即同伴间容易沟通，交流更为自然）、经济性（即花费少，效果好）等优点。

1998 年联合国人口基金第四期青少年生殖健康同伴教育项目在闵行区试点。期间，市计生协继续拓展同伴教育，投入专项经费，支持大学开展同伴教育。交通大学和上海电机专科学院以“亲青关爱协会”和“同伴之家”为平台，由校团委和计生协与市、区计生协联手，支持开展同伴教育。通过校园内公开招募、笔试、初步面试，他们选拔 50 余名大学生为同伴教育的骨干，举办了封闭培训。培训后的骨干两人一组，年内对 600 余名学生进行了生活技能培训。同时，“亲青关爱协会”还组织了“热爱生命，关心自己”、

“因为安全，所以快乐”、“紧急避孕知识介绍”等系列讲座、知识竞赛。大学生同伴教育者还主动在暑期走进学校附近的社区，协助区计生协为外来流动人口青少年进行培训；全面参与艾滋病宣传日广场活动的设计和组织，如排演音乐剧“爱在阳光下”、组织“爱之关怀”签名和发放安全套等活动。为满足青少年同伴的需求，“亲青关爱协会”还设计自己的中英文网页，利用 BBS 进行生殖健康知识同伴咨询与辅导。大学生同伴教育者编著了《同伴教育手册》。

除在闵行区做试点外，市计生协还鼓励有条件的区逐步在中学、社区和企业开展同伴教育。卢湾区、黄浦区利用上海第二医科大学的同伴教育者，运用参与式方法为中学生开展生活技能培训；静安区在上海戏剧学院和华东医院招募青年志愿者，组成社区“防艾亲青”服务队，在接受培训后，积极参与面向社区青少年的咨询与服务；黄浦区、浦东新区在项目试点中学选择高中生为同伴教育骨干，为初中生进行生活技能培训；奉贤、闵行、宝山等区还选拔企业中的团干部、人事主管和领班接受培训，让他们作为主持人在本单位对青年开展生活技能培训。据统计，120 名青少年同伴教育主持人，对 2 600 余名青少年进行了同伴教育培训。

4. 教育求实、服务求效

青春健康项目的总目标是改善青少年和未婚青年性与生殖健康，因此教育服务第一目标人群务必求实效。青春健康项目教育服务的思路是，使青少年和未婚青年增加知识信息，端正价值观念，改变行为能力。为达到有效的教育服务，在教育内容和方法上引入生活技能培训和 PLA 方法新概念，在服务内容和方法上引入了亲青服务的新概念。

要进行综合性性教育。PATH 向中国推荐的生活技能培训的基础是综合性性教育，教育内容比较全面，它包括人的发育、关系、个人技巧、性健康、社会和文化等六个方面。综合性性教育介绍的这些内容，在引用时应结合实际进行选择，要考虑性教育应包括哪些方面？每个方面内容的主要组成？不同年龄阶段或发育阶段相应提供什么具体信息？现有的性教育是否包括了适当内容？中国计生协与 PATH 根据我国青少年的特点，在调查、分析和总结的基础上编写了《成长之道——青春健康生活技能培训指南》教材。

《成长之道》教材是为中国青少年设计的生活技能培训指南。目的是希望通过使用本套教材的培训课程，能够帮助青少年坦然面对成长过程中的各种挑战，在性健康与生殖健康方面做出健康的、安全的、负责任的决定，为今后的生活做好充分的准备。对于年轻男女来说，青春期是一个充满变化和机会的阶段，年轻人必须开始对将来在生活和工作中的角色做出选择，做好准备，同时获取承担社会角色所必需的知识和技能。他们必须在与同性和异性同伴建立联系、与家人保持密切联系时，增强独立性。年轻人还必须学会处理好自己在生理和心理方面的日益增长的性需求，为今后的婚育生活奠定良好的基础。

生活技能培训正是这样的一门课程，它包括两项最重要的任务：帮助青年人为未来要承担的社会角色做准备，使他们更深入地了解自己现在是什么人，将来要成为什么人，走向何方，路在何方；促进他们的性与生殖健康，对他们生理、情感和行为诸方面产生影响。生活技能培训课程通过提供丰富多彩的活动和练习，帮助青少年掌握必要的知识、态度和技能，使他们成功地迎接成长过程中所面临的性与生殖健康方面的挑战。如获得关于认识自身、性、避孕和预防感染性传播疾病以及为未来生活做好准备等方面的信息和知识;探寻和澄清关于在成长、性别角色、冒险性行为、表达感情与友谊方面的态度和观念;练习做决定、设定生活目标、交流、拒绝、抵制压力的技能。

生活技能培训课程设置是有依据的:如果具备充分的信息、正确的态度和观念、以及必要的技能,年轻人是能够作出好的选择和决定的;年轻人有获取适宜的信息和技能的需求;成年人能够信任年轻人,并乐于为他们提供这些经验;生活技能课堂练习是一种比较有效的学习方法;适合年轻人的课程设置可以创造性地将生活技能培训融入日常活动之中。

这套教案为我国 10 至 24 岁青少年和未婚青年而设计。具体使用时要注意对象情况,对从来没有接受过类似培训的年轻人,要系统地完整地使用整套教案。如果对象已经接受过某些信息和知识,那么就需要首先了解他们的需求,看哪些内容适合他们目前的需要,然后选择教案中的有关单元和内容,因人、因时、因地制宜重新组合成少则 1—3 小时/单元、多则 10 多小时/单元的教材。同样,每个单元所需时间也因情况不同,可以短至 30 分钟,长至 3 小时以上。上海在这套教材的基础上,结合实际,又编印了《青春健康——“生活技能培训”参考用书》。

生活技能培训成败关键是主持人,项目师资在生活技能培训时是以主持人的身份出现的。鉴于生活技能培训讨论敏感性的问题,主持人需要具有乐于与年轻人交往、共事的素质;具备有关性、健康和职业教育方面的知识;热心于主持这些活动;具有良好的交流、沟通和小组主持技能;尊重不同意见,善于倾听,不加评判；能够坦然地、自然地谈论性；有幽默感；善于运用多种多样的参与式的实验教学方法等特点。能够根据实际情况和不同青少年的需求，灵活地对培训内容、活动进行必要的增减和修改，增加提问，引发讨论，以帮助青少年积极思考、理解、掌握有关知识和技能。

生活技能培训课程设定的目标是，为年轻人提供更好地了解自身、兴趣、能力、家庭、个人观念和影响他们自身感受等因素的机会；帮助年轻人作出对将来工作和婚育的决定，树立生活目标，并鼓励他们为实现目标而努力；增进年轻人在性、家庭计划、交流三方面的知识。为达到这一目标，《成长之道——青春健康项目生活技能培训指南》设计了九个单元课程，包括：青春期健康、避孕、预防性传播疾病、预防艾滋病病毒感染、价值观、人际关系、性与性行为、远离毒品、未来计划。每一单元又有若干实践性活动构成，用生动活泼、妙趣横生的方式来达到每一单元的学习目标。每一单元都明确要实现的学习目标、需要使用的工具和材料、需要的时间、实施步骤、讨论要点。据统计，目前已有 34.93 万名校内学生、8.78 万名校外青少年接受了 4—9 小时参与式生活技能的培训。在局部试点和局部推广阶段，有 6 个区开展了生活技能培训，受训校内学生 1.04 万名、校外青少年 0.14 万名；取得经验后进入全市推广阶段，有 19 个区县扩大了试点面，受训校内学生 33.89 万名，校外青少年 8.64 万名。

5. 个性化亲青服务

亲青服务是项目实施中期引入的服务概念。2002 年 7 月至 8 月，中国计生协和 PATH 在上海举办青春健康项目亲青服务培训班，将建立亲青服务的原则、步骤和方法，亲青服务技能特别是咨询技巧，亲青服务的任务，监督评估办法等介绍给中国。

上海市计生协对亲青服务在认识和技术上进行了充分准备后，从实际出发，充分利用现有的计划生育和生殖保健服务设施，增加亲青服务内容，同时积极创造条件单独设置亲青服务机构。为提高对亲青服务认识和加强提供服务技能，市计生协印制下发《亲青服务培训资料》5 000 册，举办了 2 期共 84 人参加的封闭式亲青服务培训班，部分区计生协的领导、专职项目人员、咨询人员、医生、药店人员、社工和青少年代表等参加培训。

截至 2005 年 11 月止，上海共建立校内亲青服务点 465 个，校外亲青服务点 136 个。专题评估了比较符合要求的、分布在市、区、街道和学校四个层面的 9 个亲青服务点(含 2 个新建点)，其中 1 个是市级的上海市青春健康指导服务中心，1 个是社区的闸北区共和新路街道亲青服务点，其他 7 个服务点分别依托学校心理咨询室、区青少年活动中心及街道计划生育综合服务站。服务的目标人群包括在校学生、校外社区青少年和未婚流动人口等多个青少年群体。服务提供者包括计划生育工作者、学校心理老师、卫生室老师和医务人员等。对校内校外青少年服务都各具特色，但都以提供咨询服务为主，包括面对面、电话、普通信函、电子邮件和网络咨询等形式。街道亲青服务点还免费发放避孕药具(以避孕套为主)。在 9 个亲青服务点以外，对其他有亲青服务内容的机构，制订了亲青服务沟通计划。与市计划生育指导所主持的“青春关爱俱乐部”沟通协作，共同参与亲青服务；与市妇保所合作开通“上海市青春健康专线”；鼓励杨浦区妇保所开设“少女绿色通道”；支持完善虹口区“青春健康心语”网上咨询；培训部分药店服务人员，

“青春健康”宣传信息推进药房等。开展亲青服务以来，各机构共为 2 万名青少年提供了服务。9 个亲青服务点接受服务的人数为 3 162 人，其中网络咨询 2 079 人、面对面咨询 724 人、电话咨询 335 人、E-mail 咨询 24 人，不同咨询方式的咨询量有明显差异，同一种咨询方式在不同服务点的服务利用量也有较大的差异。网络咨询明显高于其他任何一种咨询方式。

6. 试点范围滚动推进

在扩大项目试点范围时，上海遵循了“由点到面、分步实施、滚动推进”的原则，先后经历了确定局部试点、局部推广试点和全市推广试点三个阶段；为保证项目试点扩大不走样，在试点区建立了“青春健康项目示范试点”，作为中国计生协和上海市计生协认可的样板。

局部试点阶段(2000 年 5 月—2001 年 3 月)：选择浦东新区和闸北区为项目起步时的试点地。浦东新区选择 2 所中学和 1 所职校为校内试点，工作对象为 13—18 岁校内学生；闸北区选择 2 个街道的 8 个里委和 2 个企业为校外试点，工作对象为 15—24 岁的校外青少年。

局部推广试点阶段(2001 年 3 月—2003 年 3 月)：浦东新区、闸北区在原有基础上扩大多个学校和社区；增加长宁、静安、虹口、松江四个区为扩大试点区，为全市推广做准备。

全市推广试点阶段(2003 年 3 月—2005 年 5 月)：原浦东新区、闸北、长宁、静安、虹口、松江六个区滚动推进，再扩大试点；按照实施方案的预期目标，其余 13 个区县全面试点。截至 2005 年底止，覆盖到全市 19 个区(县)，167 个街道(镇)、296 个单位，共建立 899 个项目点，其中中学 595 所、大学 8 所；颁发区以上文件 52

件，落实配套经费 610.39 万元；培训各级师资 0.29 万人、培训校内青少年 34.94 万人、校外青少年 8.78 万人；建立 465 个校内亲青服务点、136 个校外亲青服务点，为青春健康项目的持续发展奠定了试点的基础。

青春健康项目的监督评估

对青春健康项目的监督评估非常重要。在项目启动以后，上海就编写了青春健康项目实施过程的监督与评估手册，供参与项目实施和管理的人员应用。在项目的日常管理中，再进一步完善这套监督评估系统。

(一) 项目的过程评估

青春健康项目将总目标分解为四个分目标，四个分目标预期产出的项目活动(图 3)是项目监督评估的内容和指标依据。青春健康项目过程监督与评估手册设计了四个分目标监督评估的内容，包括主要活动、检验指标(过程或结果指标)、检验手段(数据来源)、检验时间、监督评估单位等，分解成 21 份统计表格。项目在国家宏观层面上，侧重于对项目预期目标实现程度和产出成果状况的评估；在项目点的微观层面上，侧重于对过程和活动的记录和分析。按监督评估要求，上海市计生协按时上报项目进度报告、项目财务报告、半年和年度计划与预算(每年 9 月 25 日报半年进度报告、3 月 25 日报年度进度报告)和半年 6 份、年度 21 份统计表和汇总表；项目期中进行财务审计，2005 年年底项目结束，上报终期进度报告和终期财务报告。

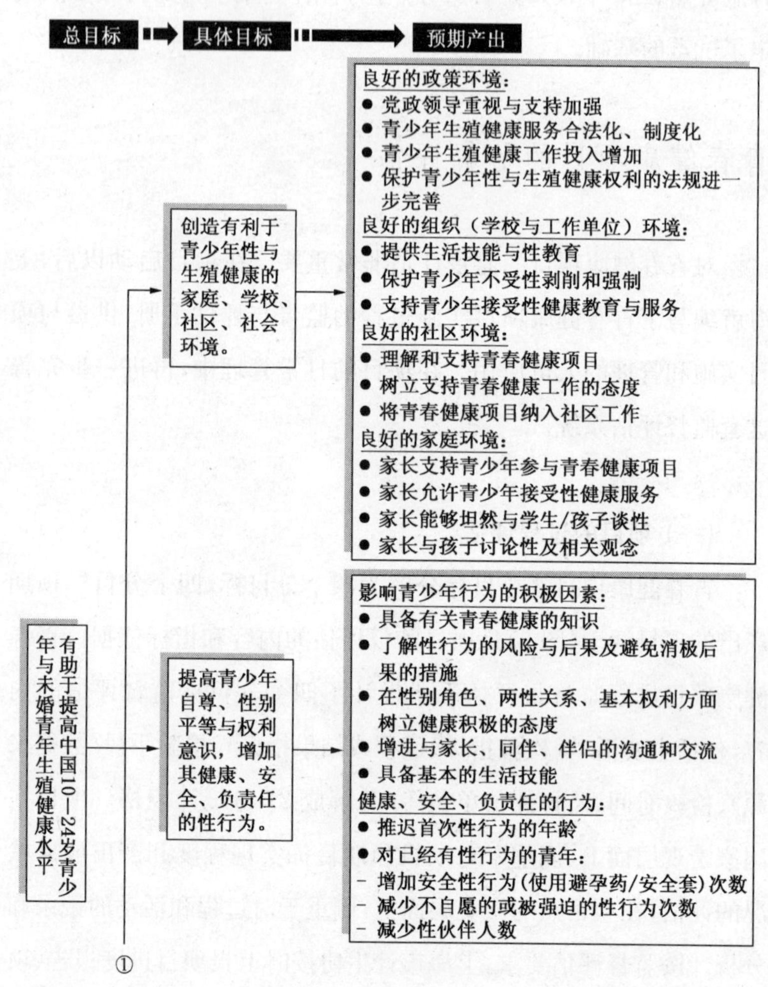

总目标
具体目标
预期产出
良好的政策环境：
● 党政领导重视与支持加强
● 青少年生殖健康服务合法化、制度化
● 青少年生殖健康工作投入增加
● 保护青少年性与生殖健康权利的法规进一步完善
良好的组织（学校与工作单位）环境：
● 提供生活技能与性教育
● 保护青少年不受性剥削和强制
● 支持青少年接受性健康教育与服务
良好的社区环境：
● 理解和支持青春健康项目
● 树立支持青春健康工作的态度
● 将青春健康项目纳入社区工作
良好的家庭环境：
● 家长支持青少年参与青春健康项目
● 家长允许青少年接受性健康服务
● 家长能够坦然与学生/孩子谈性
● 家长与孩子讨论性及相关观念
创造有利于青少年性与生殖健康的家庭、学校、社区、社会环境。
影响青少年行为的积极因素：
● 具备有关青春健康的知识
● 了解性行为的风险与后果及避免消极后果的措施
● 在性别角色、两性关系、基本权利方面树立健康积极的态度
● 增进与家长、同伴、伴侣的沟通和交流
● 具备基本的生活技能
健康、安全、负责任的行为：
● 推迟首次性行为的年龄
● 对已经有性行为的青年：
- 增加安全性行为(使用避孕药/安全套)次数
- 减少不自愿的或被强迫的性行为次数
- 减少性伙伴人数
有助于提高中国10—24岁青少年与未婚青年生殖健康水平
提高青少年自尊、性别平等与权利意识，增加其健康、安全、负责任的性行为。
①

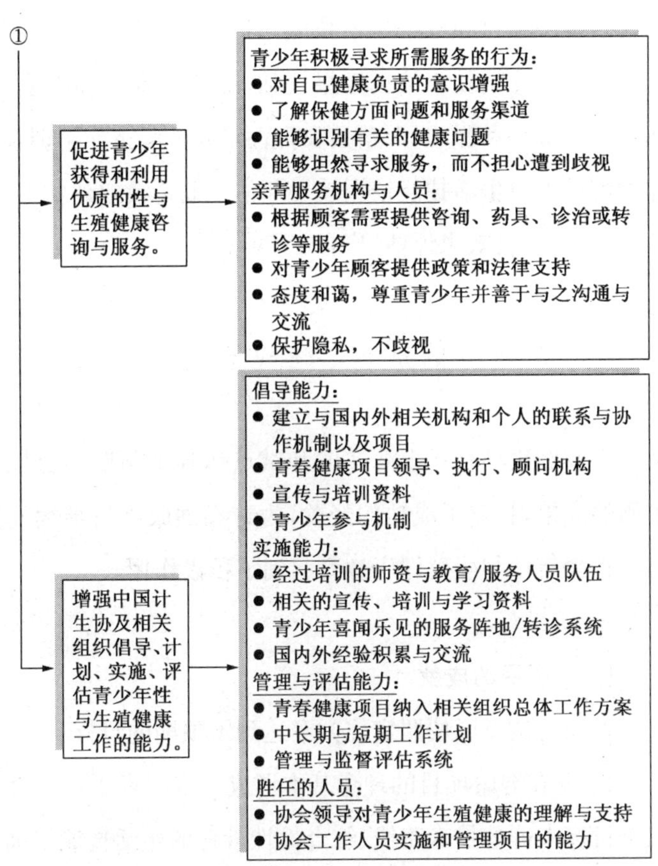

图 3　青春健康项目将总目标分解

（二）绩效评估

项目中期以后，中国计生协和PATH组织合作，对项目的全面效果和影响进行了七个专题的绩效评估，内容为：上海青春健康项目政策环境影响评估、上海青春健康项目亲青服务评估研究、上海青春健康项目职校生生活技能培训与亲青服务效果评估、天津市学生家长生殖健康培训效果评估、哈尔滨青春健康项目对教育体系干预效果和影响、上蔡县农村青年人生活技能培训效果评估、深圳流动人口生活技能培训效果评估。七个绩效评估报告汇编成"青春健康项目效果评估"集合本。

青春健康项目的成就、经验与发展

青春健康项目在上海实践和试点达到了预期的目标，取得了丰硕的成果，积累了成功的经验，为青春健康项目继续发展，推进上海青少年性与生殖健康教育起到了积极作用。

（一）项目的成就

各项目试点区按照实施方案达到了预期的目标。

1. 青春健康项目的理念基本形成。多因素干预的理论框架、三个目标人群的技术路线、综合性性教育的生活技能培训内容、以青少年为中心的参与式教育方法，及其发展而来的同伴教育、针对性的亲青服务技能和方法等，都开始为项目试点区所接受，在实践中不断深化认识，消化吸收，使之具有更强的生命力。

2. 积极倡导呼吁产生明显效果。有利于推进青少年性与生殖健康教育的政策环境，如多部门合作，优势互补，资源整合的局面开始出现。青少年性与生殖健康教育，不再是要不要开展，而是如何更好地开展的问题，这项工作已被纳入各级政府的工作规划。

3. 营造了开展青少年性与生殖健康工作的社会、社区和学校氛围。全市范围开展了项目试点，建立了项目示范单位，组织了一支青春健康项目师资（主持人）队伍，宣传培训了一批教师、家长以及同伴教育骨干，一个声势大、影响面广的社会氛围开始形成。

4. 生活技能培训的内容、参与式教育方法、亲青服务理念等为青少年所欢迎。青春健康项目有利于增强青少年自尊、自信、性别平等观念和基本权利意识，以及安全、健康、负责任的性与生殖健康行为能力。

5. 青春健康教育的创新能力有了提高。各级计生协在项目的倡导、计划、实施、评估青少年性和生殖健康教育方面的能力得到加强，在推进青少年性和生殖健康教育上发挥动力作用、创造作用和技术指导的地位逐步形成。青春健康项目成为上海计生协的一个工作品牌。

（二）项目的经验

经过不断扩大项目试点范围，项目试点区取得了许多有益的经验。

1. 倡导呼吁是关键

根据我国国情，开展青少年和未婚青年性和生殖健康教育，必须取得各级政府和部门的支持。本项目设计的第三目标人群和针对性倡导呼吁方法，是推进这项工作的关键。五年实践告诉我们，有效地倡导呼吁应有内容、有方法、有目标。

有内容。向政府和行政部门倡导呼吁时，要揭示青少年性和生殖健康现状和存在的不容乐观的严重问题,强调开展青少年性和生殖健康教育必要性和紧迫性,阐述和宣传国际上开展青少年性和生殖健康教育取得的效果,以及实施教育后青少年婚前性行为减少的调查资料。展示实施青春健康项目所取得的成果,引用可信的对比资料,解除决策者对开展性和生殖健康教育存在的疑虑。

有方法。寻找一切机会,如汇报会、研讨会、专题会、理事会、联席会、报告会等,向政府和行政部门的领导宣传、汇报、倡导、呼吁;借助多种媒体,如报刊、电台、电视台、网络、通讯、快报、动态信息,利用各种手段,如宣传品、墙报、展板、折页、传单、VCD 等,向学校、家庭、社会以及青少年进行宣传。

有目标。倡导呼吁的目的是,使各级政府和相关责任部门决策者充分认识开展这项工作的必要性和紧迫性,把青少年性和生殖健康教育纳入议事日程,并制订相关政策、文件,从而领导好这项工作。

2. 宣传培训是基础

在对青少年性和生殖健康知识、态度和行为产生影响的各种因素中,成年人的影响非常重要。本项目的鲜明特点是设计了第二目标人群,对这一目标人群的宣传培训是开展这项工作的重要基础。

要建设好师资队伍。开展青少年和未婚青年性和生殖健康教育需要有一支高质量的师资队伍,建设一支相对稳定,不断强化培训的师资队伍,是项目战略发展的重要基础。建立师资队伍首先要选拔师资、分级培训、不断优化师资结构,建立师资库。不仅要选拔热心这项工作的师资,同时要选拔有业务基础,能胜任这项工作的师资。不仅要对他们培训 PLA 方法,而且要对教育中涉及比较敏感的内容、有争论而又必须教育的内容进行培训。一方面要吸取国际经验,另一方面又要结合我国国情,积极稳妥地进行针对性的业务培训,这是本项目发展的重要环节。

要对成年人、同龄人同步宣传培训。通过家长会、专题报告会、信息传递会、大型活动,同伴教育者培训等形式,采用宣传资料、宣传品进社区、进楼组,进家庭的方法,能起到营造良好社会氛围的重要作用。

3. 教育服务是目标

青春健康项目旨在通过教育服务改善青少年性和生殖健康。对第三目标人群倡导呼吁,对第二目标人群宣传培训,都是为第一目标人群的教育和服务创造条件。教育服务应有教材、有方法、有阵地。

有教材。编写青春健康教育教材,要融知识、态度、行为和决定为一体,以生活技能培训为重点。创新的教材内容必须不断地修改完善,尤其对一些社会关注的敏感性题材,既要考虑到需要,又要考虑到社会接受程度,相得益彰才能取得良好的效果。

有方法。项目设计的 PLA 多种教学方法,不仅使教学充满活力和生趣,更重要的是改变了青少年在教学中的地位,即从单向接受教育的对象地位,变为主动学习的主人地位。PLA 方法使教育者和受教育者之间透明度大大增加,距离大大拉近,有利于交流,有利于提高。PLA 方法是推进青少年性与生殖健康教育的重要内容。

有阵地。青少年性和生殖健康教育需要有相对稳定的阵地,项目倡导呼吁将青少年性和生殖健康教育纳入基础教育和高等教育的教学内容,纳入社区计生协和相关部门联合举办的人口学校的教学内容,在学校和社区建立亲青服务网络,出版《上海市青春健康项目文集》等，都是项目结束后转入经常性工作的重要保障条件(图 4)。

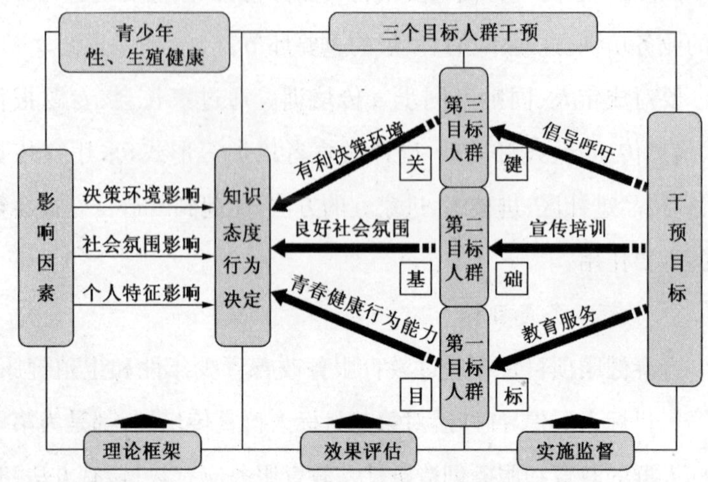

图 4　青春健康项目发展的保障条件

(三) 项目的发展

青春健康项目在充分学习、汲取和消化国际经验，验证其科学性、先进性和实用性的同时，从发展的角度审视项目实施中的每一过程，融合本地区的实际情况，探索创造自己的经验。现在项目虽然暂时告一段落，但项目作为提升上海市青少年和未婚青年性与生殖健康教育的作用，已为政府决策部门认可。青春健康项目的内容，已列入"上海市人口和计划生育十一五发展规划"，以校内、校外教育制度化的形式持续发展。

1. 校内教育制度化

上海市计生协根据国务院有关加强未成年人思想道德建设文件和中华人民共和国人口与计划生育法的精神，根据本市各级政府为青少年和未婚青年开展性与生殖健康教育制订的相关政策，结合国家教委的“艾滋病教育”和“禁毒教育”，来开展青春健康教育。

上海市教委还将“生命教育”列入制度建设的范围。将青春健康项目生活技能培训与心理健康教育结合，纳入生命教育正规课程，保证课时，落实教师。浦东新区作为校内项目示范区，由教育局发文，明确所属中学进行生活技能培训的课程、课时和师资保障等内容；全区已有四分之一的中学实施了生活技能培训。浦东、杨浦、虹口、宝山、黄浦等区的教育局将主持人培训纳入教师培训的正规课程，培训记录作为教师进修学分，并颁发证书。

2. 校外教育制度化

上海市计生协在社区开展青春健康项目试点时，十分重视制度化建设。经验证明，以人口计生委为主，协会推进；以街道办事处牵头，共青团、文明办、综合治理办、文教科、劳动力管理部门合作，可成为社区青少年性与生殖健康教育的领导体系和组织机构。闸北、嘉定、虹口、长宁、普陀、浦东等区的实践，都验证了这一模式的可行性。

协会充分发挥技术指导作用，以青春健康项目为抓手，不断探索与时俱进的教育服务内容和方法。市人口计生委在本市生殖健康教育服务内容中纳入青春健康教育，将“大力推进青春健康教育进社区”列为工作要点。人口计生委强调，除继续在校内开展青春健康教育外，更要关注那些易被忽略的外来人口群体，建立健全学校、家庭和社区互动、立体的教育模式；利用社区实行人口现居住地管理的契机，把青春健康教育纳入对外来青少年和未婚青年实行同宣传、同管理、同服务的内容。社区开展青少年性与生殖健康教育必须建立校外未婚青少年人群信息系统，尤其是外来未婚青年，掌握社区校外青少年人群的数量、分布和需求的动态状况，这样才能使尽量多的校外青少年得到教育和服务。

社区开展青少年性与生殖健康教育，人口学校和生殖健康综合服务站是可利用的平台。本市拥有 232 个社区学校或人口学校、244 个生殖健康综合服务站。青少年性与生殖健康教育服务平台建设必须走资源整合的道路：一是各级社区学校或人口学校将生活技能培训融入教学计划，根据社区校外青少年信息系统提供的数量和需求信息，分期、分批地进行生活技能培训，保证有需求的未婚青少年接受培训不少于 6—9 小时。二是社区"协会之家"作为组织小区内无业、待业未婚青少年进行培训的平台。三是借助企业、单位职工素质教育和上岗培训，将生活技能培训纳入其培训计划。单位计生协协助团委、工会和劳动人事部门每年度有计划地对新进上岗人员进行生活技能培训，因地制宜地开设独立"亲青服务室"或利用生殖健康综合服务站来开展亲青服务。

社区开展青少年性与生殖健康教育必须建立一支相对稳定的师资队伍。在街道、镇的层面组建 10 人规模的师资队伍比较合适。师资应该年轻化，以医师、教师、社会工作者为宜。建立师资库，对师资定时轮训，资源共享。校外青少年接触社会多，个性化问题也多，师资力量配备必须符合这一特点，并且设计更为适合、容易接受的教学内容，使生殖与避孕、预防性病艾滋病、远离毒品、性与决定、恋爱与婚姻等更具有针对性。

与校内培训不同的是校外教育必须因地、因时制宜，更接近"学分制"教育。青少年性与生殖健康教育的难点在社区，社区教育的难点又在制度化。市计生协在未来推进社区青少年性与生殖健康教育制度的任务，将是艰巨的。

(四)协会的动力作用和指导地位

上海市计划生育协会经过近二十多年的发展,已成为全市人口计生事业和工作领域中一支重要的非政府组织力量。协会紧紧围绕人口计生工作总体部署,动员全市近7千个基层分会组织,50多万名会员,以及广大群众积极参与人口与计划生育工作:开展计划生育、生殖保健宣传、咨询和服务;关心帮助计划生育困难家庭和弱势群体;维护群众合法权益;加强国际交往与合作等。

上海开展国际合作已积累了许多经验。1990年,奉贤、嘉定、松江、青浦等区计生协组织实施联合国人口基金避孕节育、婚前教育、科学育儿等项目,取得良好效果。1994年,黄浦等区开展国际计生联关于未婚青年性健康知识宣传培训项目,得到国际计生联领导及亚大地区执委会成员一致好评。1999年,闵行区在4所学校实施联合国人口基金青少年生殖健康教育的项目,开创了以同伴教育为主的教育方式。这一切无不为联合国人口基金第五周期青少年生殖健康项目和青春健康项目的引入,在新的国际合作项目中能发挥更大的作用奠定了基础。

上海各级计生协在主持青春健康项目的实施过程中,潜能和群体优势充分显示出来。协会始终坚持倡导呼吁先行,因倡导呼吁而出名。倡导者,动力也。协会的动力作用是社会赐予的。协会对青春健康项目的技术信息掌握最全面,因技术领先而出名。领先者,指导也。协会的技术指导地位也是社会赐予的。上海市计生协在推进青少年和未婚青年性与生殖健康教育的动力作用和指导地位的确立,使协会的地位大为提高,协会的发展空间进一步拓展,对外合作的前景更加宽广。协会已与英国和美国有关大学和研究所发展青春健康合作项目,就是一个标志。

第五章
新兴的 PLA 是一门实践的学问

诊断工具与评估方法

PLA 是一种知行并举参与式的定性评估调查方法，是一系列新兴的定性评估途径与方法，是一种新兴的工作方法与思想。它的基本特点是“以学习者为主体，以活动为中心，平等参与”。它通过平等的、开放的、群体参与的、互动式的学习与参与方式，运用简单的定性研究方法，帮助我们克服代际间的沟通障碍，加强交流，更直接、深入、准确、客观地了解青少年的特点与需求，帮助我们向青少年学习，同时与青少年共同学习。学生通过亲身实践获得知识和技能，可以提高学习效率。PLA 既可以作为一种诊断工具，帮助我们识别青少年需求和所关心的问题，也可以作为一种工作方法，以确保青少年自身的积极参与。PLA 是青少年健康项目和生活技能培训的核心学习与实践方式。它能够用灵活、开放、积极、有效的方式充分调动学员的积极性、参与性和想象力。

（一）PLA 在青春健康项目中的重要性

第一，满足青少年日益增长的性与生殖健康的需求，要求创造性的工作。青少年精力充沛，感情炽烈，好奇心强，具有冒险和无畏的精神，即使身处逆境，也会表现出自身的才能和较高的适应能力。青少年的这些特点在 ARH 项目工作中应该被充分地考虑，要能够充分调动他们的积极性，发挥他们的才能。因此，我们需要倾听他们的心声，理解他们的想法，要了解哪些因素会影响他们的性与生殖健康行为。PLA 可以帮助我们克服代际间的沟通障碍，即通常的“代沟”，在不同的两代人甚至几代人之间建立平等的关系，鼓舞成年人以同情心、责任感及宽容来回应青少年的需求，加强青少年与成年人之间的交流。PLA 还可以帮助青少年之间相互沟通，加强年轻人之间的信息与情感交流。

第二，要开发出解决青少年最关心的、认为最重要问题的项目，就需要为青少年提供讨论和分析他们的性与生殖健康行为及其对他们生活影响的机会。在这个方面，PLA 方法有许多独特的优势：1. PLA 没有先入为主的框框，而是通过一个较为开放的评估过程来发现问题的重点。参与式研究过程可以让我们充分吸收青少年的观点，并使青少年占据主导位置。让青少年自己澄清和分析他们所关心的问题，可以促使他们积极参与项目的设计与实施。2. 参与式的项目涉及能够保证项目内容符合青少年的需求，从而为项目开始后确保青少年的支持与合作奠定基础。与目标人群共同设计的项目，无论是就项目目标还是就项目的可持续性而言，都具备更大的成功机会。3. 大多数实地工作者希望青少年积极参与到为他们设计的项目中，但往往缺乏这方面的技能。PLA 提供了一系列口头和图文表达手段，来帮助青少年评估自身的处境，积极参与项目的设计与设施。4. 参与式评估为理解特定环境下青少年的社会关系和社会文化各层面提供了深刻思考的空间。

对青少年来说，特别适合他们去理解人际关系中的力量对比、性别动态和期望、代际问题等。

表1通过目标、方法、形式和学生特点四个方面比较了传统教育和PLA参与式学习与行动。从目标上看，传统教育以各种考试为目标，考试成绩为衡量学生优劣的标准，因此，以向学生灌输知识和书本知识为主，学习空间封闭狭小，通常只局限在教室内，造成学生思维狭隘不活跃，缺乏创造力，对学习缺乏兴趣；而现代的PLA参与式学习与行动方法，注重参与与行动和素质教育，善于用引导的方式，开发学生的想象力和创造力，并能够创造开放的学习空间，教室、多媒体、网络、社会等等，各种各样的手段都被运用到其中，能够形成有趣、活泼、形象的学习环境和氛围，不仅使学生“学会”、“会学”，而且使学生在学习过程中感受到快乐，从而喜欢学习。

表1　传统教育和PLA参与式学习方式的比较

	传统教育	PLA
目标	应试教育、注重结果	素质教育、注重过程
方法	填鸭式	引导式
形式	封闭式	开放式
学生	缺乏创造力、被动学习	富有创造力、喜欢学习

（二）PLA的设计要从目标、材料、步骤、时间等方面提出要求

1. 确定培训的目标人群即被培训者。在青春健康项目中，培训的目标人群为10—24岁的年轻人。培训前的需求评估：在青春健康项目中，不同的人群有不同的需求，就要对人群进行分类，比如说按照年龄来区分，中学生/大学生/社会青年，按照性别来区分，男性/女性等。

2. 确定培训目标。对于一个培训专题，要确定培训要达到一

个什么目标，比如让学员懂得什么，纠正什么，促进什么等等，学习主题还可以设计一项总目的，再分别设计几项具体目标。活动目标要体现综合性，既要有认知领域、知觉与动作领域的目标，更要有情感领域的目标；活动目标要体现发展性，要设计一些体现学习者“最近发展区”的目标。目标的表述应使用具有行为倾向、简单易懂的语言，不要使用太深奥的专业术语，使学员一听便明了要做什么；目标要有针对性，要针对不同层次学习者的不同需求。

3. 学习和活动的材料要有具体的要求。提供给学员的材料应该是围绕学习目标的材料；为了增加活动的趣味性和多样性，尽可能做到给各小组的材料是不同的，但是必须围绕同一目标指向；学习材料内容要丰富、新颖、有趣，形式要多样，手段不仅仅局限于文字材料，还可以有电视、录像、音乐等影音材料，可以从教材上、报纸上、杂志上、网络上多渠道获取，增加信息和材料的广度。如果可能的话，能够让学员自己准备一些材料更加能调动学员的兴趣和积极性。

4. 培训计划的设计与安排。培训要有一定的计划，分步骤怎么合理进行，怎么具体安排，遇到问题和突发情况如何处理等。每项具体目标一般只涉及一个活动，根据活动的特征设计活动的名称与活动的过程和要求。活动过程的提示词语必须准确、简明、有条理。培训过程中设计要突出合作性，尽可能设计一些只有通过合作和互相帮助才能完成的任务。要重视培训过程中的反思环节，学员在反思过程中体验发展、感同身受、感悟成功，这样对学习效率的提高有很大帮助。

5. 对于时间的设计要求。一项培训活动时间一般是两小时，不能太短达不到培训效果，也不能太长，会引起学员的兴趣减少。

各项培训小目标的活动时间比较灵活，按照内容可以设计 5 分钟到 1 小时不等，但总的时间不能超过两小时。如果有特殊需求，可以灵活安排各项活动的时间与总时间。

6. 对于组织的要求。参与式学习与行动以分组活动为主，一般 4—6 人为一组。分组方式按照培训目的来确定，每隔一段时间尽可能重新分组。可以采用的分组方式有：按年龄分组、按性别分组、按民族分组、报数分组、能力分组等形式。为了便于开展活动，小组成员可以轮流担任角色，比如说主持人、记录员、学员；为了鼓励性格内向和不善言辞的人积极参与小组活动，组织者在大家讨论最热烈的时候，要不失时机、满怀热情地鼓励这一类学习者参加活动；组织者尽量来回走动，巡视整个培训场地；并要鼓励学习者互相交谈，而不是让学习者自己说出答案；组织者要随时努力调控活动节奏和活动氛围，尽量在设计时间内完成学习任务。

7. 对于培训结果进行评估，可以进行定性和定量评估，对培训进行总结。

培训者在整个 PLA 方法中的作用是非常重要的，他不同于传统教学中的教师，他的主要身份是启发者和组织者，而非讲授知识的教师，因此和学员之间的关系是平等的。具体来说，培训者需要具有较丰厚的专业理论知识，需要掌握参与式的理念与技巧，要具有较强的组织能力；不自视为专家、权威，平等、尊重、信任，有人文关怀精神；具有开放的心态与宽阔的胸襟；勤于思考，善于思考，不断总结经验，有临场应变能力，对于培训过程中遇到的问题和突发事件有较好的处理能力；培训者既是指导者，更是启动者，后者的作用更为重要，启动学员的思维和创造力；勇于面对挑战，能够进行不断的学习，丰富自己的知识结构。可见，要做一个合格的培训者并非易事，一个好的培训者可以激发学员的激情，挖掘学员的潜力，并能够达到很好的培训效果。

PLA 由于其方法的特殊性，对于场地和工具的要求也相对高一些。场地上尽量能做到以下一些要求，便能够为参与式学习与行动提供较好的外部条件：场地尽量光线充足，空气新鲜，能使人心情愉悦，利于学习和培训的开展；有较多的墙面，便于粘贴培训的产出；将座椅围成圆圈，以便于组织小组座谈和讨论，座椅可以搬动，坐着令人感到舒服；最好能够备有自取的茶、饮料、咖啡等等；场地尽可能大，以便于分小组讨论等等。而工具的要求如下：大白纸及彩纸；A4 或 B5 打印纸（白色、各种彩色）；粗水笔（黑色、蓝色、红色）；各种彩色水笔；剪刀、胶带、宝贴；培训所需的其他材料等等。总而言之，尽量能够提供颜色丰富、形式多样的工具，使学员尽可能在培训的过程中展露自己的创造力和才华，有利于加深印象，增加形象性和趣味性。

PLA 的原则与特征

PLA 的整个过程是学员以发展为中心展开的，培训者与学员以平等的身份参与学习过程。培训者是学习活动的设计者、组织者，也是学习活动的参与者。培训者虽然设计了活动的学习目标与学习过程，但学习的"答案"却是开放的，是由学员的自由行为、自主精神与合作态度等因素相互作用而产生的，它是发散的、多元的，体现了一定程度的创造价值。

PLA 首先是一种培训理念，其次才是一种方法，不了解参与式背后的理念，就不可能达到真正参与的目的。总之，PLA 是一种理念,是一个过程,是一些特定的方法和工具的使用,是一种参与者的投入状态。

参与的核心内涵是赋权、授权、增权、充权,即在参与的过程中获得增权与能力的提升。人与人之间关系平等,没有高下之分;每个人都有价值,每个人的经验都有意义;在尊重的氛围里,人将变得有力量有能力。知识的构建应该经历合作创造、汇融整合的过程。

(一) PLA 的主要原则

PLA 的主要原则是平等与参与。首先,组织调查或活动的外部专家的态度与行为是组织、协调,而非支配;第二,外部人员与内部人员之间(项目组成员与青少年)、不同组织之间的关系是伙伴关系 、互相学习、信息共享;第三,平等参与的方法是封闭与开放之间侧重于开放,个人与群体之间侧重于群体,口头表达与视图表达之间侧重于视图表达,测量与比较之间侧重于比较。

(二) PLA 的主要特征

1. 主体性。以学员为主体,以学员的发展为中心是 PLA 的灵魂。充分张扬学习者的能动精神,变被动接受知识为主动探究问题,是 PLA 的情感与行为准则。

2. 情境性。PLA 是在具体的问题情境中展开的,创设问题情境时必须考虑学习的目标、学习的内容以及参与者自身的能力条件与兴趣倾向。组织者在活动设计、活动组织中显示出来的智慧水平与应变能力是 PLA 顺利开展的保证。

3. 公平性。要弥补因身体、智力、学习基础、生活环境、经济条件等因素造成的差距,在学习过程中需要更多地帮助与关爱弱势群体。使每一个学员都获得发展,使每一个孩子都消除自卑或畏缩情绪,是 PLA 坚持不懈的追求。

4. 合作性。PLA 提倡分组活动形式,这种形式为学员与学员、学员与组织者、小组与小组之间提供了更多的合作机会。智慧经验在合作中得到分享,学习探究在互动中获得成功,情感志趣在交流中历练养成,这就是 PLA 最完美的形式效果。

5. 多元性。PLA 鼓励多元性思维,提倡创造性探究。"条条大路通罗马",每个学习者都有自己的成功之路。"没有最好,只有更好", PLA 不迷信标准答案与惟一结果。"山外有山,天外有天",参与式平台为每个学习者提供发现与创造的机会。世界是多元的,文化是多元的,个性是多元的,每个学习者对学习的理解必然是多元的。在多元探究中走向创造,这就是 PLA 的最大成功。

6. 激励性。PLA 注重发挥学习评价的激励功能,"中止评价"不是不评价,而是对每一位学习者最独特思考产品的期待与鼓励。这里没有失败,只有不断的探究。每位学习者在大家的热情期待中体验了探究的全过程,在大家的由衷希望中发现了自身价值的闪光点。

7. 发展性。PLA 追求每一位学生的发展,只要你努力探究了,只要你在他人的帮助下进步了,只要你在学习中获得了自信的体验,你就获得了发展。PLA 重视追求团队精神的养成与发展。未来社会对人才的需求,把机遇送到了具有团队精神的学习者面前。

8. 反思性。PLA 的最高境界在于反思,在于通过群体交流不断发现自身之外的知识世界来构建新的经验体系。学习就是由一个较低级的认知结构发展为一个较高级的认知结构的过程,就是由一种较被动的情感态度发展为一种较主动的情感态度的过程，PLA为这种发展提供了条件，而反思则是这种发展得以成就的催化剂。反思不只是对新知识的反思，更重要的是对自己的发展将会产生哪些冲击力的反思。

PLA的实现途径与技巧

常用的PLA方法有小组座谈和讨论、自由列举和排序、可视技术、分析技术和角色扮演等。为保证有效分析，同时增进与青少年之间的相互信任，在使用这些方法时应注意技巧，采用较为策略的方法。

（一）小组座谈与讨论

小组合作于70年代率先兴起于美国，并且已被广泛应用于中小学教学实践。它的产生是改革课堂教学提高教学效率的需要。它将社会心理学的合作原理纳入教学之中，强调人际交往对于认知发展的促进功能。基本做法是将学生按照其学业水平、能力倾向、个性、特征、性别乃至社会家庭背景等方面的差异组成若干个异质学习小组（每组3—6人），创设一种只有小组成功小组成员才能达到个人目标的情境。小组合作学习将班级授课制条件下学生个体间的学习竞争关系改变为师生、生生之间的多向交流，不仅提高了学生学习的主动性和对学习的自我控制，提高了教学效率，也促进了学生间良好的人际合作关系，促进了学生心理品质发展和社会技能的进步。

小组座谈与讨论是小组合作最简单的学习形式，是PLA最常见、最基础的培训与评估方法，是PLA方法的核心，其他方法的应用都离不开小组座谈与讨论的方式。小组座谈与讨论的具体步骤是:小组讨论开始时,由组长向小组成员介绍讨论题,然后让大家对这个讨论题发表各自的看法。它是一个大家坐在一起边想边说互相交流意见的过程。小组座谈与讨论可以使参与者更好地融入到讨论中,而且在讨论的过程中随时应用诸如地图、绘图、图表等一些视图表达手段,主持人也可以针对这些视图提出问题,并展开进一步讨论。在小组座谈与讨论中,主持人是非常重要的,应受过一定培训并具有敏锐的思维和良好的协调、组织能力和灵活的应变技巧,以及懂得倾听并善于提出引导性问题的才能。

小组座谈与讨论并非什么时候使用都合适,教师必须认真考虑准备好讨论题:讨论题是否适合小组讨论?让小组成员互相交流看法、意见或经验是不是很重要?小组座谈与讨论的方法适用于转变态度,提高交流技巧、决策技能,也适用于知识培训。小组座谈与讨论需要一系列的准备:首先,需要明确讨论的目标,比如讨论的目的是什么?学员将从讨论中获得哪些收获?然后,根据讨论的目标,设计好讨论题,其中要注意的问题是,讨论题是否与教学目标一致。组织小组座谈与讨论需要一些技巧:要提非限定性(开放型)的问题。所谓非限定性(开放性)问题是相对于限定性问题而言的。下表将针对非限定性问题与限定性问题的例子进行比较:

表 2 限定性问题和开发性问题的比较

限定性问题	开发性问题
你同意这种说法吗?	你对这种说法有何看法?
你遇到过这种事情吗?	如果你碰到这种事情,你会怎么办?
你认为培训很难吗?	你在以前的培训中有什么体会和经历?

可以看出，限定性问题是“是非型”问题，将人的思维限定在是不是，好不好等范围内；而非限定性问题是范围比较大，没有规定好坏对错的问题，答案没有固定标准，可以由参与人自由发挥、充分展开想象的空间。

小组座谈与讨论有很多优点：所有学员都有机会参加讨论，这是鼓励腼腆的学员加入讨论的有效方法，可以将性格较内向的学员积极性调动起来；培训者和学员之间、学员和学员之间可以互相交换意见和经验，而不是局限于培训者教知识的传统模式中；小组座谈与讨论时，随时可以从其他学员和交谈中获取新的灵感，可以用于解决问题或产生新想法；小组座谈与讨论可以用于训练认识（解决）问题的能力，也有助于阐明态度和转变态度。

但是，小组座谈与讨论法也有很多缺点：讨论通常需要较多的时间；如果组织得不好，往往会比较吵闹；参加讨论的人越多，则每个人发表自己看法或经验的机会就越少；教师需要有较强的引导和组织讨论的技巧，以便不偏离小组讨论的问题，达到讨论的目的；可能会有某些性格较强较有主见的学员会主导讨论，他们尽力让别人相信唯有他们自己的意见才是正确的，而某些性格较为内向和软弱的学员有可能不敢发表自己的观点，失去锻炼和学习的机会。对于这些现象，培训者需要了解各个小组成员的性格与特点，可以组织一些互动的游戏，让每个小组成员都有机会参与，这样的话，可以使性格内向和含蓄的学员也能积极参与，在与其他小组成员熟悉了以后逐渐放开。

由于小组成员年龄、兴趣、爱好、性格、志向、观念、学习方式、宗教、社会地位等等的差异，产生冲突和矛盾是在所难免的，可以说，冲突是小组活动正常的现象。在小组座谈中遇到冲突和矛盾应该如何应付和解决呢？如果遇到小组成员争吵起来，培训者需要充当调解人的角色，不能冷眼旁观，他可以讲一个笑话，或者及时转变话题，而重要的是要提醒活动参与者讨论中不一定能够达成共识，意见相左是正常的，希望大家能够互相理解，学会在讨论中交流对话就行。

（二）快速联想

快速联想是一种用以引导人们说出给定领域或易引起人们兴趣的主题或事物的用语或词条的过程，产生有用想法或解决问题的方法的技术。它鼓励一组人在轻松而有目的的气氛中各抒己见。不管所列出的想法乍看起来是如何不可行，都要将其不加评论地记录下来（在大白纸、黑板或其他参与者都可看得到的地方），只有在活动结束时才可进行合乎情理的取舍。这种方法又可以成为自由列举或头脑风暴。

例：对于“性病”大家可以联想到什么呢？

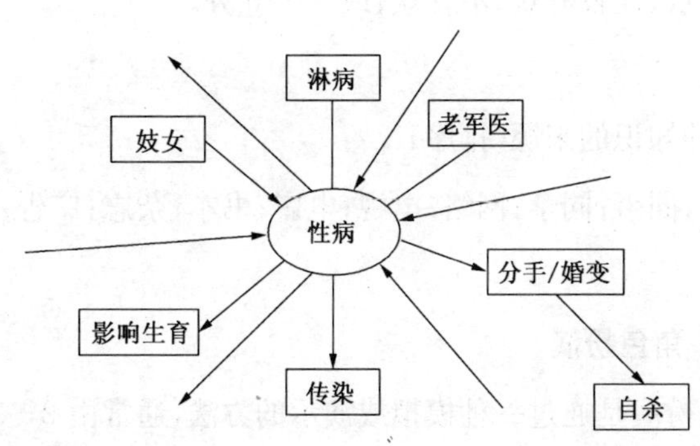

例：你的性知识来源有哪些？

√1. 电视

√2. 书

3. 学校课堂

4. 网上

√5. 报纸(杂志)

6. 里弄的宣传资料

7. 医院、里弄的宣传画廊

8. 医院中播放的 VCD

(三) 排序和打分

排序和打分是在自由罗列出诸多词条的基础上，根据词条的重要性大小给予排序/打分，之后让小组成员解释如此排序/打分的理由。根据理由来分析人们的偏好、流行态势和决策过程。排序比较直接，通过对可能的选项进行评价权衡，然后排出先后次序。打分是参与者给每个选项打分而不排序，一般最重要、最倾向的应该是最高分。

例：避孕偏好？(打分)

最喜欢、比较喜欢、不喜欢；或 0—10 分。

例：性知识的来源(排序)

朋友；同事；同学；网络；电视；电影；书本；杂志；广告；其他。

(四) 角色扮演

角色扮演是通过一种模拟或演示的方法，通常由 2—3 个自愿者为大家再现一个现实生活中的真实场面。角色剧可长可短，可以是只表现一个事件或一个人物的简短小品，也可以演绎一个主题的多个问题。角色扮演不仅为表演者，而且为观察者戏剧性地再现了各种角色。目的是为了让学员通过在其他学员面前表演、或观察其他学员表演的方法来“亲身体验”某一种情况、概念或观点等。该方法非常有趣并且容易与年轻人建立友谊，增加年轻人的信心，有助于培训交流技巧和决策技能，也有助于态度的转变。它不仅可以有机会理解其他人的观点，而且为探讨那些在表演中出现的一些敏感话题制造机会。

使用角色扮演时应该考虑：明确并清楚角色扮演的目的；明确并熟悉各个不同角色的作用；努力想象可能进行的活动；设想如果预期的要点没有得到，你该怎么办？角色扮演之后的讨论、归纳；表演之后，询问角色扮演者的感觉。

例：情景假设

人物：某公司分部经理与一女职员（或老板与一外地来上海的打工妹），此外别无他人。

场景：经理办公室

请双方表演：该经理以职位的升降或离职（炒鱿鱼）或以金钱引诱，胁迫对方与之发生性关系。女方如何拒绝？

（五）卡通故事

卡通故事是一种引导青少年讨论敏感话题的方式。青少年在遇到一些特殊及敏感话题（如性行为、避孕）时，可以用画卡通画的形式进行讨论，不谈及个人的经验和体会。讨论卡通故事里人物的性格、可能发生的事情及对策等，可以减少一些涉及敏感话题的难以启齿的尴尬。具体步骤为：先选定题目，然后让参与者画卡通，进行提问题和讨论。

例：一对男女在约会

（六）案例分析

案例分析又称为个案研究，是向学员介绍一种真实的或假设的情景（如：用口头叙述、电影、文字等形式），以便学员进行讨论或对在这一情景中他们确定的问题提出可能解决的方法。这种方法既可以由个人独自完成，也可以由小组共同完成，但通常认为较好的方法是在小组中进行案例分析，这样可以使参加者取长补短。该方法常用于训练学员解决问题的技能与决策技能。

使用案例分析时应考虑如下几点：首先，设计案例心中要有明确的目标，案例必须符合培训的需要。第二，培训者必须对预期效果心中有数，要有较正确的估计和判断。第三，设计案例必须仔细，案例既要简短，又必须提供充分的背景资料，以保证有足够的信息用于解决所提出的问题。第四，案例本身并没有什么，它需要的是利用所提供的信息解决一个问题。

例：情景假设

有一位男同学向你表示好感，其实你对他也是挺有好感的，但是现在你想以学习为主，不想太早谈恋爱，你现在只想和他做好朋友。你会怎样拒绝男生的要求？又不会让他很尴尬，而破坏朋友关系呢？

例：情景假设

"我是一个高中一/二年级的学生，我很喜欢与我同班的刘婷，她很漂亮、很有女孩子气。我们经常一起讨论功课及其他共同感兴趣的事情，和她在一起我觉得很快活。我非常想和他发展成男、女朋友之间的关系，但又怕她拒绝我。怎么办呢？"

请大家帮帮这个男同学，给他一些建议。

男生：如果你是那个同学，你会怎么做呢？

女生：如果你是刘婷，他若表白，你会作出怎样的反应？

（七）社会图示法

社会图示法是居住区和工作区的展示图，标明居民点的便捷、基础设施和房屋类型。社区地图也可画出PLA所确定的工作场所或其他场所的地理位置。

（八）维恩图和圆饼图

一般帮助人们了解各个机构在社区中的不同作用及相互关

系。需要圆形纸片几张大纸或纸板(多种颜色)剪刀、记号笔、胶水等工具。当然在电脑和网络相当普及的现在,电脑已经能够很好地画出各种图形和表示各种关系。

模型 1　社区与机构的关系

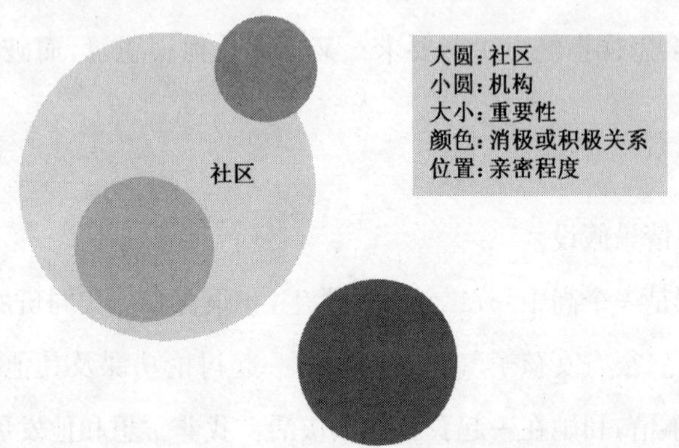

该模型能够表示各个机构在社区中的不同作用,以及各个机构之间的关系。圆的大小表示机构的重要性;圆的颜色表示机构和社区之间的积极和消极的关系;圆的位置表示社区与这些机构之间的密切程度。这种方法最好用在小组中。

(九) 身体图示法

让参与者画出男性和女性的身体图,重点集中在生殖系统的细节和其功能。这种方法能够帮助了解青少年对人类生殖系统知识的掌握程度。使用人体图作为讨论的基础,很容易发现不同参与者对知识掌握的不同程度和对信息的曲解程度。应用人体图的方法最好能区分不同人群,比如将男生与女生区别开,将校外人群与校内人群区别开来。具体做法可以是:给出空白的人体图(生殖系统解剖图),让学员填写器官名称与简单的功能。也可以让学员在白纸上直接画人体图,讲解各器官功能或由主持人提问,学员回答。还可以结合图讲解青春期保健知识、生殖原理、避孕原理等。

例:人体图与针对不同人群的讲解方式

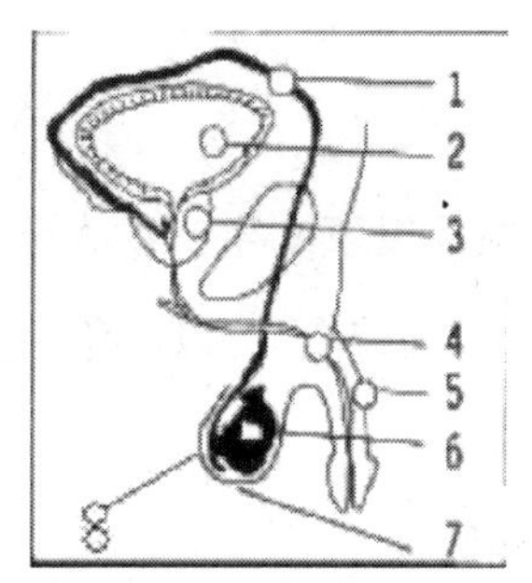

这是比较科学和正规的人体图,针对高中和大学生系统地进行生理卫生方面的讲解。

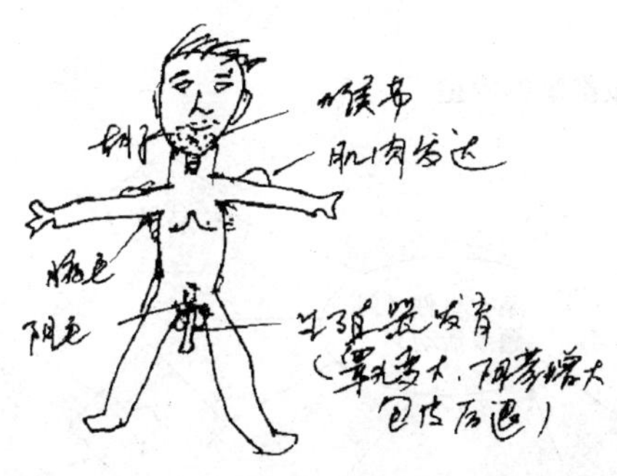

这是针对 20 岁以上的校外男性的生殖卫生的讲解图,因为此类人群已经有一定的社会经验,过于正规的图片可能没有吸引力,通过比较粗略和随便的方式既能够避免乏味,也可以引起一定兴趣。

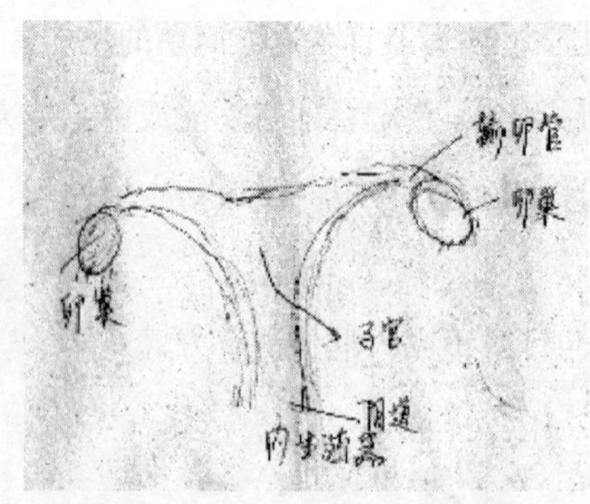

这是针对高一年级及以下女生组的人体图片，比较含蓄和简单，符合这一年龄段女生的特点，可以避免一些尴尬。

（十）假设影响分析

假设影响分析是使用流程图表示人们生活中的一个事件、问题或活动的原因和所造成的影响。这种分析有助于同参与者探讨处理问题的方法以及改善境况所需付出的努力。

模型 2　假设影响的模型

原因
原因
原因
原因
某一事件（问题或活动）
结果
另一事件
结果
结果
结果

该模型为假设影响分析的模型，首先设定某一个事件、问题或者活动，然后联想造成这一事件、问题或者活动的原因和结果，结果也可以看作另一事件,那么又能引起哪些另外的结果,可以一连串地联想下去。

例:对于"婚前性行为"的假设性影响分析

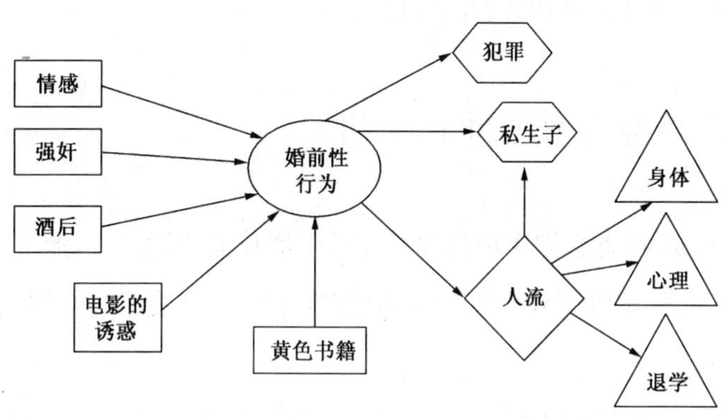

对于"婚前性行为"这一事件,可以联想到有两情相悦的情感因素,强奸、酒后等因素,电影和书籍中关于性的描写所引起的诱惑等等原因。而"婚前性行为"所造成的结果可能有犯罪、流产、私生子等,流产失败也可能生出私生子,会造成身体和心理的损害,如果被学校发现,可能会被勒令退学等。学员通过自己的分析与讨论,可以看出"婚前性行为"的确是弊大于利的,而为了避免"婚前性行为"的出现,就要尽量小心杜绝原因的出现。而如果不可避免地出现了"婚前性行为",更要学会怎样保护自己不受到身体和心理的伤害。

(十一)季节性分析

季节性分析是指导参与者指出其生活中或社区中不同季节发生的不同事件,以及这些事件对他们生活状况和行为的影响。

（十二）日常活动时间分析

要求参与者大概说出他们某天是怎样度过的，较为直接。它可以帮助参与者打破沉寂局面，并轻松引入参与者对日常的例行做法、习惯和活动的深入探讨。这种方法常常可以使人有机会提问，从而展开对其他话题的探讨。

PLA 在生活技能中的应用

PLA 在青春健康项目尤其在其生活技能的运用中，涉及生理卫生、心理学、社会学、教育学、伦理学、哲学等诸多学科知识。

（一）生理卫生知识

在我国青春期生理卫生知识和性教育一直是“犹抱琵琶半遮面”。正如谭嗣同所说：“不要把性问题弄得那么神秘，就像把物件锁在箱子里，愈不见就愈想见。”鲁迅也曾说过：“一看到白臂膀，立刻联想到全裸体，立刻联想到性交，立刻联想到乱交，立刻联想到私生子，中国人的想象力惟有在这一层面上才能如此跃迁。”现在西风东渐、时过境迁，时下的青少年对于生理卫生及性知识早已通过网络、电视、报纸、杂志等各种媒体丰富了起来，只不过这些知识是零星的、不系统的，并不利于他们正确地认识自己和自己的发育过程。“洪水”既已来，硬堵不仅无用，更是自欺欺人，唯有引导疏通才是解决之道。需要一种科学而开放的心态，通过轻松、自然的方法，帮助青少年系统、正确地了解、掌握新的未知的生理卫生知识，并且纠正以前的一些错误知识和观念。PLA 是一种最好的选择。

需要了解的生理卫生知识有以下几个方面：

1. 青春期身体发育及性知识

处于青春期的青少年都要发生一系列的生理变化，女性的青春期生理变化有：个子长高、青春痘出现、月经初潮、乳房发育、臀部变大、曲线形成、腋毛和阴毛出现等表面变化，还有雌激素分泌开始增多、两次月经期间会有排卵现象等内部变化。男性的青春期生理变化有：个子长高、声带变粗、喉结开始突出、肌肉发达、胡须和腋毛及阴毛的出现、阴茎与睾丸变大、包皮后退、精子产生、遗精等。

除了身体发育的基本知识以外，通过 PLA 可以引导学员正确认识自身已经发生、正在发生或者将要发生的变化，更为重要的是，要充分了解这些变化可能带来的后果和影响，比如排卵期进行性行为可能引发怀孕。

2. 生育和避孕知识

生育知识对于大多数学生和社会青年来说都有一定程度的了解，大致知道生育的简单过程：女性首先要在排卵期，男性和女性有了性行为以后，男性的精子通过阴道进入，通过输卵管和卵子相遇结合，形成受精卵，并在子宫着床。

只有在了解了生育知识以后，能明白避孕的原理，这样也能在避孕可能失败的情况下采取紧急措施。最常见的避孕办法是男用的避孕套、女用的长期避孕药。还有其他的一些如安全期避孕、体外射精、结扎、避孕针、紧急避孕药以及皮下埋植等。需要学员们了解的是这些避孕方法的成功率和失败率是多少，哪种方法比较有效，如何具体使用这些避孕方法。

3. 性病和艾滋病知识

对于性病和艾滋病，主要了解其危害和传播途径。其危害是不言而喻的，特别是艾滋病。至于它的传播，一般来说通过性、血液和母婴垂直传播三种途径。其中对于传播途径的了解尤为重要，既可以使人能够清楚知道什么样的情况下可能染上这种疾病，又可以让他们避免谈“艾”色变，避免由于对于传播途径的无知，以为蚊子、唾液、握手、接吻等都会传染，而造成对于性病或者艾滋病人的歧视。

（二）心理学

在 PLA 的培训过程中，心理学是极为重要和关键的。比如，在小组座谈与讨论中，引入了社会心理学的原理，强调人际交往对于认知发展的重要性。要想活动生动、有趣、有效地进行，主持人必须要了解各个小组成员的性格特点，也需要敏感地察觉小组讨论的气氛。如果气氛有异，要及时采取措施避免引起冲突和争端。如果出现了矛盾和冲突，甚至争吵，及打斗，都需要培训者首先要有良好的心态，不慌张、不躲避，随机应变，察言观色，针对矛盾双方的心理采取相应的措施。培训者必须要是一个很好的心理咨询师，才能在不同的情况下、遇到不同的问题时，运用合适的方法和手段，解决问题，化解矛盾，甚至能“化干戈为玉帛”。

（三）社会学

社会学对于青春期有很多阐述，了解这些解释，有助于 PLA 培训过程更加有效地进行。社会学家阿德尔森认为，在现代工业社会，大多数青少年与他们在年幼时相比，较少受到来自其直系家庭的影响，而更多的是受到了同辈群体与学校的影响。对那些不能将新旧两种情况加以整合的青少年来说，他们会面临一个疑惑和混乱的时期。因此，在 PLA 培训过程中，都是以同龄人为参加对象，培训者也通常是年龄相仿的同龄人。同伴教育在青春健康项目中是极为重要的，大家可以在培训过程中互相影响、互相学习、互相帮助。在青春期时，青少年比儿童时期更能够采纳别人的观点和意见，仔细审查他们自己的人格。青春期也是一个人发展抽象思维能力的时期。在 PLA 培训的实现途径和方法中，充分体现了青春期的特点。

PLA 的评估也是采用了社会学的社会调查方法，首先确定调查范围，识别调查总体，然后选择样本，按照一定的标准和范围进行分类或分组。研究工具一般是问卷调查、访谈或测试，在 PLA 中运用到的主要是前两者。使用的问题与一般社会调查不同的是大多是开放式问题。

2002 年 12 月，上海在浦东和闸北两个试点区域组织实施了 PLA 定性研究，共进行了 27 组小组访谈，调查了青少年 176 人，成年人 74 人。浦东新区分为高中学生组(6 组，60 人)和成人组(5 组，43 人，包括了家长和一些相关部门的人员)，闸北区分为校外青年组(8 组，75 人，按照有无职业、年龄和性别分组)，流动人口组(5 组，41 人，按照年龄、性别组)，成人组(3 组，31 人，分为社区/单位管理人员组和其他相关部门人员组)。对于青少年和未婚青年的调查主要采用 PLA 参与式学习与活动方法，采用小组活动方式进行，具体方法包括自由罗列/排序，人体图和因果推论法等。在调查过程中，根据青少年小组的活动情况，对个别青少年进行了个人的深入访谈。对成年人的调查采用的是专题小组讨论的方式。

(四) 教育学

青春健康项目的目的是对青少年进行青春健康教育，当然教育学的内容在项目中必然起到举足轻重的作用。教育学的作用就是要充分考虑到学习者的特点和教育内容的特殊性，采用适宜的教育方式。在我国10—24岁的青少年中，青春健康教育的内容是性与生殖健康知识。由于青少年是思维活跃、善于接受新事物、同时也容易误入歧途的一群人，他们不喜欢墨守成规的教育方式。

(五) 其他

还有哲学、伦理学、逻辑学等多学科的知识，都融入在PLA青春健康项目的运用中。客观、科学、辩证，符合社会伦理道德，这些都是PLA的基本要求。诸多学科在PLA的运用与整合中，体现了PLA方法的多样性、复杂性、科学性和系统性。要运用好PLA方法，也是需要不断地学习、考察、评估的。PLA的运用，使得青春健康项目的培训更加生动、有趣，让青少年愿意参加、喜欢参加，使项目接受程度更高，使项目本身发展得更好。

第六章

PLA 在生命教育和同伴教育中的应用

作为一种诊断工具、一种工作方法，PLA 在多个领域得到广泛应用。在现阶段，生命教育和同伴教育过程中，PLA 的应用处于一个探索的阶段。PLA 使生命教育和同伴教育的内容更生动，形式和手段更多样化。

生命教育与 PLA

（一）生命教育产生和引入的社会背景

生命是人类存在的载体，生命的起源与意义一直是人类千万年来不断追寻、探索的问题，远古的传说，近现代的科学都从不同的角度给出了答案。但对生死问题进行探索，将生死问题纳入教育课程体系，则是现代的事情。1928 年至 1957 年间在美国就有学者开始探索有关死亡主题的教育，即死亡教育（Death education）；20 世纪 50 年代末 60 年代初成为教育学的一门分支科学；后随着教育的不断深入，发展为生死教育（Life-and-Death'Education)，西方许多发达国家纷纷效仿美国；到 20 世纪末，教育界将死亡教育和生死教育进行综合归纳，称为生命教育（Life Education)，这是生命教育的历史由来。

生命教育形成后很快被许多国家意识到其为现代教育不可遗漏的一环。科学技术的发展极大地丰富和拓展了人的生活空间和领域，促进和提高了人的生活的便利性和生命的成就感，在一定程度上为人的生命质量的提升创造了条件；但是与此同时，科学技术也使人在追逐财富的聚敛、技术的运用和权力空间的争夺面前萎缩了，被忽视了，在哲学上，我们称之为人的"异化"。清醒的教育者在追问：当人们在追求物质财富、技术力量、科学知识时，将这些东西作为追求的目标，令它们象征着生活的目的和意义，但是即便获得了这些，是否就意味着生活意义和生命价值得到了实现呢？

其实，在工业技术时代，现代教育本身也正在经历着工业化和技术化的过程。为了有效地培养大工业生产所需要的标准化知识人才，现代教育体系把受教育者投入到教育的工业流程，把个人制造成标准化的教育商品，一切按事先计划好的统一程序、目标和过程进行控制。教育的工业化把教育过程变为个人行为功能的增加。在工具理性的价值视野里，生命本身毫无生命力。因此，当我们在谈到素质教育、健全人格的培养时，不得不面对这样的一个困惑：教育本应是为人的，而人却在被教育放逐。

对生命的价值和生活意义的追问和寻思虽然一直没有间断过，但是在这样急剧变化的社会，更加急迫地凸显了出来。而现实生活状况具体到每个青少年身上的情形也是令人忧虑的。在我们的青少年被局限于其学校生活和学习生活的某一片断中时，无论是谈论学生自身的发展还是生活的意义都是比较苍白的，我们只有把青少年群体置于当前时代生活背景之下，关心青少年群体成长的环境和人性发展的背景，这些教育内容才具有现实性。无论从哪方面有关青少年生活现状和生命境况的考察情况来看，都表现出青少年的生命质量好像并不是社会所期望的那样。青少年自残、自杀、杀他甚至将尖刀直接指向自己至亲的个案时有所闻，著名高校学子残害动物的案例也一再出现在人们的视野中。

个案现象似乎不足以反映青少年的生命质量的真正状况，但它至少说明了目前青少年生命现实中确实存在着某些问题。特别是当这些个案大都带有某种共同的性质时，问题也就具有一定的普遍性了，那就是青少年生命的意义何在？社会关注了青少年的生命质量了吗？我们的教育是否存在着偏差或者说是缺位？

青少年这些偏差行为实际上也正表明了社会对他们"生命"的漠视，反映了教育目中无人，无视生命的存在。与现代工具价值理性相一致，现代教育好像什么都涉及，就是不涉及人的生命意识、不管如何培养对生命的尊重。青少年在面对各种生活问题时，自暴自弃，离家出走，甚至犯罪、轻生等。他们无力接受挫折，无法理解生命本身的存在及其意义，既不会尊重他人的生命也不爱惜自己的生命。也许，当教育体系真正培养起学生懂得尊重自己、同情他人、理解生命的时候，或许弥漫在青少年生活中的挫折感和无助感就不会这么深，社会上青少年群体自杀率就不会这么高。

教育关注人的发展，关注社会的文明进步，势必要遵循社会客观发展的规律和人的自身发展需要，引导人追求生活的美好和生命的完善，追寻生命存在的意义。也因此，"生命教育"在现时代是一个比较突出的值得探讨的课题。

在教育体制内开展的生命教育是旨在帮助学生认识生命、珍惜生命、敬畏生命、欣赏生命，提高生存技能，提升生命质量的一种教育活动，也是青春健康教育的重要内容。

（二）生命教育的内涵

1. 认识生命。

认识生命是指在生命教育中，看到生命的诞生、成长与死亡的一般过程，感受到生的喜悦、成长的快乐和死亡的哀怨。

其一，在教育过程中，认识到生命的来之不易，了解母亲十月怀胎的艰难与困苦；可以看到岩石上寒松在悬崖峭壁贫瘠的土地上挺拔的风姿，小草在石缝里生长的情景，只有认识到生命的来之不易，才能体会到生命的快乐。

其二，在教育的过程中认识到生命成长的一般过程，生命的历程在人生中分为不同的阶段，如婴幼儿期、儿童期、少年期、青年期等，每一个时期的人生都有不同的主题，个体生命都会面临不同的困惑和问题。

其三，是在教育的过程中认识到死亡的存在，生命的诞生是喜悦的，生命的衰亡也是必然的。在电影《漂亮妈妈》中，演员巩俐饰演的妈妈为了让有听力障碍的儿子认识到孩子父亲的死亡，把活虾放进开水里面，看着虾瞬间停止跳动来领会生命的逝去。生命教育过程中需要了解到死亡的客观存在，认识到人生命的有限性。

其四，认识生命需要看到生命的脆弱性，生命在大自然中是脆弱的，特别是在自然灾害中，火山爆发、地震发生、山洪暴发等都可能在瞬间掩埋成千上万的生命。

2. 敬畏生命。

其一，看到生命的强大，在贫瘠的沙漠里还有绿洲的存在，在极端贫困的山区，人们还在辛勤地耕种，人世间万物的生命力的旺盛与强大，不能不引起我们的敬畏。

其二，敬畏生命，要看到生命在危急中舍生取义的伟大，一个母亲在孩子危急的情况下会奋不顾身地营救，一个热爱祖国的士兵会在前线奋勇杀敌。敬畏生命不是害怕生命，是看到生命的强大和伟大。

其三，需要敬畏生命的存在权利，不可以随意剥夺他人的生命。长期以来，由于受传统文化的影响，人们回避对死亡问题的讨论，期望拥有吉利和平安。但频频发生的校园自杀事件和其他各种自毁行为却暴露出许多青少年的生命力极其脆弱，不能珍视生命，也没有真正理解“死亡”的涵义。一些年轻学生在遭受较大的压力时就放弃生存而选择死亡。这种逃避现实、轻视生命的做法，是对自己、对家人、对社会的不负责任，也是不能正视“死亡”的表现。现在社会中，不少青少年动辄挥刀弄棍，伤害他人，为了一点小事情就随意伤害甚至杀害他人，最为重要的一点就是缺乏对生命本身的敬畏之感。

3. 尊重生命。

尊重生命最为重要的一点就是尊重生命的独特性，每个生命都有其独特的地方。大自然中，一棵树长得曲折，不会受到嘲笑，甚至成为审美的对象。而在人与人之间，可能因为某人天生的残缺受到社会的歧视与嘲笑，整个人生遭受毁灭性的打击。没有生命也就谈不上人的一切情感、思想。个性蕴藏在生命本质中，通过生命的形式呈现出来。而生命也依赖个性得以表现。世界上没有一模一样的生命体，也没有一模一样的个性。尊重生命，才能尊重其个性。而尊重个性，也就意味着首先必须要尊重其生命。扼杀个性，也就是扼杀其生命，没有个性的生命无异于行尸走肉。忽视生命，必然带来一系列情感经验的缺乏，造成个性的不完善。个性的完善，最重要的一点是在于其情感经验的丰富。人类的情感是多种多样的，尤其和生命意识相关的感情，更是丰富，如同情、怜悯、感伤、畏惧等，都是对生命的珍惜、热爱。推而广之如善良等美德，也无不包含着生命意识的意味。情感形式贫乏、单调，会带来人格上的种种不完整或缺陷。比如没有感伤的经验，就可能在面对他人苦难的时候产生冷漠；没有感受过怜悯，对他人的同情心也许不会那么强烈；没有畏惧的经历和体验，也许难以产生对法律的敬重。个性的完善同对生命的认识是有很大关联的。

培养个性，也是一个激发生命的过程，让生命充满活力，充满热情。个性成长的过程，也是生命表现创造性、生动性的过程。生命是鲜活的，是充满阳光和色彩的，尤其是青少年的生命。窒息生命、压抑生命，必定表现在对个性的束缚上①。

4. 热爱生命。

只有享受生命的过程，好好地生活，才不会为死感到烦恼，生活才有意义。知道死亡的必然而等死，就浪费了自然缔造的生命，抛弃了生活的机会，丧失了人生的意义。尊重生命、热爱生命，才能热爱生活，才能追求我们生命存在的意义与价值。生命是一个过程，自然会遇到许多艰辛、险阻、挫折、困顿。而这些和生命中间断的短暂的欢乐幸福一样，都是生命中有机组成部分。人们在冷静地品味自己的境遇之后要能够明白，在生命的过程中并不仅仅只有鲜花与笑声，还有荆棘与泪水，应该并不甘心被命运打倒，要

① 文雪，“生命教育论”，《山东教育科研》杂志，2004年第9期。

能够在烦恼之中阅读烦恼，在痛苦之中咀嚼痛苦，在悲哀之中超越悲哀。要在顿悟之中找到开启未来之门的钥匙，使生命中的每一个流程和片段都保持着坚毅的心情、旷达的气度和庄严的胸襟。生命原本就是一种承诺，对父母、对亲友、对社会、对自己。因此，在任何挫折与不幸面前，任何人都没有权力草率地处置自己的生命。人的一生短暂，没有贯穿始终的欢乐。痛苦毕竟是短暂的，没有痛苦，领悟不到欢乐来临的喜悦。在这样的人生历程中人才会明白生命要在不断的竞争中升华它自己。

（三）生命教育的社会意义

1. 提升国民素质。生命教育归根到底是一种素质教育，生命教育在中小学大力开展，有利于提高广大青少年学生的生存技能和生命质量，激发他们树立为祖国的繁荣富强而努力学习、奋发成才的志向；有利于将中华民族坚忍不拔的意志熔铸在青少年学生的精神中，培养他们勇敢、自信、坚强的品格；有利于提高广大青少年学生的国际竞争意识，增强他们在国际化开放性环境中的应对能力。

2. 适应社会环境发展变化。社会变化日新月异，作为个人，要在这个社会立足，在具备一定的科学文化技能、生存的本领之外，还需要对个人的生命有一个清醒的认识。只有这样，才能在时代的浪潮中逐浪前行。应该说，现代科技和信息技术的飞速发展，为广大青少年获取信息资源、开阔视野、培养技能提供了宽广的平台，但是，与此同时，这些变换的世界也使个别青少年产生“眩晕”感，发生道德观念的模糊与道德自律能力下降的现象。特别是对一些独生子女来说，自我中心、极端个人主义等消极现象严重存在。另外，由于种种社会原因，交通事故、溺水意外、食物中毒等频繁出现，这些外在的社会不安全因素威胁着青少年的人身安全，影响到青少年的身心健康。生命教育的开展一方面是培养青少年认识生命，了解生命意义的能力和意识，另一方面也是促使青少年在风云变幻的现代社会适应环境的变化，提高适应社会的能力和应对突发事故的能力。

3. 促进青少年身心健康发展。由于社会的急速变化，在某种程度上拉大了父母与子女之间的代沟距离，这对于青春期的青少年来说不利于身心健康的发展。如果生理发展过程中出现的困惑得不到及时化解，青少年对无法预料且时有发生的隐性伤害的事件难以应对，便会使一些青少年发生行为失控等不良现象。因此为了青少年的身心健康发展，需要积极引导他们科学理解生理、心理发展的规律，正确认识生命现象和生命意义，在体验中学习和理解。

4. 弥补家庭教育的不足。家庭规模总体上在不断缩小，家庭教育总体上与青少年的成长需要也不相适应，很多家长还没有掌握与子女沟通的技巧，甚至对子女是独立生命个体的认识还不足，喜欢把子女当作自己的“私有品”。相当一部分家长喜欢把自己尚未实现的理想和愿望强加在子女身上，忽视孩子渴望得到理解与尊重的需求，不了解子女在各个阶段身心发展的规律，缺乏科学的家庭教育理念和方法，这加剧了部分青少年心理问题的出现。因此生命教育需要弥补家庭在某些方面的不足，填补部分空白。可能的情况下可以请家长参与到生命教育的过程中来，以引导家庭开展科学、正确的生命教育，促进家长和子女之间的沟通和交流，促成学校和家庭生命教育的联合和互补。

5. 发展现代学校教育。现代教育不是要生产机器人，而是要培养有思想有灵魂的人才，对生命的认识和领悟是学校教育的一个本质性任务之一。事实上，很多中小学在实施生命教育方面，通过不断尝试和探索，已经积累了相当的经验。但是从总体上说目前实施的生命教育在内容、层次、形式上缺乏整体规划和系统构架，很多时候各个学校各行其是。同时现有学习材料缺乏系统性、针对性，内容单一；教学上也需要引进新的、适用的方式，如果依然是说教灌输，那么将会使生命教育失去其教育生命。因此，重视生命教育，需要将生命教育贯穿到青少年的学校教育的各个阶段中去，形成有机衔接、循序递进和全面系统的教育内容系列，按照青少年成长周期的需要分布在不同的年级。需要注意内容的适当性和教育形式的适用性。

(四) 生命教育在不同阶段的目标与内容

1. 小学阶段

在小学阶段，让学生了解迎接新生命的喜悦、成长、生病、衰老、死亡等现象。具体包括“生命的跃动”、“生命的喜悦”、“生命的挑战”、“科技与生命”、“生命的尊严”等内容。这个阶段生命教育的方式应该通过课外活动来完成，学校可以组织学生到养老院、孤儿院等机构去参观、访问，可以观察动物植物的生长。通过这些活动，培养学生对社会及他人，尤其是残疾人的爱心，使他们在人格上获得全面发展[①]。生命教育着重于帮助和引导学生初步了解自身的生长发育特点，初步培养学生树立正确的生命意识，养成健康

① 王学风，“台湾中小学的生命教育”，《现代中小学教育》杂志，2002年第7期。

的生活习惯。

小学低年级学生生命教育的内容可以集中在：

(1) 初步认识自然界的生命现象，初步了解自己的身体，有性别意识。

(2) 喜欢自己，乐于与同学交往；懂得关心家人、尊敬老人。

(3) 亲近大自然，爱护人类赖以生存的自然环境。

(4) 初步掌握交通安全、防溺水的基本技能；了解家庭用气用电安全、饮食安全等自我保护知识。

小学阶段高年级的学生生命教育的主要内容转移到：

(1) 了解身体的生长情形，进一步理解性别认同。

(2) 了解友谊的意义；懂得同情、关心和力所能及地帮助弱者；学习与他人的合作。

(3) 初步认识与体验人的生命是可贵的，珍惜生命；远离烟酒和毒品。

(4) 养成良好的生活习惯和学习习惯，树立时间观念。

(5) 学习必要的自我保护技能，学会识别可疑的陌生人，初步掌握突发灾害时的生存能力和自救能力。

2. 初中阶段

在初中阶段，帮助学生认识生命，进而欣赏生命的丰富与可贵，懂得如何珍惜生命与尊重生命，引导学生用爱心经营生命及思考生命方向。生命教育着重帮助和引导学生了解青春期生理、心理发展特点；掌握自我保护、应对灾难的基本技能；学会尊重生命、关怀生命、悦纳自我、接纳他人；养成健康良好的生活方式。在初中阶段生命教育的教学方式可以采用渗透式，即将生命教育渗透到各科教学和学校的其他活动中。主要通过各科教学、课外活动来实施。生命教育内容广泛，通过各科与生命教育有关的内容讲授生命教育知识，可调动学校教师参与和关注生命教育，充分利用学校的生命教育资源，增强生命教育效果。生命教育实践性极强，要通过形式多样的课外活动，让青少年掌握生命知识，形成正确的生命态度、生命意识。

这阶段学习的内容主要是：

（1）了解人体的构造与各器官的功能、分娩过程及染色体对遗传特征的决定作用；认识青春期的生理现象，认识性差异。

（2）培养积极的自我认同，包括客观的自我评价、自尊自信、社会角色认同；学会自我悦纳，明白自己的独特性；鼓励学生开发潜能，从而建立自尊与自信。

（3）学习健康的异性交往，认识“友情”与“爱情”的区别和联系；控制性冲动，懂得对自己的行为负责。

（4）学会用恰当的方法保护自己，避免受到性伤害，防止性骚扰，并学会拒绝别人的性要求，初步了解避孕的方法；学会应对敲诈、恐吓等应激事件的技能。

（5）与人为善，学会理解，尊重父母、老师和同学，学习建设性地与他人沟通与交往的本领；培养与他人的合作精神。

（6）学习调节和保持良好的情绪状态，能够承受挫折与压力。

（7）积极锻炼身体，养成健康的生活方式，文明上网；认识烟酒、毒品和艾滋病的危害，并加以拒绝。

（8）理解地球是人类共同的家园，珍惜水资源和其他自然资源，保护生态环境。

（9）认识生与死的意义，了解生命的意义与价值，懂得敬畏生命；学习并掌握一些防灾和应对突发灾害的技能；引导学生接受痛苦与困难是生命的一部分，且了解对人是有意义的。

(10) 明白天灾、人祸是可以避免及预防的，能够以积极的方法去面对痛苦与失落。

(11) 能够明白变与不变的道理，能够借变迁而成长，从处常到处变。

(12) 认识到工作在生活中的意义，明白敬业、乐业的重要，并能谨慎择业。

3. 高中阶段

在高中阶段，生命教育着重帮助和引导学生形成科学、合理的性生理、性心理和性道德观念；培养对婚姻、家庭的责任意识；学会用法律和其他合适的方法保护自己的合法权益；学会尊重他人、理解生命、欣赏生命；学习如何应对精神创伤的危机干预方法等；提高保持健康、丰富精神生活的能力，培养积极的生活态度和人生观。

这个阶段生命教育的主要内容集中在以下几个方面：

(1) 认识和遵守异性交往的道德规范，学会妥善处理两性关系中的情绪问题和价值问题。

(2) 了解生育过程和避孕的方法，认识到人工流产对身心的伤害。

(3) 掌握尊重、理解和友爱他人的技能，学会妥善处理人际交往中的冲突与矛盾，建立良好的人际关系。

(4) 学习和了解每个人在婚姻、家庭与社会中的责任、权利和义务。

(5) 学会用法律和其他合适的方法保护自己，学会正确应对性侵犯；培养健康的网络素养，远离黄、赌、毒。

(6) 学会应对挫折的方法与技能，学习如何应对精神创伤的危机干预技能。

(7) 认识作为地球人的道德伦理，关心人类危机和全球伦理；重视人与自然、人与环境的关系。

(8) 培养积极的生命态度，认识和体验生命的美丽；学习规划自己美好的人生。

(9) 掌握防灾和应对突发灾害的技能[①]。

(10) 明白良心和善良是人的特质之一，培养正确自省的方法。

(11) 明白人活在关系中，明白知识技巧与伦理的关系，并对伦理要素与伦理行为指南有所认识。

(12) 知道死亡的意义、明白器官移植手术与安乐死的争议；引导探讨自杀、堕胎与死刑的议题，能够澄清自己的人生观。

(13) 探讨社会关怀与社会正义，能够发挥人道精神，关心弱势群体。

(五) PLA 在生命教育中的应用案例和设计

生命是鲜活的，在生命教育中应用和推广 PLA 这种参与和互动型的教学方式是教育发展的必然，需要在社会各界的倡导和推动下，推动这种新的教学方式的运用，并在应用中设计出适用、可行的教案。

PLA 作为一种新颖的方法，应用于生命教育还需时日，但是目前仍有一些应用得较好的案例。

一个案例是，某校高中有个班进行的一次生命教育，主题是关注残疾人群，他们首先选择的目标群体是盲人，教学过程主要由几

---

① “上海市中小学生命教育解读”有关文件。

个小节组成：

(1) 体验盲人的生活。让每个学生带上眼罩，过两个小时的盲人生活，在这个时间段里面，请他们在熟悉的活动室里完成指定的一些简单的日常生活，如拿水喝等。

(2) 讨论。在体验结束后，迅速请他们讨论在看不见的情况下生活的困难以及心理感受。

(3) 参与。组织到盲人学校去和盲人同龄人共同生活半天，观察他们的生活。

(4) 座谈。了解盲人的生活情况和学习情况，重点关注他们的成长心路，以及在社会中遇到的困难和遭遇的歧视等。

(5) 参观盲人的成果展示，艺术才艺展示。

(6) 总结和分享。

另一个案例是，2000 年 12 月，上海在浦东和闸北两个试点区组织实施了 PLA 定性研究，就青少年和未婚青年在性与生殖健康方面的知识水平、态度、行为以及相关的社会、经济、文化影响因素进行调查，直接、客观、准确、深入地了解青少年性与生殖健康信息与服务需求，为制定青少年性与生殖健康教育与服务项目实施提供依据。

这项研究对青少年和未婚青年的调查，主要采用 PLA 这种适合年轻人特点的参与式学习与活动方法。具体方法包括小组讨论、自由罗列/排序、人体图和因果推论等。这次研究共进行了 27 组小组访谈，调查青少年 176 人，成年人 74 人。

调查集中在以下三个方面：

(1) 知识。青春期身体发育及性知识、生育知识、避孕知识以及性病/艾滋病知识。

(2) 态度。青少年的恋爱标准，学生、家长和老师对男女生交往的态度、对贞操和婚前性行为等的态度，以及对社区安放自动出售避孕套机的态度。

(3) 行为。青少年的业余生活，学生恋爱及其他相关问题，比如青少年的婚前性行为、未婚妊娠和人流。

研究取得了良好的效果，调查结果显示，大多数的访谈对象认为性教育是学校、家庭和社会三方面的事情，三者要紧密配合，任何一方都不能忽视。

性教育应从小开始，要系统化，要有连续性，根据不同年龄、不同阶段提供不同的知识。一般认为从小学高年级，甚至有人认为从幼儿园或更小就应该开始生理教育，初中要注重性生理教育，高中要注重性心理和性道德教育。在教育方式上，学生建议多上小课，可辅以录像适当开展讨论；还可以发一些课外读物，或办专门的教育刊物等。校外青年和流动人口希望多出一些高质量的书籍、制作一些精良的VCD、宣传小册子，以及其他形式多样的宣传资料等，多举办一些大型的宣传活动和专家讲座。青少年乐于通过上述形式以及电视、广播和网络等途径来获取知识。

同伴教育与PLA

同伴教育的历史最早可以追溯到亚里士多德。在历史上众多的同伴教育事例中，值得一提的有：18世纪初在伦敦由Lancaster创立的“班长制度”，即老师先教育“班长”，然后由“班长”教育其他学生；1957年美国Nebraska大学学生中进行的流感免疫教学；后来，同伴教育被应用于减少青少年吸烟和药物滥用的健康项目；

1988年，澳大利亚生殖健康专家Short教授首先将同伴教育应用于医学生安全性行为的教育；现在，同伴教育已被广泛应用于HIV预防和性健康教育领域。WHO已经确认它是改变人们行为特别是青少年行为的有效方式，是全世界预防HIV/AIDS的主要措施之一。1991年，WHO启动了一项全球预防HIV同伴教育的评价工作。1998年在第12届世界艾滋病大会上，澳大利亚、美国等国介绍了同伴教育在预防艾滋病方面的研究经验①。

目前，同伴教育被介绍到中国来，在实践中也取得了良好的效果。在青春健康项目中，同伴教育的方式得到应用和推广。大学生"同伴教育者"进社区以及中学运用同伴教育开展生活技能训练都取得了良好的社会反响，尤其受到青年群体的欢迎。同伴教育在当前社会的教育中受到广泛的应用，得到众多国家教育界的青睐。同伴教育的具体含义是什么？同伴教育相对其他教育方式的优势有哪些？同伴教育的具体进程怎样？这些都是介绍和应用同伴教育这种新型教育方式过程中不可避免的问题。

（一）同伴教育的含义

"同伴教育"（Peer Education）指的是具有相同背景、共同经历，或有共同语言的人们在一起分享信息、观念和行为技能，实现预期教育目标的教育形式和过程。在这样的过程中，同伴们可以讲述自己的经历和体会，交流信息与技能，唤起其他同伴的共鸣，达到教育的最佳效果。同伴教育可以发生在学校、工厂、社区等，而且在同伴教育过程中，信息传出者和信息接受者之间可以发生

---

① 王作振等，"同伴教育及其研究状况"，《中国健康教育》，2004年第5期。

角色转换，是更为平等的信息交流过程①。根据行为科学的研究，如果信息的传达者和接受者经历相似并且关心的事情相同、面临共同的问题，接受者就更容易接受信息，从而导致相关态度、信念和行为的改变。同伴教育正是利用同伴之间的这种共性和相似性，通过榜样的示范带头作用，使同伴更好地接受信息，对同伴施加影响。

（二）同伴教育的理论依据

1. 传播学理论

传播学理论认为，同伴教育具有较强的文化适宜性。同伴之间具有共同的文化特征。同伴之间由于文化和认知的接近，对事物的认同度更为接近。在接受知识和物件的时候，人们更愿意接受与自己相同或者相似的人员的推荐和指引。这个过程也是个体在社会中寻求一种认同感和归属感的过程。

从传播学的理论出发，同伴教育具有普遍的可接受性。信息传出者和接受者更平等，传播信息的渠道也是自然流畅的。传播者之间更有共同语言，因为同伴之间不存在权威的压力。来自同伴的潜在影响和带动，这样的传播途径利用了原来同伴之间的自然认同与吸引，使传播的投入和取得的效果之间具有良好产出比。

2. 社会学习理论

社会学习理论认为，示范是学习效果的一个重要影响因素，主体亲身观察到示范的行为后就会效仿。同伴教育就是通过同伴的

① 常春，"同伴教育：崭新的大学生性健康教育模式"，《当代青年研究》，2002 年第 1 期。

带领和示范来完成学习的过程。

根据社会学习理论，要成功地效仿，学习主体还必须有机会去实践这种行为，而且必须得到正强化。示范影响个体学习效果的程度依赖于模范和学习者的特征，以及学习者能体察到的模仿行为的后果，包括模范的可信度和行为的强化。我们知道，在同伴教育中教育者的选择和培训也是非常重要的一个环节，是影响到同伴教育质量和效用持久的一个关键因素。

3. 亚文化理论

亚文化理论认为，亚文化是仅为社会上一部分成员所接受的，或为某一社会群体特有的文化。亚文化往往偏离主流文化所规定的行为规范，在亚文化群体内部是得到肯定与赞同的。青少年群体内部存在着特定的行为规范，形成自成体系的亚文化。同伴教育在青少年群体形成的亚文化圈内开展，应用亚文化长期形成的独特的人际网络和信息传播通道，简便快捷，实用有效。

4. 革新沟通理论

革新理论认为，团体革新的关键力量是团体中思想观点的主导者，团体的革新需要通过他们与团体一般成员的交流从而更好地实现；这些主导者通常与团体一般成员有相似的特征，但也有不同之处，如地位较高、教育程度较好、性格宽宏，更富于创造精神。团体成员之所以承认他们并受他们影响，是因为觉得他们更具竞争力、影响力和可信度。同伴教育正是先改变团体中有影响力的主导者，通过对他们的教育和培训来完成前期教育，然后经由这些主导者与一般的团体成员进行信息的传递，运用主导者的竞争力、影响力和在团体中累积的信任度来完成后续的教育。

（三）同伴教育的优势

相对于传统的教育方式，同伴教育具有的优势非常的明显。同伴教育颠覆了传统教育中的教育由权威来主导的格局，改变了教育双方的地位不平等、信息不对称的客观事实，打破了教育双方之间的“玻璃隔板”。教育的双方可以根据需要进行转化，教育者可以成为接受教育的对象，接受教育的人员在某些时候自然地转化角色成为知识的传播者。同伴教育的优势主要体现在以下几个方面：

1. 同伴教育能有效分享知识和技能

同伴教育最为突出的特点是应用人们在生活中习以为常的分享知识和技能的方法。在每个人的日常生活中，其实都充满了与身边熟识人员分享和相互学习、效仿的行为，婴幼儿互相模仿的游戏，成年人之间消费行为的相互影响，都是如此。同伴教育充分认识到这一点，将生活中人们已经形成的学习方式加以运用，使这种非正式的教育和学习的方式经过科学的引导，严谨的程序操作来更为有效地发挥作用。

2. 同伴教育比专业人员更具影响力

专业人员进行的教育具有权威，但是对于很多群体，尤其是处于反叛期的青少年群体来说，挑战权威，怀疑权威是很容易发生的事情。某些时候造成适得其反的结果，在这样的条件下，同伴进行的教育更具有优势，因为对于青少年群体来说，认同同伴，接受同伴的建议比信服权威更为容易。由于同伴教育者与目标人群有着相同经历、相同背景，共同语言较专门聘请的健康教育者多，也更了解他们的特点和兴趣。因此，他们在教育过程中，可以以自身或周围同伴在发育成长过程中所遇到的烦恼、困惑以及解决的办法用同龄人能接受的语言和方式表达出来，缩短了教育者和青少年的心理距离，增大了交流性，也富有针对性，使他们在愉快的交流中达到最佳的教育效果。

3. 同伴教育容易进入某些敏感教育区

在我国传统文化中，教育领域始终有一些敏感区，最为突出的是性教育。传统的教育方式中，教师对于如何涉及这个教育领域有很多的顾虑，比较有代表性的想法是担心由于性教育引发青少年群体的好奇心，由此而导致青少年间的某些性行为。但是，如果不进行必要的性教育，教师等也担心由于教育的缺失带来更为严重的后果，如不洁性行为导致性病，没有采取有效保护的性行为造成意外怀孕等。矛盾的心态反映在教育的过程中也是遮遮掩掩，造成性教育目前的状况是名存实亡，点到为止。而同伴教育方法的介入，可以避免这样的问题发生，同伴之间敞开心扉，就自己不解的问题自由地交流，在相近的起跑线上前行。

4. 同伴教育可以深入特殊人群

在社会中，存在着一定数量的高危人群，传统的教育方法难以接近这些人群。例如艾滋病毒携带者、同性恋者、吸毒人员等。但是对这些高危人群的教育确实是必须而紧迫的，必要的教育不仅关系到这些高危人群的自身健康，还关系到是否危及他人的问题。但是传统的教育方式无法渗透到这些人群中去，传统的教育方式将高危人群排斥在外，同时高危人群也拒绝传统教育方式的进入。因为高危群体内部普遍存在着越轨行为，对传统的、正统的教育方式存在着戒心和抗拒。在这样的背景下，依赖传统的教育方式深入特殊人群是不可能的，但是同伴教育为此提供了较好的介入途径。同伴教育只需要先从特殊人群中发现少数的合作者，进行培训后通过这些合作者回到群体内部进行知识的传播。这种在特殊群体内部通过“滚雪球”的方式进行的同伴教育，不给特殊群体带来心理压力，有效地运用特殊群体内部的自然渠道达到教育的目的。

5. 同伴教育具有持续的强化效果

同伴教育的运用首先受益的是同伴教育过程中承担教育工作的人员，在接受和内化了教育内容和相关知识后，在不断的进行同伴教育的过程中，这些教育者的知识和认同程度得到持续的强化。同时，在集中的同伴教育项目结束以后，同伴之间互动和关系网络的长期稳定存在，也使同伴教育中的教育双方的教育过程进一步地巩固和强化。

6. 同伴教育成本低

同伴教育通过对少数人员的培训和教育，然后让受教育人群的同伴来进一步推广，比起大量聘请专业人员需要投入的成本，不言而喻少了很多。不仅如此，同伴教育的推行，对于吸引受教育人群前来参加有很好的号召力，减少了很多的宣传与招募的程序，这样也节约了不少的人力物力。例如在一次对大学一年级学生的同伴教育中，有些学生本来是拿着自己要看的书进教室的，但很快被吸引到生殖健康学习活动中了，同时学生表示希望有更多这样的同伴教育的机会。

同伴教育的运作方式简单，同时其对受教育群体具有良好的吸引力，这些因素大大降低了同伴教育的教育投入。首先，同伴教育不需要特殊的场所就可以很顺利地完成。可以在教室、操场、宿舍、工厂、街头巷尾，甚至是郊外游玩的一块草地上进行，每次交流的时间可以灵活掌握，可长可短。其次，对于不同的生殖健康话题，既可以多人一起畅谈，又可以一对一倾心交流，而同伴教育者的身份，既可以是学生、工人，也可以是公务员、农民等，只要与目标人群有共同语言等即可。再次,同伴教育的话题也很广泛,可以是生殖生理常识、避孕节育方法,也可以是有关如何与异性交往、恋爱、婚姻的正确态度等的讨论。最后,同伴教育活动因为更多地被结合到日常的工作和学习之中,所需的经费也很有限,只需花费少量的培训教材印刷费等即可。

(四)同伴教育的一般过程

同伴教育的直接指导思想是让同伴教育同伴,因此前期对承担教育者角色的人员的选择是非常重要的一个环节。具体来说,一般同伴教育的程序有四个环节,首先是在特定群体中公开招募人员;其次是培训教育者;再次是同伴教育同伴;最后是对每一个具体的环节中需要注意的问题进行总结和评估。这些对完成同伴教育,达到理想效果有重要影响。

1. 人员招募。

同伴教育中,对于同伴教育者的要求比较严格,同伴教育者身份的获得必须是自愿产生的。总体上,教育者要对参与教育的过程积极而热情,愿意为受教育者服务。不仅是在态度上有客观要求,在教育者的能力方面也需要有较高要求。承担教育者角色的人员需要有一定组织工作能力,乐于实践参与性方法。这些对同伴教育者的要求,表现在招募的过程中,就需要进行公开的招募,然后让群体中的人员自愿报名,经过初步筛选和面试,从这些人员中对照上面的要求,根据其参与的积极程度与初步表现出来的组织能力,按照择优录取的原则选择适合的人员担任同伴教育中的教育者。

2. 培训同伴教育者

同伴教育中教育者选择工作完成后,进一步的工作是培训这些具有一定特质的人员。培训中,最为重要的一点是提供系统准确的知识。应该说,被选择的人员原来也会了解一些相关知识与内容,但是没有接受过系统的培训,掌握的知识是残缺甚至是错误的。因此在培训中,首先需要弥补和完善知识系统,帮助他们把零散的信息系统化,把错误的信息科学化。其次培训的内容是教育方法,即在同伴教育中,要取得较好的教育效果,不仅是因为选择了与传统教育方式不同的教育承担者,更为重要的是打破了传统教育方式中呆板的教育模式——说教,采用了许多直观、有趣,具有参与性的游戏,融入了讨论、竞赛、演示等活动。这些教育方法方式需要通过培训让同伴教育者参与、感受、体会并且进行一系列的演练,最终能够自行熟练地运用。

3. 同伴教育同伴

同伴教育同伴是同伴教育者在群体中开展教育的,传播知识和技能的过程,也是同伴教育实施过程中的主体部分。在这一个程序中,工作的主体是同伴教育者,他们承担了主持和教育传播的任务。但是有的时候在这一环节,指导老师也参与进来,针对现场的情况进行某些具体的指导工作,配合同伴教育者开展工作,在进程中予以辅导与咨询。

4. 总结评估阶段

在每一个同伴教育活动完成以后,进行必要的总结和评估是非常有必要的。一方面可以强化同伴教育双方在教育内容方面的掌握情况,加深记忆,另一方面总结经验吸取教训对同伴教育者开展后面的工作有很强的借鉴意义。及时收集接受教育的同伴的反馈有利于及时调整教育过程中方法方式的运用和流程控制。

（五）PLA 在同伴教育中应用的案例和效果

2004 年上海市计生协在闵行区进行同伴教育试点工作，支持和指导开展“青春健康”同伴教育。通过倡导与协调，先后有效推动上海交通大学“亲青关爱协会”和上海机电技术专科学校“同伴之家”的成立，为同伴教育建立了组织基础。在社团成立后即面向校园招募同伴教育骨干，随后举办了两期“青春健康”同伴教育骨干培训班，对招募选用的同伴教育骨干进行了相关知识的培训，培训过程中还组织在交通大学进行试讲，主持了 4 个单元的生活技能培训。

2004 年 8 月，已经接受过系统培训的 20 多名同伴教育骨干走出校园，深入社区，运用参与式方法，为闵行江川路街道、七宝镇、梅陇镇等 6 个街镇 500 多名青少年及流动人口中的未婚青年进行了 13 期青春健康生活技能培训。培训的内容十分广泛，主要包括价值观与爱情、性与性行为、爱情与性、生殖与避孕、远离毒品、预防性病与艾滋病、艾滋病的预防与关爱、性与生殖健康等。在同伴教育者对同伴进行培训的过程中广泛运用小组讨论、快速联想、角色扮演、参与互动的练习等方法，引导青年人对生活中相关方面所面临的问题做出负责任的决定，掌握相关的技能技巧。

在同伴教育骨干完成每一期培训后，他们均对培训活动进行了评估。评估的结果显示：有 80％的未婚青年认为，开展“同伴教育”活动，双方容易沟通和交流，可以自由地提问和讨论、有共同的语言和容易引起共鸣。在培训中相互交流，参与性强，易接受，有利于融洽关系，消除顾虑。授课内容新颖，有针对性，授课方法生动，易懂，能满足需求。大学生进社区开展“同伴教育”培训受到未婚青年的欢迎，为开展全区校外青春健康项目起到了推动作用。

第七章
亲青服务与青少年社会工作

亲青服务与青少年社会工作之间存在着密切的关系。作为青春健康项目的重要组成部分，亲青服务旨在为青少年提供科学准确、亲切友好并为他们乐于接受的性与生殖健康服务①。社会工作是以利他主义为指导，以科学的知识为基础，运用科学的方法进行的助人服务活动。青少年社会工作，顾名思义以青少年群体为主要服务对象的助人活动，亲青服务等内容理所当然地包括在内。

亲青服务与青少年社会工作的关系

亲青服务体现了青少年社会工作的以下特点：

(一) 助人自助

每个人都有自我改变和自我进步的愿望和能力，社会工作的最终目的是帮助人们依靠自己解决问题，而不是依赖别人。社会

① 上海市计划生育协会青春健康项目办公室：上海市“青春健康”项目通讯，2004 年第 3 期。

工作的精髓在于消除人们的悲观、逃避、自暴自弃等消极心理和行为，引导他们认清自身的优势和不足，给每个人以希望、信心和决心，充分调动其主动性、积极性和创造性，并与之共同寻找战胜困难的方法和手段，以达到求助者自助并在自助中得以发展的境界。

(二) 平等待人

社会工作把世界上的人都视为完整的个人，承认并尊重每个人的需要和权利，因此社会工作强调以平等的态度对待人。同时，社会工作相信人的潜力是巨大的，充分挖掘每个人的潜能是社会工作者的职责。

(三) 整合资源

社会工作不把人们的问题归结为个人的“本性不好”或道德问题，而是从人与环境的相互作用中去理解和把握各种行为，相信个人生活受环境的影响很大，许多个人的问题都是由社会环境造成的。因此，社会工作在解决人们的问题时十分重视运用社会环境资源，化不利因素为有利因素，提供物质的和精神的支持，协调各方面的关系，增强主观能动性，挖掘潜在能力。

无论从服务的宗旨和内容，还是形式和技巧来分析，亲青服务充分体现了青少年社会工作的价值观、伦理、方法和技巧，同时也充分展示了青少年社会工作者的角色、功能和作用。亲青服务的内容非常广泛，从青少年社会化过程中对性别和角色的认同，到同伴交往和人际关系；从青少年如何对待青春期性行为和性意识，到怎样看待艾滋病和吸毒，再到如何帮助青少年计划未来和自我实现，青少年社会工作的价值观和伦理道德、理论和知识、方法和技巧渗透在亲青服务的每一个项目中。本章只能选择其中的一些内容展开分析，比如通过亲青服务中对性别和角色认同方面的项目来探讨与青少年社会工作价值观的关系；通过预防艾滋病病毒感染和公共秩序的建设来透视与青少年社会工作伦理的关系；通过远离毒品和预防违法犯罪来分析与青少年社会工作者角色、功能和作用的关系；通过性行为、人际关系和社会交往来剖析与青少年社会工作方法和技巧的关系。

性别、角色与社工价值观

针对青春期生理心理剧变的特点，亲青服务的第一课便是如何帮助青少年认识自我，其中最重要的是如何认识男女性别和认同男女社会角色。这里充分体现了青少年社会工作的价值观。

那么，构成社会工作者生命意义和道德责任的价值观究竟是什么？波奈尔的回答是：我们重视生命，我们重视人对人的人性，我们重视对人的尊敬，我们重视来自自尊的接受者和施予者的真正的尊严，我们重视带来富足生活的礼物——但是它们必须能够被分享，如果这些并不是我们所持有的价值，那么就将死亡。作为一个理想的社会工作者，价值是其生命意义的全部。在精神上，他是被价值所武装和充满的；在行为上，他是为价值所指导的和驱动的。这就是说，在一个理想的社会工作者的意识和潜意识层次，都充满了社会工作的价值观念。这些对理想社会工作者的价值标准在亲青服务对服务者的培训要求中得到很好的展现。

首先，社会工作者要把社会工作看成崇高的职业，把做好社会工作视为自己人生价值的实现。这体现在亲青服务中便是对服务人员的要求：热心、热爱这项工作，还要经过一定的专门培训①。

其次，社会工作者应当以平等的态度对待每一个工作对象，尊重他们，承认他们的权利。这一点更是亲青服务贯穿始终的追求和倡导。无论从服务的内容设置和形式选择上，还是具体的服务过程中，都本着平等和尊重的原则，承认每一位青少年均有着作为一个人而存在的价值。不论其表现好坏，不论其家庭贫穷还是富裕，他的价值和尊严都应当得到充分的肯定和尊重。所以，亲青服务中要求服务人员认真倾听和理解青少年各种不同的看法，鼓励青少年坦诚地说出他们自己的看法，然后根据他们的不同情况提供不同的帮助和服务②。

第三，社会工作者承认每一个服务对象都拥有发挥自己优势、实现自己价值的潜在能力。因此，他有责任协助服务对象尽可能地意识到自己的优势和潜力，寻找可能实现自己价值的途径，实现自己的潜能。在亲青服务中，非常强调表扬和鼓励的重要性。鼓励意味着让服务对象知道相信他（她）能做好某件事，能克服困难，能取得成功，提升其发挥潜力的勇气和信心；表扬是为了巩固好的行为，寻找到服务对象做得好的事情，并给予赞扬和欣赏。尤其值得一提的是，亲青服务中对鼓励和表扬的处理非常科学、合理，强调表扬不是恩赐，因为有时表扬的措辞和语调不当时，听起来容易让人感觉是恩赐或不是诚恳的。因此，亲青服务强调服务对象需要表扬和鼓励，但更需要尊重，特别要像对待有责任感的成人那样对待青少年③。

第四，社会工作者在整个工作过程中提倡采取引而不决的态

① 亲青服务培训材料，第13页。
② 亲青服务培训材料，第36页。
③ 亲青服务培训材料，第53—55页。

度，服务对象有权利自己做决定。社会工作者更倾向于提出咨询意见，和服务对象共同探讨克服困难或解决问题的各种可选择的方案，最后让服务对象自己从中做出选择。亲青服务中强调为青少年提供多样性的服务方式，主要可分为四大类，即宣传、健康教育和信息提供、咨询和生殖健康服务。与宣传和提供信息这两类偏重单向交流的服务方式相比，亲青服务更注重咨询和生殖健康服务这两类偏重双向交流的服务方式。咨询和服务强调通过交流和交换信息，帮助青少年增强意识，能为自己的生殖健康做出自主的和知情的选择①。

亲青服务以科学的态度对待青少年的性别和角色认同，关注青春期的发育和发展，包括青春期的生理变化、心理和社会变化，分别从青春早期、青春中期和青春晚期三个阶段来剖析青少年在独立性、认知发展、同龄群体影响、身体形象和意向、性意识等方面的特点。在亲青服务所广泛开展的性别和角色讨论中，非常强调价值的重要性，认为价值(判断)是指那些认为很重要的事情。每个人都有自己的价值(判断)，这些价值没有什么"对"与"错"之分，主要是"相同"与"不同"之别。人与人之间的价值(判断)是不同的。一个人的价值判断与其生活背景、年龄等诸多因素有关。在为青少年提供服务中，服务人员应识别出对某个问题自己与服务对象在价值判断上的区别，要尊重服务对象的价值(判断)。了解服务对象的价值，有助于理解他们的某些行为(如，由于年轻，没有意识到健康的重要性，因而可能会有一些不考虑健康后果的行为——没有保护的性行为等)，以帮助其采取健康行为或改变不健康的行为。如果服务人员能够识别出服务对象的价值(判断)，并

① 亲青服务培训材料，第29—31页。

用不伤害其价值(判断)的方法提供信息，服务对象就会感觉到受到了鼓励和尊重，就会对服务人员产生信任感，从而愿意与服务人员交谈、考虑或采纳服务人员的建议①。

总之，亲青服务充分体现了青少年社会工作的价值观，这些价值观主要包括：

- 尊重青少年；
- 保证青少年的隐私和保密；
- 理解青少年成长与发育方面的问题；
- 认为性作为正面体验是正常的；
- 认可青年人之间的差异：单身/已婚/尚未有性行为/已经有性行为的(包括自愿的和非自愿的)/不同性取向；
- 保持中立、客观的态度，不要评判或反驳，尊重不同意见；
- 不管性别如何，青少年是受欢迎的。

【案例分析】 小军 17 岁，近几年来，他意识到自己被其他男性强烈吸引，他想自己是同性恋，但怕别人歧视他，从未和别人说起这件事。小军还从来没有和别人发生过性行为，部分是因为怕感染上艾滋病，同时也认为自己在感情上还没有准备好承担性行为带来的后果。他通常是通过自慰来满足自己的性欲，他几乎每天都自慰，而且担心这样会影响自己的健康。

针对以上案例，在亲青服务活动中，根据学员的价值(判断)讨论后得出以下观点：

---

① 亲青服务培训材料，第 16—24，33—39 页。

一是性健康的年轻人。因为生理上是健康的，认为没有准备好而尚未有性行为。

二是性健康行为。因为从未发生性交行为，知道性行为的风险，采取安全的自慰行为。

三是不健康的行为。因为小组里有的成员认为小军的不健康行为是，担心自己是同性恋，不清楚自己的性取向，担心自慰影响自己的健康①。

亲青服务认为对青少年性行为的个人看法或态度不应该影响判断青少年的性健康状况。一个有性行为的人，如果表现出一定的知识和健康的行为仍是性健康的一个人；一个没有性行为的人，但仍可能不是性健康的人。应根据性健康的特征来判断一个青少年是否性健康，而不是根据其年龄及婚姻状况。在许多方面，评价青少年性健康的标准不应该与评价成年人性健康的标准有什么不同。亲青服务中在性健康和性取向方面的态度与青少年社会工作者的价值观是一致的。

关于性取向问题，亲青服务强调不管服务对象是何种性取向，服务人员都应以平等的态度处理和对待，充分尊重服务对象的选择和他们的价值观，接纳他们，这也完全符合青少年社会工作者的价值倡导。社会工作者会给予意见，并且让服务对象自己决定。有时，社会工作者会遇到个人价值和社会工作价值不一致的时候，例如排斥或反对同性恋，那么，社会工作者的做法会以社会工作价值优先考虑，必要时将个案转介。

尽管总体说来亲青服务充分体现了青少年社会工作的价值追

---

① 亲青服务培训材料，第 38 页。

求,但有些方面还是存在着一定的不足。最为明显的是,在亲青服务中,有时过于强调男孩要有阳刚之气、女孩要有阴柔之美,这与倡导性别平等、尊重个性化发展的理念有一定的出入。

艾滋病、公共秩序与社工伦理

如果一位艾滋病感染者找到你,需要你的帮助,作为一名社会工作者你应该具有怎样的态度呢?如果一位艾滋病患者向你讲述了自己的痛苦,并希望你为他保密,同时他还在与其他女性发生性关系,作为社会工作者的你又该如何呢?以上的种种假设,都是社会工作者在工作中会遇到的问题。下面就让我们共同来讨论一下亲青服务与青少年社会工作伦理的关系。

(一)社会工作伦理概念及其基本内容

社会工作伦理就是指社会工作者在服务过程中自身所应具有的伦理价值以及在处理与案主、同事、服务机构以及社会之间关系的过程中所应遵循的伦理准则。

一百多年来,世界各地的社会工作者不断在实践中总结经验,提出了一个专业的社会工作者所必须遵循的一系列行为准则,包括应当如何对待自己、对待案主、对待同事、对待服务机构以及如何对待社会。中国社会工作协会也制订了社会工作者伦理守则。概而言之,其基本内容是:

1. 社会工作者应当以人为本,具有人道主义精神和高度的专业责任感

第一,以人为本,具有奉献、乐善、平等、博爱的人道主义精神。

社会工作者要以崇高的爱心和强烈的责任感去接受服务群体，研究服务对象所面临的各种问题，尽最大的能力帮助其克服困难。例如：在社会工作者看来，不论是对于艾滋病感染者还是其他人，一律都是平等的。社会工作者在肯定个人具有理智、意志、自由判断能力的前提下，积极帮助他们确立生活的目标，提高他们学习的能力，真正实现助人自助的目标。

第二，要有高度的专业责任感，努力维护和增进专业的价值、信誉和尊严。社会工作者首先应该敬业、爱业，在工作当中尽心尽力、精益求精，全心全意地为服务对象提供服务；同时，还要运用自己的专业知识，发挥专业才能，在适当的服务范围内尽可能地满足服务对象的需要。

2. 社会工作者应当以平等、接纳和不批评的态度对待服务对象

第一，平等是社会工作伦理中的一项基本原则。从艾滋病患者的角度来说，一方面他们有着深深的自卑感，另一方面也有着强烈的自尊心。他们会对别人对待他们的态度特别敏感，一旦发现有人歧视他们，他们就会采取敌对的态度和行为。因此，社会工作者与艾滋病患者接触的时候，需要时时提醒自己必须以平等的态度对待他们，需要时时注意消除哪怕是深埋于内心的不平等情绪。

第二，艾滋病患者在各方面均承受着巨大的压力，包括身体方面的、生活方面的、家庭方面的等等。每一个社会工作者都要认真的对待案主，不管服务对象处于怎样的状态，社会工作者都应该热情地接受他，满腔热情地对待他。

第三，社会工作者在接受服务对象的时候，必须同时接受服务对象的优点和缺点、积极的和消极的情绪、建设性的和破坏性的态度和行为，采取不批评的态度。

3. 社会工作者要承认并充分认识到每个服务对象的潜能

社会工作伦理所遵守的一个基本前提就是相信每个人都是一个独立的个体,具有判断和决定的潜能。承认每个服务对象的潜能在实践中表现为"案主自决"这一原则。案主自决的伦理基础就是充分肯定人自身存在的价值,并且认为人都有一种内在的智慧和求生存求发展的能力。社会一方面可能为每个人的发展提供某种支持,但同时也给不同的人的发展设下某种限制。所以,社会工作伦理强调每个人要善于利用自己独特的个人经验,通过自己做决定的机会而获得发展。社会工作者的角色就是创造一个环境,在尊重服务对象生存发展的前提下,提高其自决的能力。

4. 保守秘密

保守秘密是社会工作人员与服务对象之间心照不宣的或明言相告的相互信任关系。社会工作者应当遵守当事人保护隐私的权利,在没有得到服务对象允许或书面授权的情况下,社会工作者不得把自己所知道的关于服务对象的私人秘密泄露给第三方。

5. 社会工作者应当尊重同事和合作者,与他们协同工作

为了更好地帮助案主,社会工作者常常需要与同事、其他专业人员合作,组成一个工作小组。在这种情况下,处理好与同事、合作者的关系就成为社会工作者做好服务工作的前提。

6. 社会工作者要遵守对机构的承诺,致力于消除社会歧视,促进社会福利

首先促进社会福利。社会工作者要有高度的社会责任感,通过自己的努力工作来增进社会福利,保持社会稳定,促进社会的繁荣与发展。其次推进公共参与。社会工作者要十分关心那些影响全局的社会福利政策的制定和实施,积极地鼓励公民参与社会政策的

制定，帮助社会工作机构改进社会服务。最后致力于消除因性别、民族、精神或身体残疾等因素而造成的社会歧视。社会工作者要关注那些处于劣势地位的个人或团体，使他们得到公正的待遇。

（二）亲青服务与社会工作伦理

亲青服务在针对预防艾滋病工作和为艾滋病患者服务上做了相当多的工作，帮助服务对象排忧解难、树立自信、发挥潜能，构建良好的公共秩序。在这些工作和服务中，充分体现了社会工作的伦理价值和伦理准则。

首先，亲青服务要求每一位社会工作者都要以平等、接纳、不批评的态度对待自己的小组成员。在主持人培训守则中就明确要求服务人员做到：尊重、平等、保密、倾听、关爱①。由于服务对象的特殊性，作为服务工作者来说更应该注意自己的态度和语气的表达，以便更好地与服务对象建立良好的专业关系，顺利地提供高质量的辅导和服务。

其次，如何预防艾滋病病毒感染的教育是亲青服务的重要工作。亲青服务通过各种游戏，如换水游戏、卡片游戏等向青少年们讲解艾滋病病毒的传播、介绍艾滋病基本知识、分析艾滋病病毒传播的途径，使青少年们能正确看待艾滋病的产生，能理解和不歧视现在已经患有艾滋病的病人们。同时，通过《预防控制艾滋病宣传教育知识要点》、《中小学生预防艾滋病专题教育大纲》、《国务院关于切实加强艾滋病防治工作的通知》等辅助材料，来增强学员对艾滋病的认识。这些文件材料说明了人们都在关心、帮助艾滋病病

① 亲青服务培训材料，第13页。

人，希望社会能够平等地接纳他们。

第三、对于艾滋病病人进行心理辅导和开展活动，让他们肯定自己的价值，重新树立面对生活的信心，也是亲青服务的重要内容。艾滋病病毒感染者是疾病的受害者，应该得到人道主义的同情和帮助。家庭和社区要为艾滋病病人及感染者营造一个友善、理解、健康的生活和工作环境，鼓励他们采取积极的生活态度、改变高危行为、配合治疗，有利于提高病人及感染者的生命质量、延长生命，也有利于艾滋病的预防与控制工作和维护社会安定。亲青服务的社会工作者正以他们的伦理道德，鼓舞着艾滋病感染者们。通过社工的专业方法，帮助他们解决遇到的各种困难、排除心理上的失望甚至绝望，鼓励他们健康地生活，发挥他们的潜能，让他们重新树立对生活的渴望。亲青服务还邀请成功摆脱艾滋病带来困扰的艾滋病毒携带者，现身说法，来鼓舞自己的同伴，这样效果更加有力。

最后，亲青服务致力于消除社会歧视，促进社会福利，倡导健康的公共秩序建设。亲青服务工作者经常担当呼吁者和发起者的角色，向社会发起倡议，要求大家一起来关心、帮助艾滋病患者。迄今为止的治疗尚不能根除感染者体内的病毒，存在尚需克服的困难，而关怀是一副良药，关爱能鼓励不幸者面对疾病，面对现在和未来，鼓起生活的勇气，以及与疾病作斗争的信心。亲青服务就是希望通过服务人员和社会工作者的努力，敦促全社会都能平等地对待艾滋病患者，为艾滋病病人呼吁合法的权益，构建健康的公共秩序。

尽管亲青服务充分体现了青少年社会工作的伦理价值和伦理准则，但有几点值得进一步关注：

一是在对青少年学习预防艾滋病的相关知识时，应更进一步地强调对艾滋病病人的尊重；

二是在亲青服务教材中针对艾滋病病人的服务项目和活动不多，基本上都是预防艾滋病的活动，因此，可否适当增加针对艾滋病患者的服务项目和活动；

三是亲青服务也可以针对艾滋病病人的家属开展辅导和支持服务，让他们能正确地对待亲人的病情，帮助亲人共同面对困难。

吸毒、违法犯罪与社工作用

毒品是万恶之首，有多少人为了它而触犯法律，有多少家庭因为它而妻离子散，有多少花季少年因为它而成为阶下囚。在全世界，青少年是吸毒的主要人群，中国也同样如此。根据公安部的数据，截至 2003 年底止，105 万登记吸毒者中 35 岁以下的青年人占 72%。随着新型毒品的出现，青少年面临着毒品更多的威胁，不仅吸毒人数在增加，而且有向低龄化发展的趋势。亲青服务、青少年社会工作者和司法部门互相配合，逐步建立起“打防结合”的工作机制。这里我们主要透过亲青服务的“远离毒品”项目，剖析其与青少年社会工作者角色、功能和作用之间的密切关系。

亲青服务与青少年社会工作者的专业角色

工作者的专业角色是指社会工作者所处的社会位置及与的一整套行为模式，这一专业角色在亲青服务中得到很 青少年社会工作者的专业角色不是单一的，而是多重

1. 监控者的角色。对已经吸毒成瘾的人而言，禁毒工作是一种刑罚执行方式，这就使得社会工作者必须通过外在的、强制性的社会控制方法。针对青少年吸毒对象，社会工作者可以采取如记录、规范、条例等约束方法来控制服务对象的行为，使他们的行为对自身、家庭和社会不造成不良影响。由于亲青服务主要是以预防为主的青春健康服务，因此在这一方面的角色功能不是重点，但在“远离毒品”单元的活动“拒绝毒品”中也有一定的体现，重点通过教会青少年坚决地对毒品说“不”来进行监控[①]。

2. 中间人的角色。社会工作者是通过整合社会资源，把服务对象的需求与现有的或者是通过努力争取能够获得的社会资源联系起来，以满足服务对象的需求或者帮助他们解决面临的问题。在亲青服务中，服务人员的中间人角色主要是通过诸如带领学员参观戒毒所、组织参加戒毒展览以及安排学员采访吸毒人员等方法来体现的，这样可使青少年对毒品和吸毒有更加直观和深刻的体会。

3. 教育者的角色。正是因为许多青少年对毒品和吸毒有这样或那样错误的认识，使他们走向违法犯罪的道路。在亲青服务中，教育者的角色是体现得最为充分的。开展“了解青少年与吸毒”活动时，首先通过学员对毒品认识的误区进行教育。列举青少年可能存在的对毒品认识的九大误区，包括“毒品有那么[illegible]我不信！”“吸了它真的有那么爽吗？我试试！”“我的哥[illegible]东西，不会害我的！”“吸一次试试，不会上瘾的！”“很潇洒[illegible]“它会使我更聪明，给我灵感！”“它会使我忘却痛苦！”等[illegible]

① 成长之道，第105页。

剖析了青少年内心可能存在的以上认识误区以后，亲青服务人员积极地承担起了教育者的角色，告诫所有的青少年：青少年吸毒，并不是跟我们无关的问题，我们跟那些吸毒的青少年一样：好奇、勇敢、逆反、爱酷。我们可能遇到欢天喜地的事情需要庆祝，可能遇到痛苦悲伤的时候需要发泄，但不管生活中发生什么，面对毒品，希望每个人都有坚定的态度：决不吸毒！①

4. 服务提供者的角色。青少年社会工作者要向服务对象提供各种服务，其中包括心理的和物质的，如个案辅导，开展关于青少年的社区活动，通过青少年家庭、邻居和社区等层面的活动，帮助青少年与周围环境建立起良性的互动关系，从而内外因结合满足服务对象的需要。这里，亲青服务本身便是为青少年提供的全面的青春健康服务，因此充分体现了社会工作者服务提供者的角色。

5. 支持者的角色。社会工作者面对服务对象不但要提供直接的服务或帮助，也要鼓励受服务对象在可能的情况下自强自立，克服困难，即“助人自助”。在亲青服务中，服务人员和青少年社会工作者一样，承担着支持者的角色，一方面在毒品诱惑面前坚定地支持青少年勇敢地说“不”，另一方面对已经有吸毒行为的青少年及其家人提供各方面的支持，鼓励这些有吸毒行为的青少年戒除毒瘾，支持他们的家人度过亲人戒毒的艰难时期。

6. 倡导者的角色。社会工作者还应该成为服务群体采取某种行为的倡导者，即当服务群体必须采取新的行动才能有助于其走出困境时，社会工作者应该为其倡导某种合理行为，并指导他们

① 成长之道，第104—105页。

取得成功。亲青服务中拒绝毒品的倡导是鲜明的，在活动过程中一再地强调：拒绝要坚定、有力；有力的拒绝是反击，要理直气壮、咄咄逼人；肢体语言和口头表达要一致地表示拒绝①。

7. 政策影响人的角色。由于某些社会问题并非个人因素引发的问题，对这种造成问题的政策或制度，进行改变是必要的。社会工作者将其工作经验反馈给政策制定者，以避免问题的发生或减缓社会问题。这一角色功能虽然在具体的亲青服务中未能得到很好的体现，但是青春健康项目在中国的实行和推广便切实地起到了政策影响的作用。

（二）亲青服务与青少年社会工作者的功能和作用

在谋求社会和谐发展、帮助青少年健康成长的过程中，社会工作者的功能体现在许多方面，现择要简述以下三大功能：

1. 恢复功能

由于环境和人自身的原因造成了社会上有一部分人不能正常地参与社会生活，影响了他们自身的发展。恢复这部分人参与社会生活的能力，成了社会工作者应当承担起的主要任务之一。这种恢复，包括直接给予心理上和物质上的帮助，以及间接地创造有利于青少年成长的社会环境等，逐渐改正青少年的不良行为，恢复其缺损的社会功能。在亲青服务中，主要有两个层面的服务，一是“咨询”，这是主要的服务层面；二是“诊所服务”②。在后一个层面上的服务便具有恢复服务对象功能的性质，对吸毒成瘾者的服务

① 成长之道，第106页。

② 亲青服务培训材料，第28页。

便是这一层面性质的服务。

2. 协调功能

一般说来，一个有吸毒或者违法犯罪行为的青少年，往往是受到家庭及其周围环境的影响。要改变吸毒青少年的家庭及其周围环境，社会工作者就必须发挥其协调的功能。社会工作者必须努力整合资源，帮助受助青少年改变生活环境和生存状态，并提醒政府和社会各界关注青少年的教育和健康成长，通过青少年立法和青少年服务来保证青少年的利益得到保障。亲青服务通过青春健康教育这样一个针对青少年的综合项目，整合包括政府、家长、学校、社区等各个方面的资源，旨在为青少年构建一个健康、安全的家庭、学校和社区环境，其协调功能是非常突出的。

3. 稳定功能

社会不稳定的主要因素是社会各阶层各群体的利益损益不一，尤其是某一群体的利益受到严重的损害。在激烈竞争的现代社会里，青少年是直接或者间接受到某种损害最多的群体，他们常常处于劣势状况。如果社会不给予一定的照顾和帮助，长此以往会严重损害他们对社会的信心，甚至产生某种反社会行为。亲青服务把服务重点放在处于青春期的青少年身上，借助同伴、家庭、学校和社会的力量，通过互动和参与的形式，帮助青少年坦然地面对成长过程中的各种挑战，提高社会生活能力，以健康的心态和成熟的认知投入社会，增强社会的稳定。

性行为、人际关系与社工技巧

纵观亲青服务之“成长之道”项目，我们可以把它看作一个关于帮助青少年健康成长的团体社会工作。团体社会工作以社会团体为工作对象,在团体工作者的协调下,或通过团体情景与团体互动实现娱乐、教育与治疗的目标,或通过团体的共同努力达成社会行动,从而促使社会变迁,促进整个社会繁荣。亲青服务中注重培训员和被培训者的互动,通过一些分组讨论、角色扮演、情景模拟等互动模式达到帮助青少年坦然面对成长过程中的各种挑战,在性健康与生殖健康方面做出健康的、安全的、负责任的决定,提高各方面的能力,为今后的生活做好充分的准备。本节从团体社会工作的方法和技巧视角对亲青服务进行分析评估。

团体社会工作中最基本的技术为:运用关系和运用程序。其中运用关系技术包括接纳、同感、真诚、积极倾听;运用程序技术包括支持、探索、教育和劝告。

运用团体动力关系能够促使团体和团体成员运用团体互动实现改变和发展。团体动力关系一旦形成,工作者就可以运用语言和非语言行为去帮助成员实现有关增强功能的目标。

1. 接纳

接纳态度表现为真诚地关心他人,给予他理解,关注他所做的,传达他的愿望。"成长之道"的人际交往活动中,就有讨论如何接纳他人的内容,例如讨论话题:"对自己的要求与对他人的要求是否一样?对谁的要求高?""你的朋友对你的要求是否会与你对他的要求类似?你是否做到了?"等,都是体现出工作员对学员的接纳,并且让学员也明白自己接纳他人的程度①。又如在"性行为与决定"的活动中,工作员小结的要点突出:价值没有什么对与错

① 成长之道,第28—29页。

之分，而主要是相同还是不同之别。我们要尽量理解和尊重与我们价值不同的人，而不应该把自己的价值强加给他人①。工作员在表达这些观点的同时就反映出他接纳的态度了。

2. 同感

同感又称同理心，强调感受另一个人的特殊才能。要求工作员能通过与成员交流达到温暖的感觉，让成员知道工作员了解他们基于经验和性格所产生的观点，并且不管他是否同意他们的观点，他与他们处于同一种心理与情绪状态下。例如在“性行为与决定”活动有关性行为可能带来的后果中，将学员以是否同意婚前性行为为标准分成两组，讨论的话题为“为什么赞成或反对婚前性行为？婚前性行为有什么后果？”等②。在讨论这类比较敏感的话题时，工作员可能会反对某些学员的观点，这就要求工作员有充分的同理心，尝试自己投入他人的感觉和思想中，而不是进行价值评判。教材中也要求工作员对任何理由都不要加以评判。

3. 真诚

要求工作员有相当的自觉性，重点是工作员摆脱虚假和防卫，不向成员隐瞒自己。在“性行为与决定”活动关于性的含义中，首先工作员就会引导大家考虑“性”的含义，此时可能会要求工作员也自我表露对“性”的理解，这就要求工作员十分真诚地表达自己的理解，这样才能带动成员真诚的表达自己的观点。

4. 积极倾听

专心致志关注一言一行，目的是传递尊重的信息和传达“正在

① 成长之道，第39页。
② 成长之道，第41页。

说的或做的很重要”的感觉。“成长之道”中有很多讨论的内容，要求工作员积极地倾听，不仅要听成员讲话，而且要听到每句话包含的意义。积极倾听涉及四个方面：

(1) 观察和察觉团体成员的非语言行为——身体姿态、表情、移动、语调等；

(2) 理解团体成员的言语信息。

(3) 联系团体成员所生活的社会环境，倾听其整个情况。

(4) 记住团体成员在表达中流露出的可供利用的资源和需要受到挑战的地方。例如在“性行为与决定”活动关于性的含义中，要求工作员“总结时尽量用学员提到的、容易理解的语言归纳与解释”等，都要求工作员掌握倾听的技巧①。但在教材中对工作员的要求大多只停留在记住成员的观点，然后总结提出事先准备好的观点，对工作员倾听成员每句话包含的意义方面要求不多，更没有要求对成员非语言行为的观察，这些都需要加强。

为了有效地运用团体，工作者会选择一套特定的介入程序系统。这些技巧的组合包括支持、探索、教育和劝告。

支持是表达真诚的感情与关心的基本条件。工作员想促进团体实现目标，就必须给予成员足够的支持，使他们随时能从团体本身获得支持，目的是增强自尊和安全感。在“性行为与决定”活动关于性行为的决定中，“学会说不”就是通过团体来训练成员拒绝别人要求的技巧②。先通过情景模拟——面对敬酒又不想喝时，你的决定是什么？工作员鼓励大家阐述拒绝和不拒绝的理由，这

① 成长之道，第40页。

② 成长之道，第43—45页。

让团体成员了解到其实每个人都会遇到类似的尴尬，同样的遭遇使团体成员得到了互相支持。此后又通过特定情景的模拟，如果恋人提出性要求，可你却不想这么做，你会怎样拒绝他/她？让成员模拟表演后总结出一些方法，使得成员不仅可以自己思考，也可以从他人的表演中获得经验，达到成员互相支持的目的。

探索是通过公开事实、观点和情绪以评估一种现状的方法，以便获得对个人—团体—环境足够的了解，推动目标的实现。探索需要公开讨论，工作员有目的地询问引导成员提供基本信息，或提出坦率的问题以获得成员在性格、经验、现状等方面的信息。工作员也可能提出更重要的问题要求成员作详尽的探讨和评论。在亲青服务中也明显地体现了"探索"的技巧，并且形式多样。有直接给与问题进行讨论，如在"性行为可能带来的后果"活动中，让学员分组讨论"为什么赞成或反对婚前性行为？婚前性行为有哪些后果？哪些后果是你所希望的？"等；有通过给与故事让学员讨论，如在"如何做决定"中，给与了"男同学对班上女同学有好感"的故事，然后让团体成员讨论；还有通过角色扮演和情景模拟等让成员对"学会说'不'"进行的探索。在引导成员探索的过程中关键是工作员的态度必须明朗、坦率；避免引出是或否形式的回答；以及善于观察。在教材中基本都采用了开放性的问题，有利于成员进行探索与思考。

教育和劝告，社会工作者很重要的一个任务是提供成员缺乏的信息。在教材中提供给成员的信息是丰富多样的。既有工作员直接的小结，又有一些自我测量的简单量表如"人际交往自测"等，还有一些对容易混淆的概念和信息的澄清，如"爱与迷恋的区别"、"恋爱是什么"、"性要求与拒绝技巧"等，这些一般都是成员较缺乏的信息，有助于亲青服务目标的实现。劝告是供成员思考的处理问题的选择方法而不是命令，必须以不妨碍成员自决为前提。亲青服务很好地体现了这点，当工作员总结时都是采用建议性的语言，并且会提供多种方法以便选择。

参考文献

波奈尔，《在不满时代的社会工作价值》(英文版)1970 年版，转引自王思斌，《社会工作概论》，高等教育出版社，1999 年版。

王思斌，《社会工作概论》，高等教育出版社，1999 年版。

顾东辉，《社会工作实务》，上海市社会科学界联合会，2003 年版。

张乐天、徐玲等编著，《社会工作基础知识》，上海社会科学院出版社，2003 年版。

黄丽华，《团体社会工作》，华东理工大学出版社，2003 年版。

张乐天，《社会工作概论》，上海社会科学院出版社，2003 年版。

第八章

亲青服务培训的科学化

随着青春健康项目的推广与发展，"亲青服务"已不再是一个陌生的概念。2002 年 7 月至 8 月，中国计生协与美国 PATH 在上海举办了青春健康项目"亲青服务"师资培训班。在这次培训班上，首次提出了"亲青服务"的概念，并列为青春健康项目的重要内容之一。我们把它定义为：对青少年和未婚青年提供亲切友好、科学准确、持之以恒的性与生殖健康服务。亲青服务培训，主要是对"亲青服务"的服务者进行培训，使他们具备良好的服务态度和技能。

亲青服务的基本特征

亲青服务是由服务机构、服务设施和服务者三部分组成的。服务机构利用服务设施通过服务者来开展亲青服务，三者缺一不可。具体而言其基本特征如下。

(一) 服务机构(工作)应具备的特征

服务机构在亲青服务中发挥着基础性作用。

对青少年和未婚青年热情接待并提供服务。收费标准在青少年能够承受的能力之内;服务项目全面,或者有必要转介服务;等候时间短;宣传教育材料随手可取。服务项目在青少年聚集的地方广为宣传。这些地方和学校、青少年活动中心以及其他社会机构有密切的联系;提供获得信息、咨询和服务的多种途径;青年人参与工作方案和计划的制定,有集体讨论活动,鼓励但不强求家长参与。欢迎随时来访,预约安排及时,咨询者和服务人员相对较为年轻。

(二) 设施、场所应具备的特征

其一,恰当的开放时间(方便青少年的时间)。一般来说,开放时间和社会上正常的上班时间一致,但考虑到青少年的特殊性,在周末和节假日应该延长开放时间。

其二,足够的使用面积。服务设施(场所)应该有足够大的使用面积,以便于开展一些青少年的交流活动。

其三,方便的地理位置。有防日晒雨淋的顾客候诊室(至少有可供 10 人坐的座位),有专门(隔开的)青少年候诊室。

其四,充分的隐私保护。有专门提供青少年服务的隐秘的咨询场所和隐秘的检查场所。

其五,舒适的环境布局。室内的墙壁以及窗帘的颜色应该以暖色调为主,桌椅的设计及摆设都应该考虑到青少年的心理特征,能给他们营造一个温馨的环境氛围,减轻他们的压力,让置身其中的他们能更轻松、自由。

(三) 服务者应具备的特征

其一,受到专门培训以满足青少年需求。具备基本的生殖健康专业知识是一名服务者所必须的，如生殖健康咨询和信息，孕产期保健和接生，性病诊治，艾滋病毒感染咨询，艾滋病毒感染检测，避孕方法咨询，流产及术后护理，减低危害咨询，妇科检查。对于这些，需要培训机构组织专业医生对服务者进行培训。另外，服务者还需要具备针对青少年的服务技巧。

其二，尊重年轻人。作为一名服务者要能体会到青少年在生殖健康问题上的羞涩感，而且作为生命的过程，生殖困惑是他们这个阶段必须面对的，我们应该以正常的心态来看待他们的困惑，尊重他们，并竭力帮助他们。

其三，保证隐私和保密。有关性的问题总是个人的隐私，青少年更是不愿意周围的朋友、老师、家长知道他们在这方面的问题。所以服务者应该向青少年保证对他的隐私保密，这样有利于青少年解除心理的疑虑和戒心，以便更好地帮助他们。

其四，留出足够的时间和青少年交流。足够的时间交流显示对青少年的尊重。对于青少年的生殖困惑问题，我们一定要耐心，耐心地询问，耐心地倾听。并且，我们还要对每一个青少年作好资料档案，以便以后的继续交流和跟踪服务。

其五，理解青少年成长与发育方面的问题。成长与发育的困惑是每一个人都会遇到的，对此，服务者一定要理解青少年所遇到的问题，并能设身处地地为他们着想。服务者可以以自己的成长经历以及服务经验与青少年知心地交流，开导他们，给他们提供恰当的科学服务。

其六，认为性作为正面体验是正常的。很多青少年出于一种好奇的心态，朦胧的感觉，初尝了禁果，而且产生了一些不好的后果。一方面，我们不应该责怪他们，而是去安慰他们，告诉他们性作为正常的体验是可以理解的，但要注意安全措施。另一方面，我们真诚地跟他们讲解性的内涵和后果，让他们明白过早的性体验的危害性。

其七，青年人之间的实际状况不同(单身/已婚/尚未有性行为/已经有性行为的包括自愿的和非自愿的/不同的性取向)、社会发展的多样性、社会文化的多样性以及生活观念的多样性，使得今天的青少年在性的问题上差异很大，各种差异的背后都有着特殊的原因，作为服务者来说，我们都应该认可他们的差异。

总的来说，亲青服务人员应该热爱自己承担的工作，具有丰富的业务知识(生理、心理、计划生育管理)，态度亲切、友好、尊重、平等，具备较好个人素养与亲和力。真正做到：知识丰富，态度热情，作风诚实，语言亲切，有解决问题的能力。

服务方式的多样化

亲青服务可以通过很多服务途径直接接触青少年，这些途径可以从以下四个方面进行分类。

(一) 宣传动员

通过推销产品、服务或者行为来刺激个人行为变化。与电视台、电台、报纸等有关媒体广泛合作，宣传青少年生殖健康项目的意义。可以在电视台开设“生殖健康”栏目，推出“青春健康”的系列讲座，内容包括：价值观念、青春期健康、性与性行为、青少年人际关系、生殖与避孕、远离毒品、性病与艾滋病。可以利用大型活动集中宣传，比如在城市的一些广场开展宣传活动。从青少年特点、需求出发，制作大量丰富全面的生殖健康宣传材料，既可以面向学校公开发送，也可以随着生活技能培训和有关活动到青少年目标人群中去发放。制作大型板报宣传画，到青少年集中的学校，工厂，社区定期巡回展出。

(二) 健康教育与信息提供

传播信息，让青少年知道生殖健康的重要性。我们可以在学校开展青少年性健康教育的基础上，聘请生殖专家和心理学专家针对青少年举行专题讲座。鼓励家长与孩子沟通。

(三) 咨询

交换信息帮助青少年增强青春健康的意识，使他们能对自身生殖健康自主、知情、选择。在亲青服务中心提供定点咨询的情况下，我们一方面可以利用网络提供专门的邮箱，让专家们为青少年答疑解惑；另一方面，也可以在青少年集中的活动场所如学校、青少年活动中心、广场等地方举行现场咨询活动。

(四) 生殖健康技术服务

亲青服务中心可以与诊所联手，共同提供一些服务，包括生殖道感染的筛查和诊治，以及关于家庭计划、孕期保健、生育能力检查、癌症检查、性功能紊乱和其他生殖系统疾病的治疗。我们也可以利用社区和计生服务室免费面向青少年提供避孕药具。

宣传、健康教育、咨询、服务之间的区别在于：

就服务目标而言，宣传是从特定的角度影响人们的行为，希望人们采取或保持某种(些)特定的行为。健康教育和信息提供是为了提供事实和提高认识。咨询旨在帮助服务对象做出自主和知情的选择,使服务对象满意。生殖健康服务则是以改善青少年的健康为目的。

就服务内容而言,宣传是以劝说和强调益处为主。健康教育和信息提供是以事实为主。咨询是以事实、青少年的感受、需求和兴趣为主。生殖健康服务则是以诊治、提供药物或生殖用品保持健康为主。

就服务方向而言,宣传是单向的交流。健康教育和信息提供是单向或双向的交流。咨询是双向的交流。生殖健康服务则是单向或双向的交流。

就服务的主观偏向性而言,宣传有偏向性。健康教育和信息提供是偏向性和客观性二者皆有。生殖健康服务则是客观的。

就服务的地点而言,宣传和健康教育和信息提供没有地点限制,任何地方都可以。咨询和生殖健康服务则应在一个相对隐秘的氛围之中。

总之,虽然它们都是亲青服务的方式和内容,但各种方式的意义和作用是不同的。基层接受培训的服务人员可能角色不同,有的侧重宣传,有的侧重咨询等等。作为咨询员,不能把咨询和宣传教育与服务混淆起来,而是要发挥咨询的作用。四个环节各有侧重,但都有交叉,在服务过程中应该连续地看。在方法方式上有所不同:宣传动员可以动用大众传媒,在宣传动员的基础上进行教育,对有需求的人进行有针对性的咨询和服务。方式有共性和个性之间的区别,对共性需求可以宣传教育,对个体要提供咨询和服务。宣传教育面广,参与的人多;咨询和服务覆盖的面窄,咨询的人少。服务方面,咨询是最为重要的,咨询和服务、健康教育都有交叉的部分。

除了上面提到的途径外，还有一些途径并不是直接地接触青少年，而是侧重于营造一个有利于青少年生殖健康的环境(氛围)。这个支持的社会环境可以通过政策、社会机构、社会团体和父母等来营造。下图可以帮助我们形象地了解这些途径的关系。

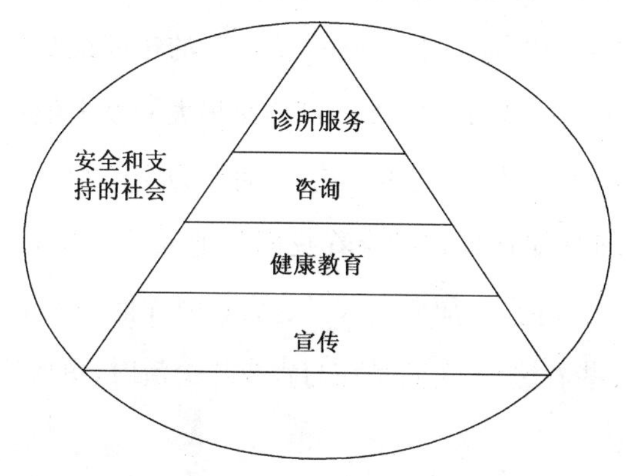

这个金字塔形表示从各种特定内容和形式的活动中受益的青年人。宣传比实际的临床服务覆盖的人群多得多，所以占了金字塔的一大部分。这个金字塔同样也展示了一个青年寻求服务所要经历的逻辑阶段。宣传可以创造兴趣，于是青年会去寻找信息；一旦得到信息，他/她会寻求更深入的咨询。如果青年得到咨询，他/她可能会觉得诊所服务是必须的。

交流咨询的艺术化

作为一名为青少年提供亲青服务的工作人员，除应具备一定的青少年生殖健康的知识外，还应具有一些为青少年提供服务的技巧(技能)。也就是通过这些服务技巧使我们的交流咨询艺术化。交流咨询的艺术化主要涉及到以下四部分内容:一是价值澄清,二是语言与非语言交流,三是面谈与倾听的技巧,四是咨询的基本步骤。下面我们将一一介绍。

(一) 价值的澄清及性健康的判断

对于同一个事物,人们往往是从不同的角度来听、看、认识和理解的,所得到的认识或反映(知觉)在很大程度上依赖于人们的主观态度、知识水平和过去的经历。而作为交流和人际关系基础的认识或反映(知觉),它影响着我们与他人的交流方式及关系。认识到这一点,生殖健康服务人员在咨询时才能避免个人偏见(先入为主的一些看法)。尤其是在与青少年交流时,更要注意有一个客观的态度。

每个人对自己生活中最重要的事情有不同的看法,如有人认为健康最重要;有人认为家庭幸福最重要;有人认为爱情最重要;有人认为金钱最重要等等,这些都是价值判断。每个人都有自己的价值判断,人与人之间的价值判断是不同的。一个人的价值判断与其生活背景、年龄等诸多因素有关。在为青少年提供咨询服务中,服务人员应识别出对某个问题自己与服务对象在价值判断上的区别,要尊重服务对象的价值判断。如果服务人员能够识别出服务对象的价值判断,并用不伤害对方的方法提供信息,服务对象就会感到鼓励和尊重,就会对服务人员产生信任感,从而愿意与服务人员交谈、考虑或采纳服务人员的建议。所以服务人员要了解到服务对象的价值,并且要尊重服务对象。如果服务对象价值判断错误,需要引导则另当别论。

了解自己对某些问题的看法态度有助于我们倾听与自己不同的看法。当青少年发现服务人员能够倾听、接受各种不同看法时，他们会比较坦诚地说出他们自己的看法。了解青少年的某些看法有助于服务人员了解某些青少年会有不安全的行为的原因。

作为价值澄清来说，主要是判断青少年在性方面是否健康，也即是性健康的判断。了解性健康青少年的特征是非常重要的。性健康青少年是指那些有能力做出有益的决定以便保护他们避免怀孕和感染性传播疾病，同时也保持心理健康。

我们对青少年性行为的个人看法或态度不应该影响我们判断青少年的性健康状况。我们中的某些人或许认为任何有性行为的未婚年轻人都不是性健康的。其实这样的判断是不全面的。服务人员应该根据性健康的特征来判断一个青少年是否性健康，而不是根据其年龄及婚姻状况。在许多方面，评价青少年性健康的标准不应该与评价成年人性健康的标准有什么不同。

从上面的分析，我们发现，帮助青少年保持性健康很重要，判断或决定一个人是否性健康，做起来比乍看起来要困难，一个有性行为的人如果表现出一定的知识和健康的行为仍是性健康的。一个人尽管没有性行为但仍可能不是性健康的。

附录：性健康者的生活行为

1. 人体发育

欣赏自己的身体；寻求自己需要的生殖健康知识；认为人体发育包括性发育，而性发育不一定包括生育和性交行为；以尊重和适当的方式与同性和异性交往；坚持自己的性取向，尊重他人的性取向。

2. 人际关系

把家庭作为提供积极支持的重要方面；恰如其分地表达爱和亲昵；发展和巩固有意义的人际关系；在家庭和人际关系方面做出知情选择；具备加强人际关系的技能；理解文化遗产对有关家庭、人际关系、伦理观念的影响。

3. 个人技能

按照自己的价值观认识和生活(不受旁人影响)；对自己的行为负责任；有效抉择；与家庭、朋友、伴侣很好地沟通。

4. 性行为

在人生各阶段都能以适当方式感受和表达自己的性；按照自己的价值观表达自己的性；享受自己的性感受，并不一定有性行为；区别健康有益的和有害的性行为；表达自己的性的同时，尊重他人的权利；寻求新的知识以改善自己的性和性健康；性行为是建立在双方自愿、诚实、快乐、安全的基础上，以避免感染疾病和非意愿怀孕。

5. 性健康

使用避孕措施，有效地避免非意愿怀孕；预防性虐待；按照自己的意愿处理意外怀孕；寻求早期的孕期保健；避免感染性传播疾病包括艾滋病毒；坚持健康行为，如定期体检、乳房或睾丸检查、早期诊断可能的病患。

6. 社会与文化

尊重不同性观念者；行使民主权利参与立法与政策制订；分析家庭、文化、宗教、媒介、社会讯息对人们在性方面的思想、情感、观念和行为的影响；倡导人们获得准确性信息的权利；避免偏见和偏执的行为；抵制强加于多元人群的刻板模式；为人们提供性教育。

(二) 语言与非语言的交流(有声语言与身体语言)

在日常生活中，人们都在不同程度地使用语言和非语言方式进行交流。作为一个合格的生殖健康服务人员应能熟练使用语言和非语言交流技巧，用青少年易于接受的语言为其提供咨询服务。同时，服务人员还应该对服务对象通过各种方式(语言的和非语言的)表达出来的信息有敏感的反应，以此来判断他们是否真正听懂了，是否还有什么问题等。

1. 声音的特点

有关语气、语调和声音的大小。声音特点是非语言交流的一种方式。声音的特点包括：音调(声音的高低)；音量(声音的大小)；音频(发声的快慢)；音质音色(发声的波型)。声音特点表示的是“怎样说”而不仅仅是“说什么”。通过声音特点，我们能够从服务对象的声音中听出某种隐含的意思，同时，作为服务人员，也应注意自己的声音，防止自己不必要的感情流露。

2. 身体语言的表达方式

在咨询过程中，除了语言外，面部表情、动作也可以表达一定的意思或感情，这就是“身体语言”。身体语言也是一种非语言的交流方式。在面对面交流与咨询过程中，服务对象可能利用身体语言表达他们不愿意用语言表达的感情(如害怕、紧张、没听懂等)，服务人员不能忽略这一点。同时，服务对象也能通过观察服务人员的行为看出他(她)的态度(如友好、尊重、厌恶、不赞同等)。我们不要忽略这一点。

在面对面交流与咨询过程中，使用非语言方式表达态度、感情是不可忽视的重要方式。因此，服务人员要注意体会服务对象的语音语调和身体语言，同时也要注意规范自己的非语言交流方式。

我们应该表现得放松、大方、面带微笑，谈话时身体倾向服务对象、眼睛注视服务对象而不是东张西望，并且使用合适的语言、语调等。

3. 使用简单的语言

在咨询过程中，计划生育、生殖健康服务人员经常要用到一些医学方面的术语，这些术语对于没有接受过专业培训的人来说是很难理解的。这就要求我们把这些术语转换成服务对象能够听懂的语言，与服务对象进行交流，使他们能明白、理解，能够感受到轻松和舒适，这样有助于彼此建立亲密协调的关系，有助于他们作出最好的决定。

语言是传递信息的载体，它具有能够清楚、完整地表达意思的特点。专业术语、过于复杂的语言不适合于为青少年提供的生殖健康咨询，它容易使信息被错误地理解，其后果可能引发误导。在咨询过程中，咨询者应根据服务对象的理解程度选择合适的语言。咨询中的语言要素是，简明扼要、通俗易懂。

为使提供给服务对象的信息明了、易懂，并确认服务对象是否听懂了，我们应该使用比较短的句子，使用服务对象能理解的词汇。尽量使用图片或实物配合讲解。不时地停下来询问服务对象是否听懂了或有什么问题。反复讲解并请服务对象复述。

4. 反馈的重要性

语言只有经常不断地反馈和重复(包括语言的和非语言的)才能更有效地交流。如果生殖健康服务人员能够多次讲解，并使用非语言的方法(例如用模型示范怎样使用安全套)，而且服务对象能够对不懂的问题进行提问并得到清楚的解答，那么服务对象就能更好地理解和掌握咨询者向他(她)介绍的内容。

下面我们来分析信息的接受者(服务对象)和反馈在交流过程中的重要性。

信息交流模式之一

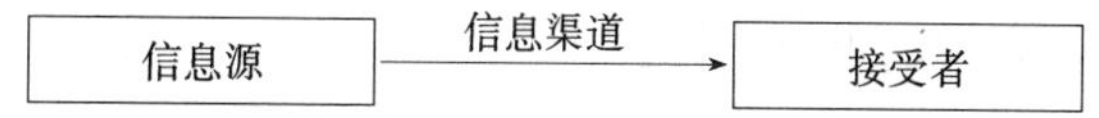

上图展示出信息交流的一种模式，即信息源（信息发出者）通过一定的渠道把信息传递给接受者。在我们日常工作中，我们采用的社会宣传（大众媒介）方式就是上面这种模式，即生殖健康机构（或工作人员）通过电视或广播等渠道把有关信息传递给观众或听众。

但我们可以发现上面的交流模式中缺少接受者得到信息后的反应，或信息对接受者有什么影响（或作用）。下面我们来看另一种交流模式。

信息交流模式之二

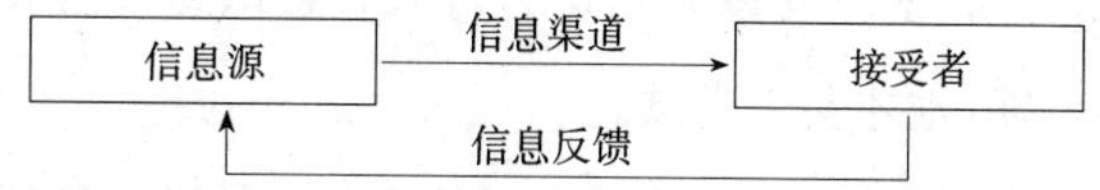

在对信息交流模式之二的分析中，我们不难看出可以通过"反馈"来了解接受者获得信息后的反应（或信息对接受者的影响）。

信息交流模式之二是被大家比较认可的一种模式，因为它认识到在交流过程中信息接受者的重要作用。该模式展示了一种比较有效的交流过程。

我们与青少年进行面对面的交流就是这样的交流模式。我们作为信息的给出者（信息源），通过面对面的交流方式（借助于文图或实物）把生殖健康的有关知识（信息）介绍给青少年（接受者），并通过观察他们的反应或回答他们的提问以了解交流的效果。

反馈在交流讨程中很重要，我们可以通过反馈了解交流效果。

信息接受者在交流过程中也很重要，他们对所获信息的反应是衡量交流是否有效的重要指标。

5. 表扬与鼓励

什么是鼓励？什么是表扬？

鼓励是给予一个人勇气和信心。鼓励意味着让服务对象知道你相信她(他)能自己克服困难，比如指出有希望的可能。表扬是给予赞同，是为了巩固好的行为，找出服务对象做对了的事情，比如表示你欣赏她要采取安全的性行为等。

为什么要给予表扬和鼓励？

在面对面交流与咨询过程中，给予表扬和鼓励是使服务对象接受健康知识、形成、保持健康行为、或改变不健康行为的动力之一。当服务对象知道自己做得对、这样做对自己有好处时，才会采取、保持新行为(或改变过去的行为)；只有意识到自己有能力、有办法做得更好，她才会去尝试。

指出服务对象的长处，给予真诚的表扬和鼓励，可以帮助服务对象建立自尊心和自信心，使其能够为自己的目标而努力去做。这对于青少年服务对象尤其重要。

怎样给予表扬和鼓励？

要给予表扬和鼓励，首先要确定值得表扬和需要鼓励的事，即使有时在服务对象表现较差情况下，也应找出其积极因素。仔细观察服务对象，你就能发现值得表扬和需要鼓励的事。比如，她能到服务站或你的办公室来与你交谈，这个事实本身就值得表扬和鼓励。此外，服务对象的社会经验、自我保健能力、受到的教育、个人才能及家庭成员、朋友、邻居等，都是你追寻积极因素的范围。

其次是让服务对象知道自己的行为受到了赞赏。你可以使用非语言和语言的方式来表达。非语言方式,包括微笑、点头、握手、拍肩等。语言表达的内容有:“你能到服务站来,这很好,你知道,要求帮助也是需要勇气的。”“我能理解,这件事使你生气,但不要光发脾气,把事情说清楚,我们会找到解决办法的。”“有很多人发现自己得了性病就惊慌失措,但你现在心理状态就很好,让我们先看一下你的情况,再制定一个治疗方案。”

表扬与鼓励用语有十分重要的作用,但也有副作用。

给予别人表扬和鼓励,会使对方喜欢和你在一起,更愿意去做你所建议的事。但如果使用的词语不当,就会引起许多问题,比如有时会引起窘迫;有时让人觉得是逢场作戏,因此并不感激;有时让人觉得你居高临下,结果降低了对你的信任;有时像是花言巧语,让人做一件不愿做的事;有时会引起自满和不可能的希望。

因此,在给予表扬和鼓励时,应努力做到真诚。每个人都珍视真诚。如果你与人交往不是真心诚意的,那么要与他人建立很好的关系是不可能的。你使用的语言越明确具体,其有效性和可能性就越高,含糊其辞的表扬和鼓励会引起混乱和上述问题。表扬不是对人的评价,而是说明某个具体行为对你的影响。表扬用语表达的是你看到的行为和你对这一行为的感受。

有效的表扬与鼓励用语,应使对方能够知道被表扬的具体行为;知道被表扬的行为好在哪里、为什么值得去做;知道表扬者的情感是真实(诚)的,从而使自己有一种“对某件事做出了贡献”的感觉,感到受鼓励,要继续或重复被表扬的行为。

即便在我们想让服务对象终止一个错误的做法时,也要使用表扬和鼓励的方法。粗暴地对待他们或批评得太严厉会伤害他们,并会使他们不接受我们的信息,还会打击他们以后寻求帮助的积极性。表扬和鼓励比斥责和批评能更有效地帮助服务对象认识和解决他们的困难及问题。表扬不是恩赐。有时表扬的措词和语调听起来容易让人感觉是恩赐。

服务对象需要表扬和鼓励,但更需要尊重。要像对待有责任感的成人那样对待我们的青少年服务对象。

(三) 面谈与倾听的技巧

1. 倾听的技巧

倾听是面对面交流中最基本、使用最多的技巧。认真倾听服务对象是提供咨询的关键。无论何时,只要你想理解他人向你传递的语言信息,你都需要倾听的技巧。尤其在你要弄清对方的问题时,倾听技巧就显得尤为重要。

通常情况下,服务对象会带着目的到服务站来。无论什么情况,交谈开始时,你都要认真地听。当服务对象来寻求帮助时,你要确认她的需求是什么。当她对服务站的服务不满意并指责你时,你应弄清楚你给她带来了什么麻烦。当她来找你谈谈时,你应给她个机会让她一吐为快。同时你还应使用你的倾听技巧,让服务对象感觉出你对他的关心、理解及尊重。

总之,在咨询的开始阶段,一个好的咨询者应该做到:要耐心而不要粗暴,要倾听而不要打扰,要顺应而不要诱导,要理解而不要评判。

合适的应答技巧可以表明你听到了、了解了、理解了服务对象的问题及感受。准确的识别和概括服务对象的问题及感受是十分重要和必要的,因为只有当服务对象感觉到咨询者听懂了她(他)的问题,能够理解她(他)时,她(他)才会对咨询者产生信任,认真倾听咨询者给她(他)介绍的信息,并最终尝试(或改变)某种(些)行为。

你对服务对象的理解表明你对服务对象的问题和感受的理解,而不是基于你个人的价值观对服务对象所说的和所做的事情的评判。这有助于服务人员为青少年提供不加评判的、不歧视的服务。在做出反应(应答)的过程中使用合适的语言及非语言的技巧很关键。

当服务对象带着问题来找你时,你能否把自己放在服务对象的位置上,从他们的角度出发考虑问题,这是一种重要的技巧,也是交流的基础。

设身处地地替别人着想,就是把着眼点放在别人身上,而不是自己身上。如果你这样做了,别人的问题就变成你的问题(至少是暂时变成你的问题)。在这种情况下,你对这个问题的感觉、态度及处理方法都会有所不同。

怎样才能做到设身处地呢?

集中精力去听和观察服务对象的语言和非语言的表达。努力去回忆和想象自己在类似情况下的感受。虽然情况相同,但你和她的感觉可能不同。讲出你理解他的感受。一个人只有在自己的感受得到承认后,才能处理问题。咨询者应在确认和理解服务对象的问题或感受的基础上做出合适的反应(应答)。在帮助服务对象正确认识其感受和问题的过程中,应及时作出正确的反应,应做到认真倾听、鼓励、感谢和重复。

2. 提问的技巧

提问是服务人员在咨询过程中最常用的技巧。合适的提问(或提合适的问题)可以使服务人员更多地了解服务对象的情况以帮助服务对象解决问题。另外,所提的问题是否合适直接影响到服务对象能否将其问题及其感受真实地告诉服务人员,通常的问题形式主要有以下四类:

(1) 限定性(封闭性)的问题

简洁、精确的回答,通常引出“是”或“不是”的回答。它适用于需要一个特定的回答,如了解一个人是否使用避孕措施。

作为服务人员,在你没有了解到足够的情况时,应尽量避免使用这类问题。尤其重要的是不能用任何带有谴责、审问性的问题。

(2) 非限定性(开放性)问题

通常是一个通过思考后给出的陈述性的回答。它适用于需要了解回答者的意见、感觉、问题等详细信息。

服务人员应多使用非限定性问题,尤其是在交流(对话)开始时,以了解服务对象的情况。服务人员在提问时应确保使服务对象感到他们可以向服务人员倾诉他们的真实想法、问题(担心)和感受等。

(3) 追问性问题

对前面的论述作进一步解释。它适用于对前面回答的反应,为了解更多的信息。

追问性问题可以帮助服务人员更好地理解服务对象的问题,另外也帮助服务对象搞清他们的真正问题是什么。服务人员应注意到通常青少年提出的第一个问题并不是他们的真正问题。有些情况下,服务对象不知道怎样来表述其真正关心的问题(或怎样开始提问),所有服务人员应注意不要急于回答或解释,而是要确认你真正理解了服务对象的问题。有些情况下青少年的第一个问题是试探服务人员的态度以便发现服务人员是否值得信任等。

(4) 诱导性问题

特定的回答,说出从没考虑的事情。它适用于需要对方按某种意图来回答问题。

一般情况下,服务人员应尽量避免使用这类问题。

在咨询的过程中,可以使用限定性(封闭性)、非限定性(开放性)和追问性问题。使用追问性问题时的口气很重要,不能用威胁和责问的口气。在任何情况下都不能使用诱导性问题,因为它在提问时给对方某种暗示和启发,从而关闭对方的思路,使对方按着你的意愿与你谈话,说出来的就不是他自己的真实想法了。在提问时还应该避免:同时问几个问题;问过长的问题(问题本身过长);提责问、批评性的问题,或提审问性的问题。

在提出问题的同时,我们需要认真地倾听和概括。一个合格的咨询服务人员第一次见到服务对象时总是尽可能地多听。假如一个服务人员知道了服务对象所关心的问题,就容易和他们交谈。如果熟悉服务对象的有关情况,就容易帮助他们做出合适的决定。

下面是在认真倾听和概括时所必须遵循的原则。

努力发现服务对象的问题、看法及感受等。问一些能使他们说出自己真正需要的问题;提一些能让服务对象用自己的语言谈出他们需要的问题(即非限定性问题);不要提一些回答为"是"或"不是"的问题(限定性的问题)。通常,以"为什么"或"怎么样"开始的问话是比较好的。不要总是接受服务对象的第一个问题,所有服务人员应注意不要急于回答或解释,而是要确认你真正地理解了服务对象的问题。

（四）咨询的基本步骤

先打招呼，安顿下来，安排在一个很舒服的位置，确保隐私，而且要对方看到门而不是背着门，让他觉得安心（根据青少年的情况，可有不同的方式）。然后开始询问，收集资料，了解对方想解决的问题。提供足够的、客观的、准确的信息和一些建议，供服务对象选择。帮助服务对象作出选择，确认服务对象是否真正理解了信息和其选择。一次解决不了，约对方再来，或转介到相关的服务机构，但要确保被转介的服务机构的服务质量（建立亲青服务转介网络，可以与诊所、医院、公安、法律帮助等机构建立转介网络）。

咨询的要素，包括倾听的技巧、了解需求、提问的技巧、提供准确信息、设身处地（换位思考）、导入的技巧、解答问题的技巧、非语言交流的技巧、建立良好咨询关系、不评判、中立态度和澄清事实。

接待。热情，减轻压力，但别套近乎，让人感觉虚假、不真实。

倾听。认真倾听可以帮助我们了解（理解）青少年的问题和感受，这是帮助他们解决问题的基础。在倾听的过程中，要保持中立、客观的态度，不要评判或反驳。我们是服务者，不是教育者。

询问。关注背后的问题和原因，有时对方可能是在绕圈子，我们可以通过归纳来抓住要点。

解释。一定要科学准确，一定要适当。我们不要不停地说，应不时地询问青少年服务对象是否听懂了、有什么问题。对于青少年服务对象在知识方面存在的一些误解，应做必要的澄清，帮助其掌握科学、客观、准确的知识。

建议。提供足够多的建议，让青少年自己选择。

氛围。过程和氛围有时是更重要的教育。比如,解释什么是性交时,生理、心理和道德结合的原则都要体现;不同的年龄应该有不同的咨询方法。

干预策略的最优化

亲青服务干预策略,即如何开展亲青服务。干预策略的最优化就是实现亲青服务最优化,它包括了解现有服务机构、确定潜在的亲青服务机构、考察潜在的亲青服务机构、干预潜在亲青服务机构、评估认证亲青服务机构以及亲青服务制度化六个方面。

我们所说的亲青服务机构,不只是指传统意义上的服务机构(如医院、计划生育服务中心以及诊所等),还包括一些并不直接提供医疗(或临床)服务的机构(如药店、工作场所、学校、社区里的医务室、健康咨询室及青少年活动中心等)。有时后者尤其重要,因为它们是青少年可能更喜欢去或者觉得更方便去的地方。

(一) 了解现有的服务机构

首先,我们要了解所在的地区里有那些机构能提供生殖健康服务,一般来说,这些机构主要是医院、计划生育服务中心以及诊所等。其次,我们要了解在这些机构中哪些能提供青少年生殖健康服务。这些了解是我们确定亲青服务机构的基础。通过对这些机构的了解,可以帮助我们决定是建立新的机构为青少年提供生殖健康服务,还是对现有服务机构进行一些必要的改进(干预)而使其能够承担起亲青服务的任务,哪些机构可以成为亲青服务点,哪些可以作为转介机构等。

(二) 确定潜在的亲青服务机构

在了解了现有的服务机构后,我们要确定潜在的亲青服务机构,即根据一定的标准(或条件)选定一些机构为亲青服务机构。主要是考虑到地点、环境以及基本的服务能力等方面。

(三) 考察潜在的亲青服务机构

当确定了潜在的亲青机构后,我们需要对它进行考察,考察它的服务能力、设施设备、服务人员素质以及服务质量等等,以确定我们如何进一步对它进行干预。

(四) 干预潜在亲青服务机构

在对潜在的亲青机构考察的基础上,我们需要对这些机构进行必要的干预。如帮助一些(以前没有生殖健康服务的)机构增加青少年生殖服务内容、对设施进行改进、对人员进行培训等,以确保能有效地开展亲青服务。

(五) 评估认证亲青服务机构

对那些正常运转的亲青服务机构进行评估认证。评估认证一般通过亲青服务质量自我评估和服务设施的他人评估来实现。

1. 亲青服务的自我评估主要是指亲青服务人员是否知道青少年服务对象的权利以及在服务中如何保障这些权利。

在实际工作中服务人员应该知道青少年服务对象的权利并能很好地保证青少年服务对象的权利。

(1) 获得信息的权利

青少年有权利得到准确的、合适的、易懂的和清晰的性与生殖健康方面的信息。青少年能够在亲青服务场所得到适合青少年的宣传教育材料。

(2) 获得服务的权利

这项权利应考虑到下列问题:负担得起的服务、时间和地点方便的服务、没有障碍阻止青少年到服务场所、没有歧视(不因为青少年的年龄、性别、婚姻、生育、社会地位、信仰、及性别取向等状况而歧视)。

(3) 知情选择的权利

指的是个人做出与自己健康有关的决定的过程。该过程是服务对象基于全面了解所得到的必要信息,从自己的利益角度出发做出决定的过程,是个体的自由和知情的决定过程。

(4) 获得安全服务的权利

安全的服务要求有合格的服务人员,有避免感染的和合适的诊治方式。要求服务机构有与时俱进的服务指南(规章制度)、质量保证制度、为服务对象提供咨询及说明,以及如何处理治疗或手术可能引发的并发症的措施。

(5) 隐私权和保密权

指的是在为青少年提供咨询、体检、服务和对待服务对象的个人信息和医疗记录(病历)时,要尊重其隐私,为其保密。

(6) 尊严权、舒适权和表达意见的权利

这三项权利是紧密相关的,我们的服务应尊重每一个服务对象。

(7) 获得继续服务的权利

任何服务对象都享有继续服务、后续服务和转介服务的权利。

2. 服务设施的他人评估主要是指评估机构对亲青服务的物质条件的评估。

为了能够做到尊重青少年的权利、为青少年服务对象提供优质服务，我们服务人员除了要具有为青少年服务的热情、态度、知识和技能外，还应具备一定的物质条件（工作环境）。服务人员的需求如下：

(1) 对支持性的监督和管理的需求。在一个互相支持的工作环境里，服务人员的工作会做得更好。支持性的管理和监督体系可以调动服务人员的积极性，使其出色地完成工作。

(2) 对信息、培训和发展的需求。为了向青少年提供最优质的服务，服务人员应不断地学习、掌握新知识和技能。

(3) 对物资、设备、设施的需求。为了提供优质服务，服务人员需要有充足的物资供应（如避孕药具等）、正常运作的设备，以及必要的设施。

评估认证亲青服务机构，就是要使服务人员了解亲青服务（优质的青少年生殖健康服务）应针对（满足）青少年的需要、尊重青少年服务对象的权利。同时也明确提供服务的服务人员也有一定的需求，以便更好地为青少年提供优质的生殖健康服务。

(六) 亲青服务制度化

"亲青服务干预策略"有助于我们建立亲青服务和开展亲青服务的干预工作。在我们建立（确定）亲青服务机构（体系）之前，一定要对现有的服务机构（体系）和当地青少年的需求有很好的了解。在此基础上，根据一定的标准，确定潜在（可能）的亲青服务机构。在确定的过程中，一定要有青少年的参与，倾听青少年的意见和建议。确定之后，要对潜在的亲青服务机构进行考察、干预。常用的干预方法有：第一，协助服务机构开展自我评估找出存在的问题（需要改进的地方）和制定解决问题的行动规划；第二，同时对服务人员和相关人员进行必要的亲青服务态度、知识和技巧的培训；第三，日常性的监督评估是帮助改进服务质量的重要手段。

确定亲青服务机构并不是我们的最终目的，我们的目的是亲青服务的制度化，使为青少年提供优质的生殖健康服务成为我们日常工作的一部分。

参考文献

《亲青服务培训材料》，中国计划生育协会、帕斯适宜卫生科技组织编写，上海市计划生育协会青春健康项目办公室选编印制。

《青春健康项目亲青服务师资培训班记录》，中国计划生育协会、帕斯适宜卫生科技组织编写，2002 年 7 月。

《经验集粹》，中国计划生育协会、帕斯适宜卫生科技组织编写，青春健康项目组，2003 年 8 月。

《我与青春健康》，中国计划生育协会、帕斯适宜卫生科技组织编写，青春健康项目组，2005 年 4 月。

《成长之道》，中国计划生育协会、帕斯适宜卫生科技组织编写，青春健康项目组，中国人口出版社，2005 年 5 月。

《性病艾滋病咨询指南——亲青服务咨询员参考资料》，中国计划生育协会、帕斯适宜卫生科技组织编写，青春健康项目组，2004 年 11 月。

第九章
青春健康项目监督的定量评估

监督评估是项目开发、管理和实施不可分割的组成部分。但是,监督评估往往为许多项目所忽视。此外,在某些方面或部分,监督评估往往也需要专门的技能和资源的投入,对于像青春健康如此大规模的国际合作项目而言,尤其如此。

青春健康项目涉及的监督评估

(一) 监督与评估

评估是指培训效果的评估、服务效果的评估和政策环境的评估。在具体考察这些方面的评估之前,我们需要对监督和评估的概念作界定。

什么是监督评估?

监督是指收集信息数据以了解工作是否按计划进行的过程,即检查是否在按计划投入资源、开展活动和产出成果。评估是收集信息数据以了解工作的效果和影响的过程,即检查是否已实现原定目标。监督着眼于提高工作效率;评估着眼于提高工作效果。

为什么要监督评估?

监督评估使我们了解项目是否发挥作用、发挥什么作用、发挥多大作用、怎样发挥作用——这都是项目的投资者、管理者、受益者关心的问题；使我们及时发现项目实施过程与计划的偏差及其原因，及时采取必要措施，以保证项目的效率和效果；使我们更好地总结经验和教训，不断完善我们的工作，同时丰富全国、全球青少年性与生殖健康项目工作的经验和理论；使我们更好地展示项目的经验和成果，从而推动决策者乃至全社会对青少年性与生殖健康工作的进一步重视和支持；使项目投资者和管理者的决策更为科学合理。青春健康国际合作项目富有挑战性和前瞻性，投入多、规模大、覆盖面广，受到国内外相关政府和民间机构和个人的广泛关注，从而使其监督评估具有更为特殊的重要意义。

监督什么？评估什么？

如上所述，我们监督的是项目的投入、活动和产出，评估的是项目目标（效果和影响）。许多管理学理论将前者定义为“过程评估（Process Evaluation）”，将后者定义为“绩效评估（Outcome/Impact Evaluation）”。

目标，即明确这些活动要解决什么具体问题，也就是说，要明确这项工作会让谁受益，从而产生什么样的作用和影响。

产出，即这些活动所产生的直接的、可观测的结果（如产品），这些结果直接影响目标的实现。

活动，即开展工作的具体形式，是直接创造产出的过程。

投入，即开展各项活动以创造预期成果从而实现工作目标所利用的资源，包括人力、物力、财力、信息等。

一般来说，对于规模较大的项目，在国家宏观层次上侧重于对预期目标实现程度和产出成果完成状况的评估，项目的微观层次侧重于对过程和活动的记录和分析。

(二)定性评估与定量评估

了解了评估的目的,如何实现这些目的呢?评估一般来说有两种手段:定性评估和定量评估。有关“应该如何”的理论分析和阐述,在经济学领域称“规范研究”。

定性评估是指在评估过程中,不采用数学方法,根据评估者对评估对象平时的表现、现时的状态以及文献资料的观察和分析,直接对评估对象做出定性的评估结论。定性评估是“质”的评估,对项目进行“质”的理论思辨。“质”是一事物区别于其他事物的内部规定性。定性研究的主要功能是“解释”。由于定性评估是评估者对评估对象直接作出的定性结论,尽管评估者努力使自己摆脱个人偏见,尽量用客观的态度对待每一个评估对象、每一个活动或过程,但是,评估者个人的兴趣、爱好、情感以及与评估对象的个人关系等因素,不可避免地影响评估的结论,使评估的结果出现偏差(即定性评估主观性的表现)。评估的主观性不利于评估过程的实现。加上定性评估没有固定标准,随意性较大,所以评估结果的指导意义是有限的。

定量评估则是在科学地收集有关资料的基础上,依据事先制订好的评估标准,将评估对象转化为数字。定量评估是量的评估,是在理论思辨的基础上,对项目内外部关系进行“量”的分析和考察,寻找有决策意义的结论。定量研究的主要功能是“实证”。有关“是什么”和“为什么”的描述、推断和预测,在经济学领域称“实证研究”。尽管目前数学统计还存在着一些问题,但是它不会随着评估者的差异而产生差异,因此,定量评估有较强的客观性。评估的客观性有利于评估目标和过程的实现。然而，社会科学的很多方面是不能用确切的数字来说明问题的，不容易用数量来表示，有时候绝对的定量评估可能会损害和歪曲所评估的事实。因此，大多数情况下，定性评估和定量评估是同时使用，互为补充的。

以往青春健康项目的评估主要采用的是 PLA 定性评估的方法，PLA 定性评估方法的目的是就青少年和未婚青年在性与生殖健康方面的知识水平、态度、行为以及相关的社会、经济、文化影响因素进行调查，期望能了解青少年性与生殖健康信息与服务的需求，为制定青少年性与生殖健康教育与服务项目实施方案提供依据。为了更加直观、客观、准确、深入地了解项目的进行效果及如何改进，定量评估的方法也是更为科学的。因为单纯的定性评估难以保证评估工作的深化发展。项目工作成果的深化体现在两个方面：一是从项目成果表面的整体成绩与效果，再深入到项目内部结构的思考与建构；二是从评估结果的多义性和多面性到评估结果的大致同一性和具体指导性。科学的评估结果应该具有重复性，即不同的人对同一项目成果进行评估，评估结果应该大致相同。而由于定性评估有一定的主观性，很难保证评估结果的大致同一性。在青春健康项目监督中运用定量评估，有利于对于监督过程中的指标确定标准，使监督评估工作简单化，科学化，直观化。再者，评估者还可以通过调整评估指标体系中的权重系数，实现对整个项目监督过程的宏观调控，更为艺术地实现监督评估过程的科学性。

教育学者陈向明根据国外教育界对研究方法的界定，提出定性评估并非特指理论思辨，它与定量评估相互配合，分别从微观和宏观层面，围绕教育现象进行分析，同属实证研究的范畴。其特点和差异总结，如下表所示：

定性评估与定量评估的特点与差异表

	定性评估	定量评估
目的	了解和解释现象 对问题的复杂性做出解释	描述和预测现象 对问题的一致性进行描述
行为	微观行为 了解对象的经历和事件 用词汇和言语进行描述	宏观行为 设计指标进行测量 相关性分析
场景	需要了解背景情况 结合纵向和过程	主要描述前景状况 着眼于当前和瞬间
方法	从理论假设开始 有目的地选择个案 开放式访谈,参与式观察	以验证理论假设结束 随机抽样 问卷调查
工具	研究者本人	测验和测量量表或问卷 计算机统计分析
结果	内部效度检验 通过辨识进行概括 描述性写作,可包含个人偏好	效度和信度检验 推断总体进行概括 客观性统计,无个人偏好

定量研究和定性研究的结果正好从不同的侧面,即从微观与宏观(点与面)、复杂性与一致性、纵向与横向、背景与前景等方面,对教育现象进行全方位多角度的研究分析,使结果更具说服力和科学性。在具体操作内容上,定性研究将主要采用个案调查、参与式观察和访谈,以及对样本的开放式访问;定量研究将对应于抽样问卷调查与分析,以及采用计算机模型统计分析等。在青春健康项目的监督与评估中,除了传统的 PLA 定性研究方法以外,还需要引入定量评估的研究方法,才能更加客观、真实、全面地反映项目的运作情况,提出更为科学、系统、可靠的建议。

监督与评估系统

青春健康项目的目标和预期产出是确定项目监督评估的内容

和指标的依据。

青春健康项目的总目标是帮助提高中国10—24岁青少年与未婚青年的生殖健康水平，树立正确的性与生殖观念，科学、客观地对待生殖健康问题，纠正过去错误的对于性的看法，帮助他们找到解决问题的正确办法。

（一）具体的目标和预期产出通过以下四个方面来说明。

一是创造有利于青少年性与生殖健康的家庭、学校、社区、社会环境。期望的预期产出分别体现在：

1. 要有良好的政策环境，包括党和政府的重视与支持，青少年生殖健康服务合法化与制度化，增加青少年生殖健康工作的投入，完善保护青少年性与生殖健康权利的法规；

2. 要有良好的组织(学校与工作单位)环境，包括提供生活技能与性教育，保护青少年不受性剥削和强制，支持青少年接受性健康教育与服务；

3. 要有良好的社区环境，包括社区人群对于青春健康项目的理解和支持，树立支持青春健康工作的态度，将青春健康项目纳入社区工作；

4. 要有良好的家庭环境，包括家长能够支持青少年参与青春健康项目，家长允许青少年接受性健康服务，家长能够坦然并科学地与孩子谈关于性的知识，家长还可以与孩子讨论性及相关的性观念。

二是要提高青少年自尊、性别平等与权利意识，增加其健康、安全、负责任的性行为。其预期产出分别体现在：

1. 尽量形成影响青少年行为的积极因素，包括具备有关青春健康的正确知识，了解性行为的风险与后果，及避免消极后果的措施，在性别角色、两性关系、基本权利方面树立健康积极的态度，增进与家长、同伴、伴侣的沟通和交流，具备基本的生活技能；

2. 要有健康、安全、负责任的行为，包括推迟首次性行为的年龄，而对已经有性行为的青年，使其增加安全性行为（使用避孕药/安全套）次数，减少不自愿的或被强迫的性行为次数，减少性伙伴人数。

三是促进青少年获得和利用优质的性与生殖健康咨询与服务。其预期产出体现在以下方面：

1. 青少年积极寻求所需服务的行为，包括对自己健康负责的意识增强，了解保健方面问题和服务渠道，能够识别有关的健康问题，能够坦然寻求服务，而不担心遭到歧视；

2. 亲青服务机构与咨询人员，要做到根据顾客需要提供咨询、药具、诊治或转诊等服务，对青少年顾客提供政策和法律支持，态度和蔼，尊重青少年并善于与之沟通与交流，保护隐私，不歧视出现问题的青少年。

四是增强中国计生协及相关组织倡导、计划、实施、评估青少年性与生殖健康工作的能力。

1. 倡导能力。建立与国内外相关机构和个人的联系、协作机制以及项目，建立青春健康项目领导、执行、顾问机构，印发宣传与培训资料，倡导青少年参与机制；

2. 实施能力。扩大经过培训的师资与教育及服务人员队伍，准备相关的宣传、培训与学习资料，建立青少年喜闻乐见的服务阵地和转诊系统，促进国内外经验积累与交流；

3. 管理与评估能力。将青春健康项目纳入相关组织总体工作方案，制定中长期与短期工作计划，建立管理与监督评估系统；

4. 胜任的人员。要得到协会领导对青少年生殖健康的理解与支持，促进协会工作人员实施和管理项目的能力。

(二) 对于四个具体目标，要通过不同的指标体系和检验手段来实现。

1. 创造有利于青少年性与生殖健康的家庭、学校、社区、社会环境。

(1) 倡导青少年生殖健康教育与服务

主要活动	检验指标 (过程或结果指标)	检验手段 (数据来源)	检验时间
了解并分析青少年生殖健康需求及相关因素	调查对象、目的、内容、方法与结果； 研究结果是否应用于项目设计和计划	PLA 报告	基础调查期间； 实施过程中
了解对青少年生殖健康工作有重要影响的机构和个人	相关机构与个人基本资料，包括名称，相关职责、活动与作用	PLA 报告； 项目报告	同上
建立项目协调、领导机构	协调、领导机构是否成立； 成员构成； 会议次数与内容	文件； 会议记录； 项目报表； 项目年度报告	及时记录； 半年/年度
制定和完善项目框架、年度计划	项目框架； 结合当地实际的年度计划； 提供给协作机构的相关文本与资料	项目文本； 年度计划	必要时； 每年一次
召开项目启动会议(或类似活动)	启动(或类似)会议是否召开 参加人数及特征； 主要内容及反响、后续效果	项目报表； 项目年度报告	继活动之后； 半年/年度
集中性宣传服务活动	活动主题、次数、参加人数、对象	项目报表； 项目年度报告	继活动之后， 半年/年度

(2) 完善政策,促进资源的有效利用

主要活动	检验指标 (过程或结果指标)	检验手段 (数据来源)	检验时间
争取党政领导的重视与支持	有关部门领导对项目情况的了解程度; 有关党政领导参与项目的程度	活动记录; 项目年度报告	继活动之后; 半年/年度
收集和分析现有的政策文件	对相关政策、文件的了解与掌握情况; 对相关政策文件及其影响、作用的分析	政策文件资料; 项目报表; 项目年度报告	及时收集 年度
提供项目文本给有关单位,协助完善政策,争取资源	是否提供项目文本及有关资料; 是否参与制定政策文件	活动记录; 项目年度报告	必要时; 年度
争取配套投入、募集其他资金	配套投入的来源与数量、到位情况	财务报告; 项目报表; 项目年度报告	半年/年度

(3) 开发向青少年、家长、学校、社区、相关组织等宣传青少年生殖健康需求与工作的大众传媒和宣传资料

主要活动	检验指标 (过程或结果指标)	检验手段 (数据来源)	检验时间
根据定性调查结果制定宣传计划	调查结果应用于计划制定的情况; 宣传内容的针对性; 宣传渠道的贴切性和有效性; 年轻人参与计划制定的情况	宣传计划; 项目年度报告	项目初期; 半年回顾; 年度更新
设计和预试宣传资料	宣传材料的种类、受众、内容、数量	项目报表; 项目年度报告	及时记录; 年度
发放宣传资料	发放宣传材料的渠道; 发放的种类与数量; 覆盖面; 能够回忆起宣传内容的青少年比例	项目报表; 宣传材料样品; 项目年度报告; 抽样调查	及时记录; 年度; 根据需要/可能
与报刊、电视、电台保持经常性联系,组织宣传报道	宣传报道数量、内容、覆盖面	报导复印件; 项目报表; 项目年度报告	及时收集; 半年/年度

(4) 社区动员

主要活动	检验指标 (过程或结果指标)	检验手段 (数据来源)	检验时间
与青少年、家长、老师、学校领导、党政和有关部门领导的联系、讨论、沟通和交流	活动次数; 活动形式、内容; 参与者的反应	项目报表; 项目年度报告	及时记录; 半年/年度

2. 提高青少年自尊、性别平等与权利意识,在性与生殖健康方面采取健康、安全、负责任的行为。

(1) 提供青春健康生活技能培训

主要活动	检验指标 (过程或结果指标)	检验手段 (数据来源)	检验时间
争取在学校、工作单位、社区开展生活技能培训的政策支持	学校/社区/单位和对生活技能培训的了解程度; 学校/单位/社区出台的支持性文件或规定; 相关部门、机构和社区的支持	活动记录; 协会材料; 有关文件; 项目报表; 项目年度报告	及时记录收集; 半年/年度
师资培训	培训师资人数、内容、时间长短; 是否包括态度培训、培训技巧培训; 是否针对实际操作技能(试讲演练); 对接受培训的师资的后续支持情况; 胜任培训任务人数和比例	项目报表; 项目年度报告; 实地观察表	活动之前、之中、之后; 季度/半年/年度
实施生活技能培训教程	对青少年培训次数、每次培训的时间、地点、内容; 参加活动青少年人数; 完成培训教程青少年人数; 对家庭成员培训次数、内容、时间	项目报表; 项目年度报告	每次培训时; 季度/半年/年度
培训前与培训后测验对青少年的作用与影响	了解有关生殖健康知识的人数或%; 能识别危险行为的人数或%; 能说出危险行为预防措施的人数或%; 具备相关态度和观念的人数或%; 具备相关生活技能的人数或%	培训前/后问卷教员观察; 项目年度报告; 跟踪调查问卷	每次培训时; 半年/年度; 必要/可能时

(2) 提供咨询

主要活动	检验指标 (过程或结果指标)	检验手段 (数据来源)	检验时间
制订招募/指定、培训和支持咨询员的计划	咨询员数量及特征(年龄、性别、理解青少年、可靠、负责、交流能力强等)	招募/培训计划; 项目报表; 项目年度报告	视项目进度; 季度汇总; 半年/年度
制订咨询员师资培训计划	师资培训要点与方法	培训计划; 项目年度报告	师资培训之前; 年度
编写咨询手册和培训教材	内容(是否包含关键信息、侧重技能与态度、是否经试用和修改完善)	审阅教材/手册; 项目报表; 项目年度报告	继每次培训与试用之后; 年度
培训咨询员	培训班期数、每期的时间、培训者; 每期培训人数、总人数; 掌握培训内容的人数与%; 掌握咨询技巧的人数与%; 应用新技能的人数与%; 积极参与工作的人数与%; 更新知识与技能的人数与%	项目报表; 培训前后测试; 观察/跟踪调查; 项目年度报告	每次培训; 每季度汇总; 必要时; 年度
向青少年提供咨询	咨询次数与内容; 接受咨询人数; 青少年、家庭成员咨询人数	项目报表; 项目年度报告	每次咨询时; 季度汇总; 年度

(3) 吸收青少年参加同伴教育和其他活动

主要活动	检验指标 (过程或结果指标)	检验手段 (数据来源)	检验时间
制订招募、培训和支持青少年骨干的计划	是否有计划、招募标准; 目标、任务是否明确; 是否理解青少年人群; 信息、原则、渠道是否明确	招募计划/指南; 项目报表; 项目年度报告	活动前; 每次活动时; 年度
招募和培训同伴教育者	招募和培训的人数及其特征; 培训内容; 掌握培训内容的人数与%; 掌握咨询技巧的人数与%; 应用新技能的人数与%; 积极参与工作的人数与%; 辅导员经常性的督促	项目报表; 培训前后测试; 项目报表; 观察/跟踪调查; 项目年度报告	每次培训时; 每季度汇总; 每季度汇总; 必要时; 年度

(续表)

主要活动	检验指标 (过程或结果指标)	检验手段 (数据来源)	检验时间
开展同伴教育活动	同伴教育活动次数与内容； 接触青少年类型与人数； 所接触的青少年团体的特征； 介绍到服务机构的人数； 避孕药具发放数	项目报表； 项目年度报告	每次活动； 月度汇总； 年度

3. 促进青少年获得和利用优质的性与生殖健康咨询与服务。

(1) 提供优质服务所必需的技能和机制

主要活动	检验指标 (过程或结果指标)	检验手段 (数据来源)	检验时间
了解项目地区正规的和非正规的服务机构；了解服务人员(包括私人和政府服务机构)的培训需求	了解的服务机构个数； 了解的培训需求	项目报表； 项目活动记录； 项目年度报告	每年一次； 每次活动； 年度
对服务人员进行服务质量(对青少年友好的服务)和人际交流技巧的培训	符合项目要求的服务人员数量与%； 培训内容、时间、人员、数量； 掌握培训内容情况	项目报表； 培训前后测试； 观察/跟踪调查； 项目年度报告	每次活动后； 每季度汇总； 必要时； 年度
培训药店和私人诊所人员(视当地具体情况而定)	接受培训的服务人员人数与%； 培训内容、时间； 掌握培训内容情况	项目报表； 培训前后测试； 观察/跟踪调查； 项目年度报告	每次活动后； 每季度汇总； 必要时； 年度
对服务人员服务水平、质量的监督评估机制	提供避孕药具能力提高的人数及%； STD/HIV 病例处理能力提高的人数及%； 咨询技巧及服务态度	项目报表； 神秘顾客方法； 服务站出口访谈处； 项目年度报告	每次服务时； 每季度； 必要时； 年度

(2) 促进青少年对服务的利用

主要活动	检验指标（过程或结果指标）	检验手段（数据来源）	检验时间
为青少年提供服务信息	向青少年提供服务信息的活动；向青少年提供服务信息的宣传材料	工作记录；项目年度报告	半年汇总；年度
提供与宣传咨询活动相结合的转介服务	由同伴教育者介绍到服务机构人数	项目报表；项目年度报告	每次活动或每月/季度汇总；必要时/年度

(3) 建立和加强服务转介系统

主要活动	检验指标（过程或结果指标）	检验手段（数据来源）	检验时间
制定建立可持续发展的转介系统的策略	转介机制(转介协议、联系办法)	项目记录；服务记录；项目年度报告	视具体情况；年度
与相关机构交流项目情况和资料	项目报告与资料发放数、发放渠道及受众	项目报表；项目年度报告	年度

培训效果的评估

对于培训效果的评估，通过考察培训的次数、场所、参加人数，学员的职业、背景等项目，可以了解培训的基本情况。次数，培训次数要达到一定的数量，才有效果，次数过少，内容不能完成，达不到培训的效果，次数太多，则会是一种浪费；培训的场所也是对于培训效果的评估极为重要的项目，恰当的培训场所，包括硬件设施等，可以给培训本身增姿添彩，可以使效果更加明显；学员的职业、背景等可以帮助了解不同职业、层次的人各自的想法。要考察对于不同人群的培训，包括青少年(校内与校外青少年)、服务人员、参与式学习与活动的主持人、家长等人的培训，可以全面了解不同群体的人的需求。

对于青少年学员培训效果评估的一个较为可靠的手段便是测试，这也是运用在教育领域中最为普遍的办法，可以了解学员在参加了活动、培训以后所获得的知识，从侧面来了解培训的效果。测试问卷要求学员在参加培训班前做一次，参加培训班后再做一次，这样可以清楚地了解学员在参加了培训以后获得了哪些知识，掌握了哪些内容，可以做一个详细的对比。下述问卷内容可作为参考。培训员可以根据不同的培训目标、内容和学员的情况进行适当的调整。分数可以作为定量评估的重要依据。

（一）生活技能培训班前、后测试

此问卷只是一个培训前、后测试问卷的例子。为了较容易地计算测验得分，可以设计（或选择）10 道选择题（客观题）（每答对一题，得一分），总分 10 分。其他简答题（开放性问题）答案供教员评估之用，而不计分。教员分别在培训前、培训后请学员回答下面的问卷（在正确的答案前划勾）。

1. 下列哪种（或哪几种）体液会传播艾滋病毒？

A. 血液

B. 汗液

C. 精液

D. 阴道液

E. 唾液

2. 为有效地使用安全套，下列哪件（或哪些）事情应了解？

A. 是用羊皮制作的

B. 有效期或生产日期

C. 使用说明

D. 有一个储存精液的小囊

3. 下列哪种(或哪些)行为会感染艾滋病毒?

A. 照顾艾滋病病毒携带者或艾滋病患者

B. 使用公共浴池

C. 在不使用安全套的情况下,与艾滋病病毒携带者发生性行为

D. 与艾滋病病毒携带者共用杯子、碗筷

E. 与艾滋病病毒携带者握手

F. 与艾滋病病毒携带者拥抱

G. 共用针头

4. 下列哪种(或哪些)方法能够保护你避免感染性传播疾病?

A. 推迟首次性行为

B. 只有一个性伙伴(伴侣)

C. 使用安全套

D. 不发生性行为(禁欲)

E. 使用口服避孕药

F. 使用杀精剂

G. 使用紧急避孕药

5. 在下列选项中,坚持自己主见是指什么?

A. 捍卫自己权利

B. 压倒他人

C. 表达自己的感受

D. 尊重自己

6. 最常见(发生)的对健康有害的行为有:

A. 酗酒

B. 吸毒

C. 吸烟

D. 过早地发生性行为

7. 下面哪些是预防性威胁和暴力的办法?

A. 避免诱惑场所

B. 尽早明确交往界限

C. 大胆而且意志坚定

D. 不随意接受礼品

8. 下列哪种避孕方法能够有效地防止怀孕、防止感染性传播疾病?

A. 口服避孕药

B. 安全套

C. 杀精剂

D. 紧急避孕药

9. 正常情况下安全套的保存期限最好是

A. 六个月

B. 一年

C. 两到三年

D. 五年

10. 妇女最容易怀孕的时间为:

A. 月经的第五天左右

B. 月经刚结束时

C. 月经之前

D. 月经周期的第 14 天左右

11. 如果你的男(女)朋友要求你和他(她)发生性行为,你会怎么做?

12. 请谈谈你对自慰(手淫)的看法。

13. 你认为哪些人比较容易感染艾滋病病毒?

(二) 快速评估问卷

下面这个问卷可帮助主持人收集学员的反馈意见,以提高和改进培训内容和技巧。主持人可在培训后请全体学员填写。主持人也可以根据培训的实际情况自己设计新的能够及时反映情况的新问题。该问卷是定性评估的重要依据。

1. 请列出你所学到的最重要的三个内容?你为什么认为它们重要?

2. 请列出培训中你最喜欢的内容?你为什么喜欢这些内容?

3. 请列出你最不喜欢的内容?你为什么不喜欢?

4. 在培训过程中,教师(培训者)运用了哪些培训方法?(请选择)

小组讨论法________ 提问________ 角色扮演________

案例分析________ 其他(请注明)________

5. 通过此次培训,你的收获如何?

A 收获很大________

B 有些收获________

C 没有什么收获________

D 其他(请解释)________________________

6. 请你对教师(培训者)在此次培训中的表现打分。

1	2	3	4	5
很差	比较差	一般	比较好	很好

7. 你对改进培训的意见与建议。

(三) 主持人培训技巧检测表

制订下表的目的在于帮助主持人了解和改进主持技巧,既可以在主持人试讲时使用也可以在实地观察培训时使用。主持人本人、同事及其他评估者均可利用此表来检测主持人的主持技巧以帮助提高主持水平。主持人的培训技巧和水平是影响培训效果的重要因素,因此对于主持人的培训技巧的检测相当重要;评估也需要认真进行。

评分标准:5 分为优秀,4 分为良好,3 分一般,2 分需改进,1 分需要大力改进。

指标(检测内容)	打分					评分理由(备注)
	1	2	3	4	5	
有明确的培训目标(培训目标的明确程度)						__向学员介绍培训目标 __在培训结束时达到预期的教学目标 __其他(请说明)
对课堂练习解释的清晰程度						__每个练习有明确的目标(要达到的目的) __每个练习有清楚的说明、步骤 __鼓励学员思考"为什么?" __安排足够的时间讨论和给学员提问 __其他(请说明)
鼓励学员参与教学的程度						__每个学员都参与教学活动 __其他(请说明)
练习、讨论题与培训目标的相关程度						__问题本身清楚明了 __问题要与达到的目标相关 __其他(请说明)
提问技巧						__主持人提足够的问题 __给学员一定的时间思考 __征询学员的不同看法、意见 __其他(请说明)
提问的合适程度(如问题是否有启发性、需要学员思考、各抒己见等)						__提一些开放性的问题 __使用一些追问性的问题 __其他(请说明)

(续表)

指标(检测内容)	打分					评分理由(备注)
	1	2	3	4	5	
主持人听的技巧						_倾听学员的表达与陈述 _表现出对学员的关注 _其他(请说明)
对学员问题的反应与回答						_尊重学员 _对学员的需求、问题做出反应 _能够处理(应付)比较困难的问题、意见 _开放的、不做评价的态度 _其他(请说明)
主持讨论的技巧、能力						_时间的安排、利用合理 _使用教具辅助教学 _能够应付棘手(困难)的问题、书面 _适时澄清误解、错误信息 _其他(请说明)
归纳、小结的技巧与能力						_引导学员通过练习得出结论而不是直接告之 _归纳总结学员表达的内容而不是本人的观点 _其他(请说明)
对学员的注意程度						_关注到每一个学员(不冷落或忽略任何人) _其他(请说明)
非语言交流技巧(如面部表情、身体语言等)						_目光接触 _没有过多的小动作 _其他(请说明)
培训的准备情况						_事先准备足够的培训材料 _教具工作状况良好
主持人(如果有两个以上的主持人)之间配合的程度						_ _
其他评议:						

服务效果的评估

下面几个检测表从三个方面提供了对于服务效果的评估,包括对于提供亲青服务的机构服务质量的评估,对于亲青服务人员服务质量的评估，接受服务的青少年对于提供亲青服务的机构和服务人员质量的评估。既从提供服务机构和服务人员自身的角度，又从被服务人员的角度进行评估，既考虑了主观因素，又考虑了客观因素，较为全面和真实。评估表的具体内容如下。

(一) 青春健康项目亲青服务质量检测

此表的目的在于对提供亲青服务机构(单位)的服务质量进行评估，帮助服务机构不断改进工作。服务机构本身参照此表每季度做一次自我评估，省市计生协每半年参照此表对服务机构评估一次。

特　征	是	否	意见或建议
服务提供者和工作人员			
工作人员对青少年是否热情友好			
工作人员对青少年是否尊重			
咨询服务			
咨询员是否给予来咨询的青少年足够的服务时间			
咨询员是否使用青少年能够理解的语言			
咨询员对青少年是否和蔼可亲			
咨询员对青少年的行为是否不加评判			
咨询员对青少年的需求和所关心的问题是否能够理解和提供知识方面的帮助			
咨询员是否对青少年提问给予回答			
咨询员是否询问青少年还有其它问题或需求			
咨询员能否提供知情选择，包括禁欲、避孕和体外排精			
咨询员提供的信息是否清楚和有帮助			
咨询员提供的信息是否客观、准确			
医疗检查服务			
医务人员是否给予青少年足够的服务时间			

（续表）

特　　征	是	否	意见或建议
医务人员是否使用青少年能够理解的语言			
医务人员对青少年是否和蔼可亲，对行为不加责难			
医务人员是否向青少年解释注意事项			
医务人员是否提供随访的时间安排、地点等信息			
政策、程序和机构			
青少年的随时来访是否受到欢迎和接待			
对男青年和女青年是否都能提供服务			
服务机构能否提供有关青少年生殖健康宣传的视听资料			
服务机构能否提供受青年喜欢的避孕方法			
服务机构能否提供多种相关的服务			
服务机构是否提供与青少年不相关的服务			
服务机构是否与其他的青少年服务和工作网络有联系			
生殖健康服务的费用青少年能否承担			
服务环境			
提供服务的时间对青少年是否是专门的时间			
提供服务的时间对青少年是否是方便的时间			
服务环境的装饰和布置是否受青少年的喜欢			
服务环境的装饰和布置是否有青少年的参与			
能否保证青少年咨询和体检的房间是隐秘的			
对青少年的咨询是否在单独空间进行的			
服务机构的地点对青少年是否合适			
是否展示有关宣传教育材料（视听、印刷等）			
是否有提供给青少年的宣传教育材料			
青少年总的反馈　对生殖健康服务是否满意			

在提供亲青服务机构的自身评估中，可能会有对自身的要求不太严格的情况，或者与事实不符的情况出现，因此每个季度省市计划生育委员会在对服务机构进行评估的时候，要对有不符情况

的机构提出警告与批评，以期望在以后的监测评估中尽量做到实事求是，保证评估的准确性与科学性。

（二）青春健康项目咨询服务情况检测

下面的表格有助于对为青少年提供亲青服务工作人员的服务情况进行评估。

这个表既可用于服务人员的自我评估，也可用于同事间相互评估。服务人员同事之间应参照此表每季度做一次相互评估。省市计生协每半年参照此表对服务人员抽查一次、每一年普查一次。

服务人员同事之间相互评估时，其中一个是观察者，另一个是被观察者。观察者参照下表给每一项打分、并对相关项目进行分数加和。每一项评分的标准是从 0—2，0 表明被观察人对此项没有任何注意、1 表明注意到了但不够、2 表明对此项做得好。对各项的分数相加便得到总分。此表的总分可能是从 0—42。

检测项目、内容	分数	合计
咨询服务人员是否遵循亲青服务要求的主要指标、内容		
● 询问、了解青少年的需求		
● 是否根据青少年的需求提供有关预防性传播疾病的知识、信息		
● 是否根据青少年的需求提供有关避孕方面的知识、信息		
咨询服务人员表现出建立易于与青少年交流的氛围		
● 称呼青少年的名字		
● 尊重青少年		
● 鼓励青少年问问题		
● 说话的语气热情友好		
● 倾听青少年讲述		
● 对青少年的问题给予反应和回答		

(续表)

检测项目、内容	分数	合计
● 咨询服务人员展示出合适的咨询技巧		
● 目光注视青少年		
● 使用简单易懂的语言		
● 在咨询服务过程中使用直观辅助材料进行讲解		
● 保证理解(听懂)了青少年所说的内容(问题)		
● 开放的、不加评判		
● 提供准确、客观的知识、信息		
● 澄清、纠正误解和不准确的信息		
咨询服务人员在做医学检查前向青少年解释清楚所要进行的检查的程序并回答青少年针对检查的有关问题		
咨询服务中心(点)有一定的宣传教育材料供青少年参阅		
咨询服务人员给青少年发放有关的宣传教育材料		
咨询服务人员为青少年提供转介服务的信息以帮助青少年得到所需的服务		
总体评价		

在服务人员对自己的服务质量进行评价的时候,可能会出现忽视自身缺点和错误的地方,因此需要同事之间做相互评估,但是在相互评估的时候,同事之间的关系可能会影响评估的客观性和准确性。在评估的时候,尽量避免关系相近的同事进行相互评估,如果不能避免的话,要求评估人尽量抛弃私人情感,用客观的态度来进行评估。

(三) 青春健康项目亲青服务情况评估

制订下面表格的目的是为了收集、了解接受服务的青少年对服务的看法和满意程度,以帮助服务机构和服务人员改进服务质量。

服务人员在每次服务之后将此表给接受服务的青少年,由青少年独立填写(在相应的地方划"√")后,投入服务站(室)的意见箱里。每季度由专人负责整理汇总结果,作为改进工作的依据。

每个季度,由项目工作人员对3—5个接受服务的青少年进行单独的"出口访谈"——即在青少年接受服务后,即将离开服务站(室)时针对表中的问题进行提问。

评估项目、内容	好	一般	差
服务人员与你讨论你的需求			
服务人员就你关心的问题与你交谈			
服务人员在了解了你的需求后,为你提供你所需要的信息、服务			
你在服务过程中感觉到受到服务人员的尊重			
你在交谈中可以随时提问			
服务人员就你的问题给予及时的回答、解释			
服务人员所用语言通俗易懂			
服务人员的语气是友好的			
服务人员认真倾听你所说的内容			
服务人员听懂了你所说的内容			
服务人员在整个服务过程中注意力集中			
服务人员使用直观或图解材料帮助你理解所讲的内容			
服务人员听到、听懂了你所有的问题			
服务人员没有任何批评、责备的态度			
服务站(室)有供阅读的宣传材料			
你得到了一些可以带回去阅读的宣传知识材料			
你得到了你所期望的服务,你的问题得到了解决			
服务人员将你转介到其他机构			

	是	否	
如需要,你是否还会到这儿来接受服务或把这儿的服务介绍给同伴			
请列出服务人员为你提供的主要服务内容:			

青少年在对于为自己提供服务的服务人员的质量进行评估的时候,不可避免的会有主观感觉,即有时候服务人员的长相、亲和力、衣着、声音等因素可能会干扰青少年的客观判断。有可能他们并没有做到一些项目,而由于青少年单纯的好感可能会得到好的评价。相反,有些人工作认真,但是由于某些外在原因,比如亲和力不够等等,青少年会将自己的主观意志加在评估过程中。因此,服务人员尽量要做到和蔼可亲,衣着恰当,不会引起青少年的反感。

政策环境的评估

首先,要求实施青春健康项目的各单位把有关政策、资源的情况进行记录,然后由省、市计划生育协会将情况汇总后,每年度上报中国计划生育协会。要对政策环境进行评估,同时也对不同时期(如不同年度)的变化进行比较。制订下面的《青少年生殖健康政策环境评估表》,是为了比较全面、客观,并从不同的角度了解政策环境情况。最好由不同相关单位的人员分别独立地填写政策环境的评估表,然后项目管理实施单位(省、市计生协)对所有的打分情况进行汇总。项目管理实施单位(省、市计生协)在将汇总情况报中国计生协时,需要注明有多少人填写了评分表。

(一)青少年生殖健康政策环境评估

在根据实际情况进行打分时,填写人员可以选择的分数由0—4,4代表很好或很满意,3代表较好或较满意,2代表中间,1代表不太好或不太满意,0代表很不好或很不满意。

政策支持方面

	对现在的情况评分	对去年的情况评分	对开展项目前的情况评分
省市级政府对青少年生殖健康政策和项目的支持情况			
公众对有效的青少年生殖健康政策和项目的支持情况			
政府对开展有关青少年生殖健康的信息与服务的大众性宣传运动的许可程度			
党政领导对青少年生殖健康问题的认识程度			

政策制定方面

	对现在的情况评分	对去年的情况评分	对开展项目前的情况评分
省市对青少年生殖健康有益的政策（若不存在，请填 0）			
省市明确了青少年生殖健康项目的总目标（若不存在，请填 0）			
实现总目标的具体可行的措施与策略（若不存在，请填 0）			
各部门参与政策制定的情况			
非政府组织、社区领导及私营机构参与政策讨论和制定的情况			
政府有关支持对青少年开展性与生殖健康教育、生活技能培训的政策的情况			

组织机构

	对现在的情况评分	对去年的情况评分	对开展项目前的情况评分
省市级的协调机构调动不同部门协助支持青少年生殖健康服务的情况（若不存在，请填 0）			
要求各部门必须协助项目实施的情况			
非政府组织被正式邀请参与政策讨论和制定的情况			
私营机构被正式邀请参与政策讨论和制定的情况			

法律制度环境

	对现在的情况评分	对去年的情况评分	对项目前情况评分
任何年龄的未婚青年都可得到生殖健康服务的政策法规环境			
政策法规保证青少年可以得到必需的生殖健康服务			

青少年生殖健康项目的资源

	对现在的情况评分	对去年的情况评分	对项目前情况评分
政府提供足够的资金资源			
捐款机构(人)提供足够的资金资源			
有足够的为青少年提供生殖健康服务的工作人员			
现有的服务阵地和人员是否充足,以满足大多数青少年的需求			
现有的资源是否根据需求情况合理分配			

青少年生殖健康项目的内容

	对现在的情况评分	对去年的情况评分	对项目前情况评分
除了常规的服务场所外,学校、青少年中心及其他青少年聚集的地方也提供青少年生殖健康服务			
性传播疾病、艾滋病预防知识成为青少年教育活动的一部分			
青少年可以通过方便的渠道得到安全套			
人工流产后咨询成为青少年生殖健康项目的一部分			
对服务人员开展为青少年提供性与生殖健康咨询的培训			
以社区为基地的、以为青少年服务为主体的服务体系(若不存在,请填0)			

评估与研究

	对现在的情况评分	对去年的情况评分	对项目前情况评分
日常性的为青少年提供生殖健康服务情况记录体系的状况(若不存在,请填 0)			
其他有助于了解青少年生殖健康状况的数据来源(如抽样调查、人口普查、区域性研究等)情况			
评估和研究结果用于改进工作(管理)的机制			
针对主要的青少年生殖健康政策问题的研究			

(二) 政策环境评估的偏差

对于政策环境的评估,很大程度上依赖于实施项目的单位对于各项政策的发展和演变的了解、与政府部门的熟悉程度和关系、对于社区与环境的了解。不同的单位对于政策、环境的熟悉程度肯定有所差异,因此可能需要在样本数量较大的情况下,才能够做到较为客观、全面和真实的评估。如果不能达到一定的数量,数据说明问题的功能可能会大打折扣。从主观层面上看,对于情况的评分主要是满意程度,这也取决于各个地区的人员和填表人自身的意愿,有时候政策到位,但对于这个地区的人来说,或者填表人来说,与他们的需求有所差异,有可能认为不满意,而对于另一个地区的人,则满意。因此主观意愿可能造成评估的结果有天差地别。当然这样的情况只是少数,在评估和分析评估表的过程中,要充分考虑到主观意愿的差别。

第十章

青少年生殖健康项目的比较研究

各国逐渐开展的青春健康项目，其中作为重要内容之一的青少年生殖健康项目开始引起社会的广泛关注，这将对人口乃至社会的发展产生深远的影响。虽然由于各个国家的社会经济发展水平存在差异，人们对青少年生殖健康项目的具体内容，特别是对其重点的理解也有所区别。如有些国家比较强调性教育，有些国家比较强调性伦理和性道德，还有一些国家则强调青少年生殖健康服务，但是目前各国（地区）政府均在各自关心的领域内不断调整各种政策和策略，在将青少年生殖健康作为一项长远的发展目标的同时，采取切实、有效的实际行动以提高、改善青少年的生殖健康水平。本章就此作一比较研究。

国际比较研究：社会与文化

青少年在意外怀孕、人工流产、早期性行为、早婚、同性恋以及获取性病/艾滋病信息等方面存在诸多问题。各国采取的较为普遍的策略，一是把生殖健康知识纳入学校教育计划，创立革新的健康教育项目；二是在社区或劳动单位用同伴教育的方式传播生殖健康知识,对青少年进行健康教育干预,努力转变他们不恰当的态度和行为。

基于青少年性健康问题的社会敏感性,在开展青少年生殖健康项目时,许多国家在方法上十分谨慎,充分考虑到了当地的文化、宗教和社会价值观等诸方面的可接受程度。

影响青少年生殖健康项目的因素是多方面的,主要包括社会经济发展水平和社会文化(包括妇女地位、生活方式、习俗和风尚等)状况。

社会经济发展水平。社会经济发展水平对青少年生殖健康项目的实施起着直接的作用,是影响青少年生殖健康项目开展的基本因素。社会经济发展水平实际上是指在经济增长基础上的社会全面进步,不仅包括经济的发展,即在经济增长以后所带来的人均收入的提高和经济结构的变化,而且包括经济发展以后引起的社会变化。这涉及教育的普及、医疗卫生条件的改善、社会福利和社会保障体系的完善及生活质量的提高等。

生殖健康是反映一个国家或地区社会经济发展水平最敏感的指标。在贫困的社会经济条件下,怀孕的妇女和儿童的健康得不到基本保障,不可能达到较高的生殖健康水平,青少年生殖健康项目也不会得到很好的开展。中国的青少年生殖健康项目与世界发达国家相比,中国的经济和社会发展水平较低,制约了中国青少年的生殖健康教育的水平。而美国,由于社会经济发展水平较高,相应带来的性教育的普及、医疗卫生条件的改善、社会福利和社会保障体系的完善及生活质量的提高等,使得青少年生殖健康项目的开展具有很好的社会经济基础。

社会文化状况。就妇女地位而言,发达国家的妇女由于女权运动的发展，妇女地位明显提高；提高妇女地位，就会保障妇女的合法权益；促进妇女参与发展，是实现生殖健康的重要措施。妇女地位的改善，将通过初婚年龄、性别偏好等中间变量间接影响生殖健康。同时，妇女地位的提高，也可以直接影响妇女的生殖健康，即妇女能够保护自身的权益，维护自己的生殖权利并改善自己的健康状况。对青少年生殖健康项目而言，妇女地位提高的发达国家，往往增加了女孩的教育投资；增加女孩受教育的机会，进一步降低了妇女文盲率；提高妇女的整体文化素质，就会促进健康项目的开展。反之，则会影响开展。

生活方式及禁忌习俗与社会风尚。生活方式是影响青少年生殖健康的重要决定因素，是一定经济发展水平下人们的思想观念、文化传统在生活中的具体表现，不良的生活方式将严重影响青少年的生殖健康。

传统文化观念中的禁忌习俗对青少年生殖健康的威胁几乎无所不在，其中最典型的是流行在非洲和阿拉伯半岛的女性割礼(即女性外生殖器阉割)。为了控制女孩的性活动与性经验，大部分女孩在 16 岁以前就接受了这种切割阴蒂、阴道或缝锁大部分尿道和阴道口的手术。由于割礼通常是在未经消毒的情况下进行的，会导致感染、休克、生殖器撕裂与错位。远期并发症则包括尿道感染、性生活疼痛、排经困难和性机能障碍等。目前，全世界有 1.3 亿女性被施行割礼，每年还有 200 多万女孩受到这种阉割的伤害。据不完全统计，由于女性割礼，每年有数千妇女死于感染、大出血或分娩。为此，国际社会将根除女性割礼作为青少年生殖健康项目的一项重要内容，呼吁采取行动，废除传统的割礼陋习。近几年来，非洲不少国家已陆续宣布此习俗为非法。埃及最高法院颁布法令,禁止医生做女性割礼手术。一些国家还对原先以做割礼手术为业的人进行培训,使她们成为合格的接生婆。尽管废除割礼的观念已逐渐得到传播,但在现实生活中,这种手术仍在 28 个国家广泛采用。

禁忌习俗对生殖健康的影响主要表现在心理和生理两方面,生理上的影响相当明显,但更主要的是心理影响。从青少年生殖健康的角度出发,传统禁忌习俗既有有利与不利的方面,也有若干中性的成分,不可一概而论。由于世界各民族的禁忌习俗大多是从历史上传承下来的,由民族传统文化维系,具有强大的社会支持系统,青少年生殖健康项目所面对的并非只是简单的几条律令,而是不可随便阻止及改变的传统惯性。

社会风尚对青少年生殖健康项目也将产生重要影响。性愚昧、性无知不利于青少年生殖健康,性开放、性混乱对青少年生殖健康的危害更大。在生活方式及禁忌习俗与社会风尚方面,如何兴利除弊与因势利导是改善各民族生殖健康状况的关键所在。

当前无论是在发达国家还是在发展中国家,青少年生殖健康问题都是一个不容忽视的严峻的问题。虽然各个国家,地区开展青少年生殖健康项目的侧重点可能有所不同,但都已经把青少年生殖健康问题作为必须立即着手解决的问题来对待。促进青少年生殖健康是保持社会繁荣与稳定,促进家庭健康与幸福的重要保证;帮助青少年健康充实地发展,是对未来社会的最佳投资。

城际比较研究:政策与法规

青少年的生殖健康项目需要在国家和地方的政策法规指导下

进行。国家和地方的政策、法律、法规以及行业法规条例等，对于青少年的生殖健康项目开展有着深刻的影响和导向作用。保证青少年的生殖健康和权利，必须具有良好的、支持性的国家和地方的政策和法律法规作保障，否则，任何个别组织和团体都无法起到宏观调控和指导的作用。

2000年，中国计划生育协会与美国PATH组织达成了为期五年的合作协议，在中国开展“促进中国青少年生殖健康”合作项目。

在项目的开展过程中，各个地区政府为了配合并保障项目的顺利开展，相继颁布、实施了许多相关的法律、法规、条例、实施方案。这些政策法规能否真正满足青少年生殖健康需要？存在哪些尚未解决的问题？为了促进青少年生殖健康政策与法规的建设，更好地维护和促进青少年生殖健康项目的开展，我们力图对项目开展地区现有的政策与法规进行回顾、总结和分析，以期更好地为青少年生殖健康项目服务。

北京和上海均是青少年生殖健康项目的第一批试点城市，两个城市由于自身显著的城市特色，在项目开展中也各具代表性。

(一) 两个城市相同点

1. 两个城市都客观认识到青少年性健康教育的必要性、重要性与艰苦性，都颁发了加强青少年性教育的文件。

在北京，为了增强青少年生殖健康的生活技能，提高教师、家长对青春健康知识的认知程度，营造青少年掌握性与生殖健康知识的良好氛围，根据青春健康项目的要求，各区计划生育委员会联合区计划生育协会、区教委多次制订、颁发关于开展青春健康教育的文件。他们确定了教育内容，包括青春期健康、远离毒品与人际关系、预防艾滋病、生殖与避孕；努力改善本市青少年青春健康状况，增强青少年自尊、自信、积极的性别平等和权利意识，建立安全、健康负责任的性行为能力，塑造健康人格。如 2001 年海淀区计划生育协会联合区教育委员会和区妇女委员会下发“海淀区中学生‘性与生殖健康’教育试点项目框架”文件；2004 年宣武区计划生育委员会和区计划生育协会下发了“关于在全区范围内广泛开展青少年及未婚青年生殖健康暨预防艾滋病知识宣传教育活动的通知”文件。

在上海，市人口和计划生育委员会多次制订关于加强青少年性与生殖健康教育的政策，并促进各区制订开展青少年生殖健康的文件。他们以关怀青少年生殖健康为主题，以青少年生理、心理和伦理“三理”教育为主线，突出人口教育和青春期生殖教育两大重点；广泛开展青春期性生理、性心理以及生殖健康知识宣传，宣传预防性病、艾滋病知识；弘扬社会主义精神文明，引导青少年树立正确的婚恋观，增强社会责任感。如 2003 年，市人口和计划生育委员会联合市教育委员会、团市委以及市计划生育协会下发了“关于进一步加强本市青少年性与生殖健康宣传教育工作的通知”；同年，青浦区人民政府下发“批转市人口和计划生育委员会等八个部门关于开展青少年生殖健康教育意见的通知”。

2. 两个城市都重视和加强政府部门对青少年生殖健康项目的领导，成立了生殖健康项目领导小组、评估小组和实施小组。

无论是北京还是上海，在青少年生殖健康项目启动前后，市、区计生委都利用一切机会，如理事会、研讨会、报告会和汇报会等，进行有力的倡导呼吁活动，以取得各级党政领导和有关部门的支持，促使教育、卫生、妇联、共青团等政府部门和群众团体、社区、企业都参与到项目中来，献计献策，把青少年生殖健康项目纳入政府部门的议事日程。同时计生委也面向社会开展丰富多彩的青少年生殖健康宣传活动，如散发宣传资料、举办咨询会等，从而创造积极关怀青少年性与生殖健康的政策环境和社会环境。生殖健康领导小组、评估小组和实施小组中，既有政府各部门的主要负责人，也有青少年生殖健康的专家学者，还有项目的服务人员和自愿者，从而确保了项目的顺利开展。

3. 两个城市都树立以人为本的务实作风，以青少年需求为导向，针对性地开展性与生殖健康的服务。

在青少年生殖健康项目开展中，两个城市都贯彻科学性的原则，以科学的态度、科学的方法向青少年传输科学的生殖健康知识。并且，针对青少年在性别、年龄以及个体方面的差异进行个性化的生殖健康服务。另外，亲青服务都是青少年生殖健康项目的重要组成部分。两市都在各区建立亲青服务机构，形成亲青服务网络体系，开展亲青服务培训，为青少年提供生理、心理、人际关系、意外妊娠和紧急避孕的援助。

4. 两个城市都关注社会弱势群体的生殖健康状况。

社会弱势群体是指由于某些障碍及缺乏经济、政治和社会机会而在社会上处在不利地位的人群。学术界把社会弱势群体分为两类：生理性弱势群体和社会性弱势群体。前者主要是因为生理原因使其成为弱势群体，如儿童、老年、残疾人；后者则主要是因为社会原因。具体到青少年生殖健康领域，弱势人群主要包括怀孕少女、残疾青少年、外来流动青少年等。这一部分人的生殖健康也是青少年生殖健康项目中的组成部分之一。所以，两市都没有忽视他们的健康状况。如在北京东城区在聋哑学校进行“青春健康”项目活动；在上海，生殖健康项目加强对外来流动青少年和残疾人的生殖健康教育和保健服务，使这些弱势青少年得到有关性健康和生殖健康的适宜教育，获得适宜的服务。

（二）两个城市不同点

1. 就教育形式而言，上海青少年生殖健康项目的教育形式较为丰富。

第一，文化活动。充分发挥学校图书馆、镇、村（居委会）两级文化站（室）、人口学校及计划生育生殖保健综合服务站（室）图书角的作用，组织广大青少年围绕生殖健康教育开展读书、读报、交流心得体会的活动；结合学习，组织各种科普宣传活动。

第二，培训活动。针对不同的青少年人群，采取专题培训、专家讲座、个别辅导和咨询等多种形式，寓教于乐、有针对性地开展生殖健康知识培训活动。

第三，咨询活动。要体现以人为本的思想，在青少年中开展各种形式的生殖健康保健咨询活动。把集中咨询活动和经常性教育结合起来，讲究实效，不走过场。学校充分利用学生心理健康咨询室的作用，开展各类有益于青少年健康成长的活动。

第四，座谈会。抓住带有普遍性、萌芽性的话题，组织青少年开展各种形式的座谈活动，为教师、服务人员与学生、学生与学生之间的相互交流、自我教育创造条件、解除青少年在接受生殖健康教育中的思想顾虑。

第五，讲演活动。组织广大青年朋友上讲台，讲述自己的故事，教育身边的人。通过讲演活动，增强交流，统一认识，为树立良好生殖健康观、人生观和婚恋观营造良好的舆论氛围。

第六,知识竞赛。在青年中,特别是在广大中学生中开展生殖健康以及相关知识的竞赛活动,激发他们学习生殖保健科学知识的积极性。

2. 从有关部门的配合来看,上海在青少年生殖健康教育中落实了各部门的职责分工。

共青团:把宣传青少年性与生殖健康科学知识纳入共青团工作的宣传内容,负责好婚前期生殖健康知识普及工作;将"青春健康"教育纳入社区青少年活动内容,组织青年志愿者参加社区青少年性与生殖健康的同伴教育;把生殖健康知识普及列为外来务工青年培训工程的内容之一;教育广大团员、青年自觉实行晚婚晚育、计划生育和优生优育。

妇联:把对青少年开展生殖健康教育活动纳入妇联宣传工作内容,组织和动员广大妇女积极参与家庭青少年生殖健康教育活动。

人口和计划生育部门:将青少年生殖健康教育纳入重点宣传和培训计划,充分利用人口和计生委系统的网络优势,将开展青少年生殖健康教育活动整合到日常宣传、重大节日宣传等活动之中;协调相关部门开展工作,并组织计划生育协会等社团组织开展有关活动。

教育局:发挥"青春健康"教育的优势,学校积极协助社区"项目办"开展工作,参加社区和有关辅导、咨询活动;将学校"青春健康"心理咨询室、热线电话与社区的青少年教育服务资源有机整合,发挥"青春健康"咨询功能;选派有教育经验的骨干教师作为区"青春健康"项目教育培训和社区项目的师资;将"青春健康"、"青少年性与生殖健康教育”纳入初中、高中的课程，组织4—9课时的教学活动。

计划生育协会：将开展青少年生殖健康教育纳入协会工作的重要日程，组织广大志愿者积极参与此项活动；区计划生育协会要负责好全区青少年生殖健康教育具体项目的实施和评估工作，组织好有关人员积极参加市计划生育协会举办的师资培训。

财政部门：筹措安排必要的资金保证项目的实施，达到青少年生殖健康项目的工作要求。

3. 就青少年生殖健康项目的组织来看，北京了做到“四个结合”。

一是青少年生殖健康项目与中国/联合国人口基金的生殖健康与计划生育项目工作相结合；二是青少年生殖健康项目与计生协开展青春健康项目工作相结合；三是青少年生殖健康项目与计生协开展预防艾滋病知识宣传项目相结合；四是青少年生殖健康项目与计划生育整体工作和计划生育协会建设相结合。

在对北京和上海两个城市的青少年生殖健康项目的比较研究中我们发现也存在一些问题和挑战。如学校性健康教育的政策各个部门之间不统一，缺乏适当的协调与合作；对于青少年性健康教育的内容标准、评价体系和课程安排缺乏有力的政策指导；面向青少年的生殖健康服务网络尚未形成；青少年的性权利缺乏应有的重视、理解和正确引导；缺乏青少年性与生殖健康状况和需求的全国性统计数据。

这些问题有待我们在探索中予以完善解决。首先，我们应该建立健全有效的领导和协调机制，协调统一各个部门的政策，调整和改善现有的政策法规，使之具有可操作性和连续性。其次，参考国外的青春期性教育的教材及经验，确立青少年性健康教育课程的标准以及课程的评价制度和指标体系。另外，整合社会各部门分散的青少年生殖健康项目资源，形成资源共享、优势互补、分工协作、共同推进青少年生殖健康教育和服务的机制。加强对介入青少年生殖健康教育和服务的社会各方面的机构和人员的培训。最后，应该促进对青少年性和生殖健康和权利的认识和理解。

区域比较研究：创新与特色

上海一些区在市计生协的推动下相继成为“青春健康”国际合作项目的拓展区，青少年生殖健康项目逐渐得以深入展开。在这过程中，各区结合实际进行了创新性的探索，形成了自己的特色。

（一）探索创新，构建生殖健康教育新模式——浦东新区

浦东新区的生殖健康项目侧重对校内青少年学生开展生殖健康教育和生活技能的培训。通过试点学校，在有关师资、教材、方法、阵地等方面进行了积极而有效的探索，努力构建青少年生殖健康教育的新模式，营造有利于青少年生殖健康教育的良好社会氛围。

1. 组建以专家为主导的师资队伍

生殖健康教育需要一支合格的高质量的师资队伍，他们是项目推广和发展的前提，是生殖健康教育服务质量的重要保证。浦东新区组建了一支以区教育学院专家为主导，试点学校授课老师为骨干的师资队伍，多次参加市与国家的项目师资培训。

2. 运用 PLA 方法，开展生动活泼的教育

学生是青少年生殖健康项目的第一目标人群，他们在项目实

施的过程中，始终以学生为本，采用PLA方法，充分考虑学生认知特点和学生的实际需要，重在引导、参与和发展，积极探索对学生教育的方法和途径。老师将心理辅导技术引入“生殖健康”教育课程中，渗透到学校的教学之中；与法制教育、家庭教育、德育工作紧密结合；充分发挥共青团学生会和其他学生社团在生殖健康教育中的有效作用；充分利用展览、主题班会、宣传资料等形式和途径开展宣传教育；通过开展丰富多彩的主题活动和社会实践，使学生在活动中学会体验，在体验中学会思考，在思考中学会完善，在完善中学会实践，大大提高了“项目”目标的达成度，收到了良好的效果。

3. 总结实践成果，编写培训教案

教材是规范实施生殖健康教育的重要基础，根据中国计生协《成长之道》教材，结合生殖健康项目教育的实践，该区专聘有关专家审稿，讨论、修改，组织编写了含“青春萌动”、“朋友、父母与老师”、“性是什么”、“生殖保健和避孕”、“艾滋病毒感染与艾滋病”、“远离毒品”等九个课时内容的教案集。教案的编写，不仅使试点学校的老师教育水平得到提升，而且为下一步全区项目试点的推广，师资培训作好教材上的准备。

4. 加强阵地建设，开展“亲青服务”

在对学生普遍开展生活技能培训的基础上，为了使学生的困惑得以解除，各试点学校建立了“亲青服务室”，使之成为青少年生殖健康教育服务的基地。

(二) 积极探索农村地区生殖健康教育新路子——松江区

作为上海的六个项目试点区之一，松江区是唯一的农村试点区。在郊区，人们的性观念相对保守，对性和感情的表达比较含蓄，农村青少年学生家长与子女之间性教育话题缺乏交流，家长文化程度普遍不高，不知如何进行性教育。针对这些农村地区的实际，松江区实施生殖健康教育，就不能搞一刀切，而是采取有针对性的措施，探索农村地区青少年生殖健康教育的新路子。这条新路子是：实行内外联动，积极宣传培训。

在农村青少年学生进行"生殖健康"教育中，转变学生家长等第二目标人群的思想观念尤为重要，这是"生殖健康"教育是否取得如期效果的关键之一。

在校外，针对学生家长们思想中存在的困惑和问题，在培训中以正反两方面大量的事例，让他们切实认识到项目的重要性和必要性，转变他们头脑中旧的思想观念，从而出现了从不理解、不支持到理解、支持和配合的可喜转变。

在校内，营造良好教育氛围的同时，他们注重做到"三个结合"：一是将"生殖健康"教育与正在开展的学习型社区活动相结合；二是将"生殖健康"教育与计划生育生殖保健综合服务站功能相结合；三是"生殖健康"教育与人口计生委的宣传活动相结合。

这些具体的、有针对性的措施，使青少年生殖健康项目在松江产生了一定的影响，已经初步形成了一个良好的教育氛围。人们的传统思想观念正在逐步转变，青少年学生对"生殖健康"教育的认知度越来越高，为进一步搞好"生殖健康"起到了良好的推动作用。

（三）整合资源，促进校外未婚青年生殖健康教育——闸北区

按照青少年生殖健康项目总体要求，运用国际上成熟的理论框架、技术路线和科学方法，闸北区取得了"五个一"的成果，即：组建一支社区师资队伍，编写一部多媒体教育材料，制作一套系列宣传小折页，建立一个亲青服务阵地，形成一个宣传服务工作的网络，为校外未婚青年的性与生殖健康教育提供了良好的保障。

1. 汇集各方人员，建立师资队伍

考虑到校外未婚青年教育师资的配备，该区重新组建了新一轮的由社区教师、团干部、计生协志愿者等具有专业知识、富有爱心和奉献精神的师资队伍，这支师资队伍经市、区师资队伍培训和不断的实践操作，成为有责任心、有爱心、掌握一定专业知识、能胜任 PLA 教学方法的师资。为该区开展校外未婚青年的性与生殖健康教育奠定了良好的基础。

2. 发挥人才优势，编写多媒体教材

针对校外未婚青年普遍存在文化程度较低，求知欲不强，知识面窄的现状，结合该区外来未婚青年的思想、态度和行为，就如何有效进行教育，教什么、怎么教等问题，进行反复实践。一年多来，按照项目实施要求，以参与式学习和行动方法来改变社区青年传统的被动接受教育和服务的地位，使社区青年在接受教育和服务过程中处于主动位置。该区汇集教育系统的人才资源，聘请老师制作编写了多媒体教材，包括六个部分："生殖与避孕"、"性与性行为"、"防止性骚扰"、"远离毒品"、"性病预防"、"艾滋病预防"。教材内容活泼、形象生动，将文字、图案和实例有机地结合，使青年们在接受 PLA 教学方法时通过多媒体的画面激发想象、放松情绪、能有效地促进记忆。此外，还经过筛选、整理，编制了一套青少年性与生殖健康宣传小折页。

通过多媒体教材的教育和宣传资料的发放，切实有效地为未婚青年提供了科学的性与生殖健康知识和信息，解决了共性上的认识和困惑问题，调整和提高了校外未婚青年的价值观和行为能力。

3. 利用相关阵地，开展亲青服务

校外未婚青年比校内青少年更需要社会的关心。帮助校外未婚青年提升性与生殖健康的新理念，帮助他们解决一些认识问题和生活技巧、生活能力上的问题，同时针对他们个性化的、涉及隐私但又需要求助的问题，积极地构筑一个新的服务平台。为此，他们利用现有的活动场地，进行资源整合，建立闸北区青少年生殖健康项目实施基地。基地内设“亲青服务室”，为广大青少年和校外未婚青年发放宣传资料，提高咨询服务，开展聊天交流和生殖避孕指导服务。

（四）建立“社会、学校、家庭”教育模式，开展生殖健康项目——静安区

该区将青少年生殖健康项目纳入区人口与计生工作计划，项目落实到街道及相关部门，有明确的目标、任务，积极开展亲青服务，在学校、社区、家庭做到对青少年的青春期教育和性教育全面覆盖。

1. 开展活动，营造良好的项目运行环境。以“呵护青春——亲青服务进社区”活动为抓手，在全区开展各类宣传教育培训活动，使项目从学校向社区拓展。各街道开展了 PLA 参与式培训、系列专题讲座、图片社区巡展、同伴教育、需求调查，以及加强社会闲散青年和外来务工青少年的教育，基础工作和创新意识有了飞跃，青少年的性与生殖健康观念发生了转变，青少年生殖健康项目在社区做到制度化。

2. 组织社区开展特色主题活动，项目工作更贴近社区实际。各街道组织社区学生、家长、老师开展活动，推动生殖健康项目社区网格化。

3. 项目联动，把“青春健康”、“预防艾滋病宣传教育”向娱乐服务场所、向外来人员拓展。注重青少年生殖健康项目工作与预防性病艾滋病宣传教育项目相结合，与青少年保护工作相结合，与教育系统开展的学生思想道德建设相结合，逐步形成“社会做到关心人，教师做个引路人，家长做个贴心人，学生做个合格人”的社会—学校—家庭三结合的教育格局。

（五）协会优势，整合各方资源，开创生殖健康新局面——徐汇区

徐汇区计生协发挥组织亲和力强的优势和特点，协调社会各方面力量，以青少年生殖健康项目为载体，有效地推动全区青少年性与生殖健康教育工作，取得了良好的社会效应。

1. 健全组织，保障实施。

区计生协会牵头，联合区人口委、区教育局、团区委、区妇联、区青保办等部门，成立青少年生殖健康项目领导小组，明确职责，形成合力，优势互补、资源共享。举办“青少年生殖健康”项目师资培训班，来自学校的领导、心理、生理和卫生老师，社区计生、团委、青保、司法社工干部接受了项目培训，认识了青少年生殖健康项目的目标，掌握了参与式学习与行动的方法，逐步提高了对青少年进行生活技能培训的能力。

利用各种相关活动纪念日关注青少年性与生殖健康权利。各项宣传活动主题鲜明，形式新颖，得到青少年和家长的认可和欢迎。

2. 开辟工作阵地，扩大社会效应。

贴近学校，主动与学校联姻合作。积极为试点学校培训师资，授予 PLA 的教学方法和青春健康生活技能培训知识。

贴近社区，发挥社区分会的作用。各社区分会以计划生育生

殖保健综合服务站和社区人口学校为主要阵地，将服务延伸至家长学校、社区图书馆青少年活动中心等场所；通过开展形式多样的宣传教育服务活动，把项目深入至社区的大学生、消防队员、待业青年和娱乐场所的未婚青年员工中去。

参考文献

《中国青少年生殖健康政策与法规分析》，季成叶、朱广荣，2004 年 12 月。

《文件选编》，中国计划生育协会、帕斯适宜卫生科技组织编写，青春健康项目组，2003 年 8 月。

《文件选编(2)》，中国计划生育协会、帕斯适宜卫生科技组织编写，青春健康项目组，2005 年 4 月。

《中期报告汇编》，中国计划生育协会、帕斯适宜卫生科技组织编写，青春健康项目组，2003 年 8 月。

《生殖健康研究》，世界卫生组织，袁伟、高尔生总译校，《生殖与避孕》，2003 年增刊(2)。

《上海市“青春健康”项目通讯》，2003 年 1、2 期，2004 年第 1、2、3 期，上海计划生育协会青春健康项目办公室。

《青少年及未婚青年生殖健康现状、展望及策略》，青少年及未婚青年生殖健康研究及策略国际学术研讨会学术总结报告，2001 年 3 月。

《生殖健康新目标——实施全球战略》，世界卫生组织家庭与社区健康生殖健康与研究部，周利锋、高尔生总译校，2002 年。

《青春期健康——全球青年发展的重要议题》，肖扬，全国妇联妇女研究所副研究员。

第十一章

青春健康项目的战略发展思考

在青春健康项目的理论探索与实践中，我们已经积累了大量经验，也取得了相当的成绩。如何把这些经验进一步推广，让青春健康项目更广泛、更持久地实施，收获更多的硕果，需要从战略层面上进一步思考。本章将从专业队伍的拓展、市场化服务持续运作、社区工作制度和流动人口的服务等方面，探索青春健康项目的战略发展问题。

专业队伍拓展的长效机制

时代呼唤人才，青春健康事业也系于人才。尤其是在新的社会环境下对青少年进行性与生殖健康的指导与教育的项目，人才的培养、专业队伍的拓展显得尤为重要。我们的着眼点是建立拓展专业师资和服务队伍的长效机制。

（一）完善项目师资培训指导制度

青春健康教育是一项新兴的教育工作，在某种意义上说，这种教育是反传统的。教育者不论是态度观念和知识构成，都需要一定程度的转变和更新，所以需要进行多层次和多形式的培训。

首先，建立国家、市、区县的三级层面的培训体制。参加国家级培训的师资可以培训辅导市级师资，市级师资可培训辅导区县级的师资。当然，参加国家级培训的师资除了指导下级师资培训外，也应当积极投身于项目实践中，把自己的学习成果和心得运用于基层教育实践中。培训体制中应建立晋升和淘汰机制，即工作表现出色的基层教师可以经过推荐和选拔参加上一级的培训，上一级的师资如果不能胜任工作，需要继续进行基础培训。

其次，培训形式和培训内容的多样化。在培训形式上不仅是授课和讲座的单边教育形式，而且需要采用更多活泼、互动的教育方式。比如，采用讨论、看录像、教学展示、观摩教学、社会考察、文艺演出等，以调动学员的积极性和创造性。而培训内容不仅包括理论知识，更要广泛涉猎信息经验、教学实践和社会考察。①

(二) 定期开展各级培训

各级培训不能只着眼于各地目前的教育需求，而要用长远的发展的眼光来看待培训问题。因为随着项目的深入和社会的发展，青少年问题的增多，青春健康教育的需求必然会急速增加。这就要求我们不仅要考虑当前的需求，也要考虑未来的需求，才能使

---

① 浦东新区青春项目办公室，“积极探索改革开放中青春健康教育服务的新模式”，上海市计划生育协会青春健康项目办公室编写，《上海市“青春健康”项目通讯》，2003.2。

青春健康教育长期有效地发展下去。此外，不论是知识、教学方法还是实践都在不断发展，我们必须根据实践中反馈的信息更新培训内容。所以，长期且定期地开展培训就成为必然。

（三）更广泛地吸纳不同人群加入到青春健康教育的队伍中来

为了项目顺利良好发展，我们需要选拔热心此项工作、有较好业务基础和社会工作经验的教师和社会工作者进行培训，建立相对稳定的、不断强化培训的师资队伍。与此同时，也应当认识到，青春健康教育要扎根于更广泛的社会土壤，毕竟观念的转变离不开整个社会的努力。因此，除了专业培训，也需要对家长、社区甚至整个社会进行教育宣传，达到潜移默化的影响。

1. 同步进行家长的培训工作。

家庭是开展青少年性与生殖健康教育的重要阵地，但目前家庭的青春健康教育始终是薄弱环节，许多家长存在着思想观念上的障碍。我们可以通过印发宣传资料、开展家长座谈会，邀请家长参加培训活动等多种方式对家长进行宣传培训。通过宣传教育，让家长理解青春健康教育的意义，不仅涉及生理健康范畴，更关系到青少年的心理与人格的健全，对今后的成长意义重大。家长的理解和支持也是青少年性与生殖健康教育继续发展的动力之一。[①]

2. 重视社会成人教育。

除了针对家长的培训，还要利用各种机会向社会各界更多的

① 长宁区青春健康项目办公室，“采取校内、校外结合，实施青春健康项目”，上海市计划生育协会青春健康项目办公室编写，《上海市“青春健康”项目通讯》，2003.2。

成年人介绍这个项目,传达青少年性与生殖健康教育的信息,获得更多第二目标人群的理解和支持,促进他们对青少年正面的、积极的、科学的影响,使越来越多的成年人了解、理解项目,关心支持项目,结合本职工作,重视对青少年的教育与服务。只有根植于广泛的社会基础之上,才能推进项目的持续发展。

市场化服务的可持续运作

青春健康项目自2000年在我国开展以来,主要依靠的是政府的支持和推动,虽然已经取得了丰硕的成果,但在经费、服务范围等方面还是体现出一定的局限性,很难保证今后大规模、常规化的发展。而要真正推动青春健康项目走上专业化、社会化、个性化的道路,就必须要积极引入市场化的服务机制,充分利用各类非政府组织的力量。在这中间,市场化服务机制的运用又显得尤为重要。它意味着青春健康项目的产业化运作,将带来新的资金来源和新的就业机会,让青春健康项目真正能够“自给自足”地向前发展。那么,究竟应该如何推动青春健康项目的产业化,实现市场化服务的可持续运作呢?

(一) 适当引入收费机制,坚持提供优质服务

目前开展的青春健康项目主要是依靠政府的力量,在学校或者街道社区的层面展开。这种以公共活动的形式提供的服务,主要还是只起到一个基本知识普及的作用,很难满足个性化的服务需求,对于一些现存的个案问题也常常因为人员、资金的限制而无法一一加以解决。同时,这种以公共活动形式所提供的服务,还会

遇到“对象消失”的问题。所谓对象消失，就是指真正在这方面存在问题、需要帮助的群体，因为个人隐私的需要或者害怕舆论的压力而在公共活动的场景下，不敢站出来接受咨询或者帮助。那些积极参加青春健康项目的群体反而在这方面不存在什么问题。这时候就导致了“项目失灵”，项目的初衷无法实现。而要解决这样的问题，引入市场化的服务机制就是一个很重要的途径，它可以通过个性化的服务来满足私密性的需求。此外，青春健康项目的运作现在主要还是局限在试点地区、试点单位，今后如要在全国全面推广，也需要市场力量的参与。

要实现市场化的服务机制，首先我们就需要广泛设立青少年健康服务中心、青春健康培训中心等等诸如此类的咨询、指导、服务机构，通过面对面乃至上门服务的形式满足有特殊需要的青少年及其家长，为他们解答心理、生理、人际关系等方面的困惑，提供紧急避孕和非意愿妊娠的补救服务等等。当然，这些机构的设立是营利性的，是要向被服务者收取一定的服务费的。通过引入收费机制，让市场这只无形的手来推动青春健康项目的纵深发展。同时，当这一领域有利可图以后，必定有更多更专业的人士全职性地投入到这项事业中来，为获取更多的客户而不断提升服务的质量，逐步形成完善的亲青服务网络体系，真正实现青春健康项目的专业化、个性化、社会化。其次，在推动青春健康项目的市场化服务之初，政府应该在政策上和资金上给予倾斜，在税收上给予优惠，扶持这些相关机构的成长。同时，在收费问题上要给予必要的指导和监管，防止出现不合理甚至违法的营利行为。最后，当这个行业逐步成长起来以后，政府要及时出台专门的规范条例，建立严格的市场准入制度和上岗考核制度，使青春健康服务领域走入正轨化和规范化。

(二)与企业结盟开发活动项目,社会效益与市场效益相结合

青春健康项目要想做大做强,必须要注重自身的品牌建设,打造出像"希望工程"一样的知名度,同时在各类活动项目的开发上积极与企业结盟,寻求它们的支持和帮助。这应该是一个双赢的局面,也是实现市场化服务可持续运作的一条捷径。一方面,企业本身拥有较好的硬件设备和场地可供项目的各类活动所利用,企业的富余资金也可以投向青春健康项目的开发;另一方面,通过与青春健康项目合作,企业也可以追求一种广告效应,树立自身的公益形象,享受捐赠的减免税待遇。特别是对于那些经营生殖健康产品的企业来说,在这方面所产生的市场效益会更大,它们倾向合作的意愿也会更强。

通过将社会效益与市场效益结合起来运作青春健康项目,其获取资源的范围将会更广,提供市场化服务的能力也会增强。具体说来,可以如下操作:组织学校青少年观看健康教育片时,可以在电影院打出企业赞助播出的宣传标语;在社区、学校广泛开展以企业冠名的健康教育周;与培训学校、酒店合作开展青春健康教育培训活动,并挂牌设立青春健康教育基地;使用企业生产的生殖健康产品,作为青春健康项目的指定用品;与营业性网吧合作设立"亲情网吧"等等。当然,可以采取的形式还有很多,不限于我们上述所列举的,但总的思路是希望能够通过与企业的结盟,使得青春健康项目的操作引入更多市场的因素,获取更多市场资源的支持,追求社会效益与市场效益的共同增长,从而能够让青春健康项目的运作持续下去。

（三）设立青春健康项目基金，引入项目申请竞争机制

青春健康项目引入市场服务机制并不意味着政府可以退出这一领域。恰恰相反，要形成可持续运作的市场化服务，政府仍然要给予各种形式的扶持，特别是资金方面。因为青春健康项目其实是在建设一项社会公共事业，政府在其中有不可推卸的一份责任。政府应该每年在预算中为青春健康项目列出专款，资助各地的计划生育协会，这样就可以拥有一笔经常性的青春健康项目资金来源。不过与以往不同的是，这笔资金并不是由固定的几个政府指定的组织来使用，而是面向社会公开招标。计划生育协会可以列出年度项目招标计划，社会上的各类服务性组织可以根据自身的优势和专长，撰写项目申请书并进行投标。中标者有资格接受政府委托，保质保量地完成项目计划并获得全额项目经费。这样，政府既通过资金直接扶持了青春健康事业的发展，同时也利用招标、投标制度，在各类社会服务性组织中形成优胜劣汰的竞争机制，保证了青春健康项目完成的质量，促进了市场化服务机制的繁荣发展。

建立社区工作的制度

在计划经济时代，我国各项社会活动都由政府牵头，各主管部门由上而下地逐层推进。这种模式曾经切实保障过人民群众的合法权益，稳定了社会秩序。但随着改革开放的深入发展，特别是随着我国制订的各项制度开始和国际接轨，越来越暴露出这种模式的不完善：信息传递不够及时，理论与实践在一定程度上脱节等等。所以，我们必须把眼光投向社区层面，通过建立社区工作制

度，满足社会对青春健康教育的需求。

(一) 建立社区工作制度的依据

社区研究因其独特的综合性、中观性与实用性而成为中国社会科学研究与社会工作研究中的重要领域。风行世界的“中层社会学”理论和小城镇研究、边区开发、乡村社区综合性发展、城镇社区发展、社区文化教育等一系列社区型问题的理论研究与实践探索，则为建立社区工作制度打下了坚实的基础。

首先，理论依据。社区作为一种地域共同体和社会关系，其功能是不断发展变化的。总的来说，社区的主要功能是：1. 经济功能；2. 社会化功能；3. 社会控制功能；4. 社会参与功能；5. 社会互助功能。我们可以看出社区服务是社区功能的重要内容和表现。

就构成社区的地域而言，地域性越来越不那么重要，而社区的认同感和归属感依然是构成社区的根本因素之一，它们是社区发展的内在动力——社区参与的基本条件。社区作为一种特殊的关系结构，居住于相对固定地域、彼此间拥有建立在地缘关系基础上的人群间所蕴藏的共同行为的潜力，是一种十分宝贵的组织资源和发展资源。

其次，实践依据。从社会的整体结构变迁来看，随着市场经济的发展，原有的计划经济体制下的“单位人”，作为城市居民同社区的关系越来越密切，逐渐变为“社区人”、“社会人”。国家对基层社会的控制方式由“单位制”向“社区制”过渡，行政权力在重组的过程中存在着向社会分化的倾向，权力中心正由以往单纯的政府行为控制向半自治的社区管理委员会过渡。社会流动的增强扩大了人们的社会空间，同时各种非政府组织得到了一定程度的发展。正是在这种宏观的社会背景下，青春健康项目的社区工作制度的建立就有了它的可能性和必然性。①

（二）建立社区工作制度的优点

首先，社区工作制度具有灵活、方便、高效的特点，其覆盖率和有效性较高。尤其是对家长的教育和社会成人教育更要依靠社区来进行。一是因为现代社会工作流动性增强，人们与工作单位的联系比较松散，社区在组织活动方面就凸显其优势。二是由于社区组织熟悉社区成员与社区事务，可提高工作效率，降低成本，减少工作偏差。

其次，青春健康项目中的教育、宣传、调查等工作所涉及的领域更多是人们私人生活范畴内的。由社区这种居民共同体的形式进行，要比行政机构来实施容易得到更多的认可和理解，在实现目标的过程中也会因此更加简便、有效。另外，这种活动会增加社区成员的认同感和归属感，促进社区进一步成熟发展；而社区的发展反过来又会进一步推动青春健康项目的顺利进行。

总之，随着社会经济的发展，“小政府、大社会”的发展环境对我们的工作提出了新的要求。在青春健康项目中除了政府和学校的力量外，需要发挥第三种力量，即社会力量的作用，从而达到平衡、稳定地发展。而目前我国的社会力量发育不足，各种非政府组织和非营利机构无论从数量上还是质量上说，都无法承接从

① 谭晓辉、范文杰，“论我国社区社会保障建设的目标模式”，《商场现代化·学术版》，2005.11，第80页。

政府和企事业单位剥离出来的社会职能，所以具有自治性质的社区就扮演了重要的社会角色，成了基层社会活动的运作主体。可以说，我们的青春项目的实施，以社区为基本落脚点将成为一种必然趋势。①

（三）构建社区工作制度

目前，社区需要承担的管理和服务职能比以往任何一个时期都更为复杂和重要。大量外来劳动力进入城市，社会生活方式变迁，都迫切要求社区作为社会性的管理服务主体，在整个社会生活中承担更多的职能，发挥更多的为社区人服务的社会服务功能。

1. 实施以社区为基础的青春健康项目工作制度。

青春健康项目是一项需要在全社会范围内推广的工作任务，在现今社会环境制约下，必须实行“政府领导、部门合作、学校参与、社区协助”的管理服务体系。社区通过运用自身的资源，在政府提供指导、学校积极参与的基础上，通过社区宣传教育、基本情况摸底、与学校的协作等方式，增加居民对青春健康项目的兴趣，增进了解。一方面，推进项目的顺利实施，另一方面增强社区居民的归属感。

2. 加强社区与学校的合作。

由于青少年在学校中接受的教育不一定能及时为家长和社会所接受，所以在社区这个环节就需要把这一课补上。社区需要及时了解学校教育的进程以及动态，在社区中拓展项目实施的宽度

① 段云鹏，“论新形势下社区社会保障体系的建设”，《黑龙江社会科学》，2005.3，第116—117页。

和广度。时机成熟后，甚至可以由社区主导，把项目推向各部门、学校、居住地，充分发挥社区资源的作用和社会力量。这样，项目就能够得以统一推进，将会取得更好的效果。

3. 开展社区服务和教育。

当前，社区应该发挥自身的优势和特点，与有关部门密切合作，与学校教育相配合，在社区设立青春健康项目工作中心。积极为本社区居民开展青春期问题的咨询和指导。同时，采取有针对性的社区服务和帮助措施，增加居民相关知识水平，缓解因青春期问题带来的青少年和家长的心理压力，增强其自身解决问题的能力。当然，由于我国城市社区总体发育的水平不高，社区资源和设施有限，更缺乏一支高素质的社区管理服务队伍，要有效开展活动，充分发挥社区服务功能还存在着很多困难。因此，必须在加强社区建设的进程中，通过实现社区自治和强化社区功能来发展社区的社会服务组织、逐步实现社区工作的专业化等途径，促进和发展社区的服务和宣传教育功能。

4. 社区的软硬件设施建设。

首先，社区图书馆、电脑室、文化娱乐设施等进行青春健康项目的"硬件"要跟上。社区要承担此社会服务职能，发挥应有的功能，离不开这些"硬件设施"，它们是社区开展活动的物质基础，需要不断加以完善。不过，功能的发挥还受到其他因素的影响，比如可能由于服务质量差，或者社区成员对社区缺少归属感，即使有很好的硬件设施，社区成员也会退避三舍，而这些方面则属于社区的"软件"。加强对社区服务组织的建设是对社区的"软件"的建设，通过这些服务组织的细致工作，使社区成员充分体验到社会大家庭的温暖，自觉自愿地参加到活动当中来。

5. 社区共建意识的培养。

社区意识是指社会群体及个人对于社区在心理上的自我感觉和认同,社区建设和服务需要社区成员的共同参与。青春健康项目由社区主导的目标,其实现在很大程度上需要社区居民有较强的社区建设参与意识,有高度的认同感,进而才能以社区为“家”,对社区活动产生信赖感。只有这样,才能保证项目的良好健康发展势头。

推进流动人口的服务

(一) 流动人口现状

城市流动人口是我国户籍制度的产物,城市流动人口主要是指在城市行政管辖区内暂时居住但并不具有该行政辖区的户籍,以各种方式牟利以取得生活来源和收入的人员。数据显示,我国流动人口已经超过 1.2 亿。在上海这样的大城市里流动人口数量更是超过数百万。大量的农业人口流向城市,一方面说明我国城市化进程加快,另一方面也不可避免地带来了很多社会问题。

流动人口主要来自经济发展和社会发展相对落后的地区,总体上受教育水平相对较低,文化素质较差,法律观念淡薄,因而缺乏理性的判断能力,加之主要从事体力劳动和处于相对较低的地位,往往遭到社会的排斥,所以心理的危机和社会转型时期内的种种道德失衡极易使其中的极少数人走向犯罪。再加上流动人口受教育程度低,个体素质参差不齐,为城市管理带来了许多隐患。①

① 蔡小慎,王天崇,“社区治理与流动人口管理”,《前沿》,2005.1,第 179 页。

（二）对流动人口社会服务状况

流动人口的社会服务现状可以用“服务意识淡薄，社会保障缺乏”来形容。一个时期来，有关管理部门因长期受计划经济体制影响，为流动人口服务的意识观念陈旧保守，甚至存在歧视心理。同时，社会相关管理部门忙于应付其他事务，缺少对流动人口正常的法制教育和生活关怀，使流动人口素质难以提高，无法融入城市主流生活。他们苦闷彷徨，又无力改变生活现状，长此以往，致使少数流动人员滋生对社会仇视、排斥情绪，最终走上违法犯罪的道路。

流动人口以一种不平等的身份进入城市，被各类制度排除在城市社会成员之外，各方面环境都相当恶劣，合法利益得不到保障。

1. 生活环境差。多数流动人口一般租住在城郊结合部、偏远乡村的出租房内，居住环境差，条件简陋，靠打工的微薄收入维持温饱，没有教育、卫生和医疗等保障措施。

2. 工作环境差。一些用人单位为追求最大的利益，只看重流动人口劳动力的廉价性，而忽视对其日常教育管理。有的建筑工地为方便管理，借统一保管为名，将外来务工人员的身份证、暂住证收缴扣押，严重侵害了流动人员的权益和自尊。

3. 社会环境差。社会上正规劳动就业服务和维权保障部门较少，一些不正规的小型职业中介有了可乘之机，他们以介绍工作为名，采取欺骗、乱收费等手段牟取暴利。

正是由于流动人口及对其服务的状况不容乐观，我们不论从流动人口自身需要出发，还是从建设和谐社会的需要出发，都应该高度关注流动人口这一群体。而流动人口中相当大的一部分是青年群体，即使其自身已经不属于这个范围，他们随迁的子女即通常说的农民工子女也基本上处于青少年的层次，因此面向广大青少年的青春健康项目就必须要涵盖他们，关注他们，包括教育和社会服务。

（三）推进流动人口青春健康服务的具体办法

首先，加强队伍组织建设，建立健全管理网络。一是健全领导组织机构。坚持党政领导、社区为主、多方参与、综合服务，理顺体制，强化综合治理，建立市、县（区）、镇（街道）、村（居民区）四级联动组织工作网络，成立流动人口服务办公室，以下各级均按相同原则设立专门的流动人口办公机构。其中，居民区级流动人口办事机构的设置可结合社区建设一并考虑。市流动人口办公室主要负责全市流动人口服务工作的指导、监督和考核，其他各级按相应地域划分做好流动人口的管理、教育、宣传、帮扶等工作。二是加强专业服务队伍建设，在现有服务队伍基础上，进一步做好招收、培训、教育等工作，对年龄大、责任性差等不适合流动人口服务工作的人员坚决予以清退，也可将流动人口中政治觉悟高、文化程度高等条件较好的人员，吸收到为流动人口服务的工作队伍中来，发挥他们自觉自愿、熟悉情况的优势。三是完善考核机制。建立各项工作制度特别是考核考评制度，由各级流动人口办公室负责对专业服务队伍进行日常检查监督，并结合当地实际工作情况进行考核、奖惩。

其次，建立流动人口服务平台，推行“动态化”管理服务。由市政府牵头，以社区为主，各有关部门分工负责，在全市范围内建设流动人口网络服务平台，该系统可以包括劳动就业、计划生育等信息内容。管理服务人员将日常工作中登记办证的流动人口的信息资料及时、完整地输入电脑，劳动房屋中介、私房出租户、建筑工地等按要求定期向管理机构申报有关流动人口情况，做到专管检查催办和主动上门申报“双向”结合，确保流动人口信息的规范完整。①

最后，在搭建服务平台的基础上，推进社区对流动人口的青春健康服务工作。可以由服务平台提供流动人口的具体信息，社区根据区域内流动人口的具体情况，开展有针对性的青春健康教育和服务。一方面，是对青少年性观念的宣传和正确引导。另一方面，对青少年的家长也需要进行一定的教育和引导。由于流动人口大多来自偏远地方，观念也相对保守，所以怎样采取灵活多样的教育方式，使其真正接受，从而实现青春健康项目的目标，就成为对流动人口服务的关键。

加强实践探索和理论创新

理论与实践相结合是马克思主义的一项基本原则，也是我们从事一切工作的根本方法，对于青春健康项目来说也不例外。2000 年，当中国计划生育协会与美国适宜卫生技术组织(PATH)达成为期五年的合作协议时，青春健康项目还是一片空白。六年来，正是紧紧围绕当代中国的实际状况，通过试点地区和试点单位的一步步摸索，青春健康项目才逐渐成熟壮大起来，取得了今天的成绩，这其中蕴含着的正是一个不断探索和创新的过程。通过实

① 李谦，“流动人口长效管理机制研究”，《公安研究》，2005.2，第 29—30 页。

践，我们知道了哪些服务和培训内容是必须的，哪些活动项目是需要开展的，采取什么样的形式开展是富有成效的；通过实践后的理论研究，我们总结了经验和教训，得出了某些规律性的操作办法和工作思路，确立了项目开发的基本原则，从而指导了下一步实践的开展。可以说，实践探索和理论创新已经成了青春健康项目的生命线，成为青春健康项目成功与否的关键。展望未来，只有在巩固现有成果的基础上继续加强实践上的探索和理论上的建设，才能促进青春健康项目规模和质量的进一步提高。

第一，要从个别试点走向全面展开

青春健康项目在成立之初基于我国理论和实践上的空白，是以个别试点的方式展开的。每一个试点地区也是在辖区内选择了个别学校或者街道、里弄作为试点单位，逐渐摸索青春健康项目的工作思路。从推广同伴教育、生命教育等 PLA 教育法到广泛建设“亲青服务”网络；从编写培训教材，开展基础知识普及、师资培训、主持人培训到组织项目考核评估，举行项目总结交流会等等，各试点地区已经积累了大量的实践经验，并逐渐突破原先的试点单位而将青春健康项目在辖区内全面展开。随着试点阶段的结束，接下来必然要走的一步就是将青春健康项目推向全国。这一步其实才是最为关键的一步，因为我国区域之间的差异非常大，包括经济发展水平、文化教育水平和风俗习惯等等，试点地区、试点单位所总结出来的经验做法不一定能适合于某些偏远落后地区。这就要求我们在推广的过程中不断地对现有机制进行修正，及时挖掘新方法新思路，而这又将是新一轮的实践探索，同时也必定会进一步完善我们现有的理论甚至会有所创新。这是一次机遇，也是一次挑战，我们应该利用这次跳跃，实现实践上的再突破和理论上的升华。

第二,要从政府一级推向政府、社会、市场三级互动

目前青春健康项目在我国的实践主要是依托各试点地区的计划生育协会的力量。一般是其下设青春健康项目办公室,由地方财政局拨付专项工作经费,由地方政府、党委宣传部、教育局等联手,共同推动项目的开展。可见,政府成为开展青春健康项目的唯一支柱。这样一种局面在项目启动时期也许是必要的,但随着项目的逐步深入,这种一级态势的架构就显得比较单薄,很难满足全面展开后来自学校、社区、家长、青少年等社会各方面的专业化、个性化要求,从而出现理论上所谓的"政府失灵"现象。政府的财力和精力毕竟是有限的,要解决这一问题就必须要发动市场和社会的力量。市场力量是一只看不见的手,能够引导人力和资源投向有利可图的地方,从而间接满足社会的需要。青春健康项目中相当一部分内容是可以市场化的,如咨询业务和培训业务,不需要政府全部包揽下来。我们应该通过市场化服务的方式来扩展青春健康项目的服务范围和服务水平。至于社会的力量,最重要的就是非政府组织。这是一种自下而上建立的组织,因而更能够反映和满足基层群体的真实需求、特殊需求。非营利性组织可以弥补政府做不到、市场不愿做的空白地带。同时它也可以通过募捐的方式筹集更多的社会资金和物资,来支持青春健康项目的开展。除此而外,社区也是非常重要的一块社会场域。

虽然青春健康项目从政府一级"单打独斗"发展为政府、社会、市场三级互动联手经营,给我们展示了非常美好的发展前景,但就目前而言,不管是市场的力量还是社会的力量,还都处于空白状态。如何从无到有地开发出这两部分的力量,则需要我们继续努力。而理论上的建设也非常关键,它将具体指导这样一个复杂的过程。

第三，要从实践到理论全面落实科学发展观

党的十六大以后，中央提出了以人为本、全面协调可持续发展的科学发展观。这是我们党以邓小平理论、“三个代表”重要思想为指导，在长期发展实践中的经验总结和理论升华，是全面建设小康社会和推进现代化建设始终要坚持的理念，也是我国青春健康项目长远发展要坚持的重要指导思想。坚持科学发展观，首先要统筹规模、质量、结构、效益的协调发展，尽快把青春健康项目的工作重点转移到提高质量上来；其次要在青春健康项目的开展过程中时刻注意以人为本，不能出现为了出成绩、出政绩而不顾青少年真实需求的现象，也不能出现为了项目操作方便而忽视效果、忽视青少年接受度的现象；再次，要注意青春健康教育的内容与其他国民序列教育内容的协调与配套衔接。小学有小学的教育内容，中学有中学的教育内容，大学也有大学的教育内容，相互之间要系统化，逐步深入，从而形成一个健全的教学体系；最后，要统筹青春健康项目在城乡之间与区域之间的协调。我国城乡之间、区域之间就目前而言差距还是很大，这是青春健康项目全面展开后必然要面对的问题。而要真正按照科学发展观的要求处理好上述问题，就必须要始终加强实践探索和理论创新；青春健康项目的实践探索和理论创新也要紧紧围绕上述问题展开，与时俱进。

第十二章

青春健康教育理论的发展趋势

我国进入了一个日益开放的时代，全球化、信息化的快速发展，对我国的社会结构、政治形态、思想观念、文化传统、交往方式等方面产生了复杂的影响。传统文化与现代文化、东方文化与西方文化、新旧价值观念不断碰撞冲突，多渠道的大众传播媒介，广泛频繁地提供了大量的信息。在如此社会环境中成长的青少年，其性观念、性道德日益呈现多元化的倾向。一方面，他们崇尚科学，尊重人性，注重人的个性发展；另一方面，也有人对性行为不负责任和放任自流。这不仅严重影响了青少年的健康成长，也对人们的生活、社会的安定甚至人类的生存构成威胁。目前我国在青春健康教育方面已经取得了积极进展，但青少年日益增长的需求将对青春健康教育及其理论不断地提出新的挑战。

人口数量与质量的远景

(一) 中国人口数量发展趋势

2005 年 1 月 6 日，中国迎来 13 亿人口日。这既标志着我国人口与计划生育工作获得了巨大成绩，有效减轻了我国和世界的人口压力，也同时提醒我们：当前的人口呈现出变动与发展的新的态势，社会发展将面临着新的严峻挑战。

人口众多仍然是我国长期面临的首要问题。作为世界第一人口大国，尽管中国人口再生产类型实现了由“高出生、低死亡、高增长”到“低出生、低死亡、低增长”的历史性转变，人口已经进入低增长时期，未来20年人口增长速度还将进一步减慢。然而，生育水平降到了更低水平以下并不意味着人口数量实现了零增长，更谈不上适度的人口规模。我们只能说，多年来人口增长过快的势头得到了初步的控制，在解决人口数量的问题上，实现了历史性的转折。由于人口再生产自身的发展规律和人口增长的惯性作用，又有庞大的人口基数，中国人口数量仍然要继续增长几十年，总人口还要继续增加。国家统计局日前的一份对我国人口发展的分析报告指出，未来2010年和2020年，人口总量将分别达到13.6亿和14.3亿；人口总量高峰将出现在2030年前后，达到14.65亿左右，峰值后即可实现零增长①。这比国内外以往的预测峰值人口数量减少许多，时间也提前许多。例如，联合国1998年的中位预测2040年中国总人口为15.04亿，其后还要再增加一些才能达到零增长，人口总数相差0.5亿，时间也相差10多年。这意味着我国的人口总量高峰将提前到来，这无疑将会对我国的经济、社会、资源、环境形成巨大的人口压力，这种日益增加的人口压力，将特别明显地在就业、粮食、耕地、淡水、能源等方面表现出来。

人口学通常将15—59岁或15—64岁称为劳动年龄或生产年龄人口，其中部分人口正是需要接受青春健康教育的对象。劳动

---

① 宋时飞，“未来人口形势不容乐观”，《中国经济导报》，2005年1月8日，第A1版。

年龄人口是劳动力的源泉，是劳动力供给的决定性因素。从 20 世纪 80 年代开始，15—64 岁劳动年龄人口数量便不断上升，逐渐进入劳动力空前增长高峰期。预测显示，到 2017 年我国劳动年龄人口总量将达到峰值 10.00 亿①，中国劳动力供给最为丰富的时间还将维持 10 年左右；这期间也是农村劳动力转移和人口城市化加速推进时期，城市劳动年龄人口增长将更为突出。尽管劳动年龄人口的增长为经济社会发展创造有利环境，突出表现在劳动力人口社会抚养负担的减轻，为经济发展提供了人口年龄结构变动的"黄金时代"或"红利期"，但同时也使我国面临着巨大的就业压力。

此外，老年人口增长迅速，人口老龄化进程加快也是我国人口发展变化的特点，未来半个世纪内将迎来人口老龄化高峰。2000 年中国 65 岁及以上老年人口比重达 6.92%，开始进入老年型社会，但尚处于人口老龄化早期。随着多年来生育水平的下降和人们健康水平的提高，未来中国人口年龄结构类型将急速从轻度老龄化转变成重度老龄化。预测表明，我国老年人口数量可由 2000 年的 0.87 亿，增加到 2010 年的 1.16 亿，2020 年的 1.74 亿，2030 年的 2.38 亿，2050 年的 3.23 亿。与总体人口变动比较，65 岁以上老年人口比例可由 2000 年的 6.92%，上升到 2010 年的 8.50%，2020 年的 12.02%，2050 年达到最高峰值时的 22.97%②。老年人口是整个人口的一部分，老年人口的比例变化必然引起其他年龄组人口的变化，特别要注意的是，各个年龄组的人口群体是抚养和被抚养的关系，因此，人口老龄化问题不仅是

① 蔡昉，"我国人口总量增长与人口结构变化的趋势"，《中国经贸导刊》，2004 年第 13 期，第 29 页。

② 周丽苹，"中国人口的现状与未来"，《百科知识》，2005 年第 14 期，第 5—8 页。

老年人口问题，而且是与每一个人都息息相关的问题。人口年龄结构老龄化对投资、储蓄、生产、消费、产业结构等经济发展，对婚姻、家庭、伦理、道德等社会发展会带来一系列影响，庞大的老年人口不仅将对中国的经济发展造成极大的压力，而且也使青少年作为子女将面临的家庭养老支持能力受到日趋严峻的挑战。

可见，21世纪，我国将先后迎来劳动年龄人口、总人口和老龄人口三大高峰，相应地，人口转变也会形成人口结构的变化。当人口数量增长和结构发生变化之后，未来的青少年将开始面对人口总量造成的就业压力和人口结构变化造成的社会负担加重的双重挑战。

（二）中国人口质量状况与前景

尽管未来的人口数量增长将会大大地加重对资源、环境、经济发展和社会发展的压力，但是人们生活质量不断提高、健康水平不断改善的趋势是不可改变的。人口和其他事物一样，具有数量和质量两方面特征。人口质量是与人口数量相对称的概念，它是反映人口总体的质的规定性的范畴，亦称人口素质①。人口作为社会生活的主体，有多方面的质的规定性，从不同的角度考察，其质的规定性也有不同的内容。人口学所讲的人口质量，一般指的是人口总体的身体素质、科学文化素质以及思想道德素质，它反映了人口总体认识和改造世界的条件和能力。就中国而言，在人口数量和劳动力供给过剩的情况下，人力资本的积聚主要

① 穆光宗，“中国人口素质问题研究”，于学军、解振明主编，《中国人口发展评论：回顾与展望》，人民出版社2000年版，第116页。

取决于人口质量。

随着改革开放、经济建设和教育、医疗卫生事业的发展，人民生活水平得到了极大的提高，中国人口素质总体上有了显著提高。从人口的身体素质来看，中国人平均预期寿命由不足 40 岁大幅上升到目前超过 70 岁，是世界上平均预期寿命上升最快的国家之一。人口死亡率大幅下降，解放前高达 20‰，1996 年降至 6‰。婴儿死亡率降幅更大，从 20 世纪 40 年代的 200‰下降到 2002 年的 29‰①。从人口科学文化素质来看②，文盲半文盲人口比例下降，1982 年人口普查时文盲半文盲人口占总人口的 22.8%，1990 年下降到 15.7%，2000 年普查 15 岁以上人口中文盲半文盲 8 507 万，占总人口的 6.72%，18 年来年平均下降 0.9 个百分点。具有中等教育水平人口比例大幅度上升，2000 年我国初中文化程度占 34.0%，比 1990 年的 23.3%提高 10.7 个百分点；高中文化程度占 11.1%，比 1990 年的 8.0%提高 3.1 个百分点。具有大专及以上文化程度的人口占总人口比例上升较快，从 1990 年的 1.4%提高到 2000 年的 3.6%，尤其是 90 年代为历史上高等教育发展最快的时期之一。从人口的思想道德素质来看，随着经济的发展，社会的进步，我国人口的思想道德素质也有了一定的提高。封闭的自然半自然经济的打破，生产方式和生活方式的改革，引致人们的思想观念发生深刻的变化，被动盲从、因循守旧、墨守成规、安于现状、不讲效率、不思进取等思想观念逐步被打破，代之以独立思考、竞争意识、市场观念、劳动生产率观念和开拓创新、积极进

① 田雪原，“全面建设小康社会中的人口问题（下）”，《人口学刊》，2003 年第 6 期，第 3—11 页；及国家卫生部监测统计数据。

② 国家统计局，《中国统计年鉴 2002》，中国统计出版社 2002 年版，第 106—110 页。

取的精神，这是适应现代社会要求的思想素质，是中国人思想观念的进步。

从我国实际出发并参照国际惯例展望未来的人口素质，在身体素质方面，婴儿死亡率以年平均下降 0.3 个千分点计算，则 2010 年可下降到 26.9‰，2030 年可下降到 23.9‰；男女合计，出生时的预期寿命以年平均提高 0.2 岁计算，则 2010 年可提高到 73 岁，2020 年可提高到 75 岁。在科学文化素质方面，考虑到文盲半文盲人口多集中在老年人口群体，随着老龄化的到来和速度的加快，老年人口年龄死亡率又比成年和青年高得多因素的影响，预计 2000—2020 年文盲半文盲比例比 20 世纪 90 年代多下降0.1—0.2 个百分点是可能的，2020 年则可基本上消除文盲和半文盲。具有大专以上教育程度人口所占比例，若继续保持 90 年代年平均 0.17 个百分点的速度递增，则可上升到 2010 年的 4.8%，2020 年的 6.5%。人口身体、科学文化素质的提高将有利于全面建设小康社会目标的实现。

虽然我国的人口素质有了大幅度的提高，在世界排位上升许多，也会有很好的前景，但从横向比较的角度来看，即在世界体系中观照中国的人口素质，则不容乐观，如中国人口平均受教育程度比较低，在业人口中 15—24 岁青年学龄人口依然占了相当的比例。另外，值得关注的是，在整个社会不断向前发展的同时，人口素质的城乡差距、东西部差距不是缩小了，而是拉大了。大中城市的先进与广大农村的落后、东部沿海地区的发达与中西部内陆的不发达形成了鲜明的对比，贫困地区孕产妇死亡率和婴儿死亡率偏高，文盲率的地区差异也较大等。此外，如何克服发展市场经济过程中出现的西方思想文化的消极影响，尤其是自私自利、金钱至上、享乐主义思想对青少年的腐蚀，也将是未来提高人口素质过程中急需解决的问题。

(三) 时代背景赋予青春健康教育的重要意义

近十年来，针对青少年性与生殖健康的现实状况，遵循“关爱、理解、尊重和支持”的基本原则，我国在全社会倡导关心和重视青少年的性与生殖健康问题，以健康教育和适宜服务为手段，在改善青少年性与生殖健康状况、创造有利于青少年成长的宽松社会环境方面作出了不懈努力①。但如上所述，未来几十年，中国人口与发展将进入新的历史时期。在稳定低生育水平的前提下，中国人口将由低增长逐步过渡到零增长，人口总量达到峰值后开始缓慢下降。与此同时，中国人口与发展的矛盾依然尖锐，面临诸多困难和挑战，特别是在完善社会主义市场经济体制的过程中，各种矛盾和问题将进一步显现，人口与发展问题面临的复杂性依然存在。在这一时代背景下，青春健康教育不仅对青少年个人，而且对整个社会、整个人类都具有极其重要的意义。

青少年从心理的发展来看，还处在半幼稚、半成熟的时期，是独立性和依赖性、自觉性和盲目性错综矛盾的时期；特别是青少年社会化程度还比较低，对社会缺乏了解和适应能力；性成熟提前又拉大了开始正常性生活的时间差距。一般情况下，我国青少年从产生性意识、性要求到能够发生为社会所认可的合法性行为，需要等待 10—15 年。由此可见，现代社会的青少年，一方面，他们的青

① 田少军、王一兵，“中国人口与发展：成就与挑战”，《中国人口报》，2004 年 9 月 9 日，第 1 版。

春期发育大大提前，另一方面，结婚的年龄却大大推迟，这就使得被国外心理学家称为“性的失业期”的中间时期延长了，使得性冲动与性抑制之间的矛盾更为突出，也引起了个人性需求与社会性要求的矛盾①。及时解决这些矛盾，是未来开展青春健康教育的新课题。

青春期所发生的一系列性生理和性心理变化，在青少年过去的经历中是从来没有过的，这种由于性成熟带来的身心变化所引出的矛盾和问题以及由此形成的情结，如果不能及时得到解决，将会对青少年未来生活和身心健康与发展产生消极影响，以至于影响他们的一生。

全方位的青春健康教育，可以让青少年了解性生理、性心理、性伦理道德知识，能帮助青少年正确了解自己，认识自己，自觉地要求自己，控制自己，并提高青少年的心理承受能力及对外界不良环境的抗受能力，使他们具有强健的体魄，健全的心理，符合社会道德的行为规范，从而能促进青少年的身心健康成长。这对于提高青少年的素质，乃至于提高全民族的素质都有十分重要的作用。因此，开展青春健康教育也是提高我国人口素质、促进社会主义精神文明建设的需要，应成为我国现代素质教育的一个组成部分。

以人为本与人的全面发展

近年来，人们已越来越深刻地认识到，经济社会的发展，不仅

---

① 赵伟，“应当重视青少年的青春期性健康教育”，《兰州教育学院学报》，2004 年第 3 期，第 38—44 页。

是物质财富的积累，更重要的是人的价值的实现和全面发展。当今的青少年就是未来的育龄人群，青春期遇到的生殖健康以及性心理问题都与人的全面发展息息相关。因此，青春健康教育也与以人为本、人的全面发展密不可分。

（一）以人为本与青春健康教育

在人类社会发展的过程中，始终贯穿着“人”的思想。不过在不同的历史时期、民族国家和文化传统中，有着不同的表现形式，由此而产生各种各样的“人”的理论思潮。“以人为本”是欧洲文艺复兴时期的人文主义者提出的口号，针对的是中世纪神学家们所主张的“以神为本”。一般来说，西方思想分三种不同模式看待人和宇宙：第一种模式是超越自然的，即超越宇宙的模式，集焦点于上帝，把人看作是神创造的一部分；第二种模式是自然的，即科学的模式，集焦点于自然，把人看作是自然秩序的一部分，像其他有机体一样；第三种模式是人文主义的模式，集焦点于人，以人的经验作为对人、对自己、对上帝和对自然了解的出发点①。

我们今天所说的以人为本，是在对当代社会历史发展过程中人的主体地位和作用日益突出的反映中，在对全面建设小康社会不断推进人的全面发展的奋斗目标日趋突出的理解中，尤其是在对片面追求经济增长的发展观所付出的代价日益突出的反思中，提出的一种发展理念。它是科学发展观的本质与核心。以人为本发展观的形成和确立，既是人类不断认识历史和自身的过程，同时也是人类在社会发展的实践过程中逐步突现出来的根本原则。

① 郝铁川，“‘以人为本’与‘以人权为本’”，《检察日报》，2000年1月3日。

以人为本主要有四层基本涵义①：

1. 它是一种对人在社会历史发展中的主体作用与地位的肯定。它既强调人在社会历史发展中的主体地位和目的地位，又强调人在社会历史发展中的主体作用。

2. 它是一种价值取向。即强调尊重人、解放人、依靠人、为了人和塑造人。对人的尊重是实现“以人为本”的前提和基础，尊重人，就是尊重人类价值、社会价值和个性价值，尊重人的独立人格、需求、能力差异、人的平等、创造个性和权利，尊重人性发展的要求。解放人，就是不断冲破一切束缚人的潜能和能力充分发挥的体制、机制。塑造人，是说既要把人塑造成权利的主体，也要把人塑造成责任的主体。

3. 它是一种思维方式。就是实践中，要求我们在分析、思考和解决一切问题时，既要坚持并运用历史的尺度，也要确立并运用人或人性化的尺度，要关注人的生活世界，要对人的生存和发展的命运确立起终极关怀，要关注人的共性、人的普遍性、共同人性与人的个性，要树立起人的自主意识并同时承担责任。

4. 它是一种价值诉求。它不仅关注物的目标，更关注人的目标，处处体现着以人为本的价值诉求。总体来说，以人为本的核心和最终目的在于人，体现着价值尺度从“物”到“人”的转移，是关切现实人的命运和关怀人生价值取向的集中反映，是时代精神的核心。

以人为本贯穿于我国社会发展的各个方面，具有深刻的历史

---

① 陈勇，“关于‘以人为本’研究若干问题述评”，《理论与现代化》，2005 年第 1 期，第 79—83 页。

意义和现实意义，但其具体表现是各不相同的，因而应该同各个领域及部门的实际情况结合起来具体地贯彻①。例如在经济领域，实践以人为本必须首先关注经济平等，要集中力量解决当前突出的城乡和区域发展不平衡的问题。从发展战略上，要注重发挥人力资源在经济增长中的作用，实施人才强国战略，创新人才工作机制，培养、吸引和用好各类人才，大力发展各类教育，构建现代国民教育体系和终身教育体系，建设学习型社会，提高全民的科学文化素质，努力把人口压力转化为人力资源优势，促进国民经济快速发展。在政治法律领域，坚持以人为本就应该落实到与人民群众的根本利益有关的各种措施上。又如在伦理道德领域，贯彻以人为本原则要注意不忽视活生生的个体。

"以人为本"的人不是抽象的人，而是具体的、处在一定社会关系中的、从事实践活动的人。就青春健康教育而言，其根本和主体说到底仍然是将要产生生育行为和选择生存及社会活动方式的青少年，这客观上也就提出了对以人为本的青春健康教育的需求。其基本立足点在于：首先它是以青少年为中心，尊重青少年主体地位的教育；其次，它是以青少年利益为本的青春健康教育，其最终目标应该是增进全体社会成员的共同利益；再次它应该充分尊重生命的价值和青少年的需求，符合青少年的认知特点、情感特点和社会阅历；最后它应该与我国社会和经济发展的总体状况相协调。具体而言，在教育目标上，以人为本的青春健康教育是从我国社会发展的实际需要出发，依据我国青少年身心发展现状和规律，结合

① 黄楠森，"马克思主义与'以人为本'"，《中国高教研究》，2004 年第 4 期，第 33—34 页。

我国社会文化背景和道德规范，制定相适宜的整体化教育目标；在教育原则上，它强调从青少年实际出发，面向全体学生，适时、适度、适当；在教育内容的安排上，它不以知识系统性为轴心组织学习内容，而是以人的需求为轴心组织学习内容，它体现对人的尊重，对人发展的尊重；在教育功能上，它重视个体享用功能、发展功能和培养功能，强调通过内化过程，发展青少年主体意识，把成长的主动权交还给青少年，让青少年自己把握青春的成长；在教育过程中，以人为本的青春健康教育更注重青少年的参与和体验，通过提供丰富多样的活动和练习，除了使青少年获得他们在成长过程中所必要的知识和信息之外，更关注他们的态度以及如何做决定和抵制压力的技能，使他们能够坦然面对成长过程中所面临的各种挑战，在性与生殖健康方面做出健康、安全、负责任的决定。总之，青春健康教育研究的是人，服务的还是人，因而更强调对人的尊重。只有真正尊重人、合乎人性的青春健康教育才能塑造出身心健全、精神优美的个体，才能让每一个青少年的青春都闪亮快乐起来。

（二）人的全面发展与青春健康教育

人的全面发展是从个体发展的角度提出的。每个人生活在世界上，都希望充分发挥自身的潜能，创造幸福美好的生活，实现自己的人生价值。人的全面发展也是社会发展的终极目标和社会全面进步的必然要求。在人类历史上，正是基于对人的关怀和对人的全面发展的理想，诞生了许多进步的社会思想和社会运动，进而推动人类的社会进步。科学社会主义创始人马克思和恩格斯倾其一生所关注和追求的，就是人的自由全面发展的问题。马克思指出："任何人的职责、使命和任务就是全面地发展自己的一切能力。①"而他所设想的共产主义社会，则是自由人的联合体。在那里，"每个人的自由发展是一切人的自由发展的条件。②"根据马克思的阐述，就单个人而言，人的全面发展是指由自然和社会长期发展所赋予每个人的一切潜能的最充分、最自由、最全面的发展和个性的充分自由发展。就内容而言，人的全面发展主要包括以下几个方面③：

1. 人的能力的全面发展，意味着人全面发展自己的一切能力，即全面发展自己的体力和智力、自然力和社会力、潜力和现实能力等，并在实践活动中发挥他的全部才能和力量，这是个体生命赖以存在和发展的生理心理基础。

2. 人的需要的全面发展，意味着个人按照自己的自主活动来发展一切合理的需要，并将较低层次的需要当作直接满足发展"自由个性"最高层次需要的前提。

3. 作为人的生存和发展的基础的社会关系的丰富和发展，表现为人们摆脱了以往个体、分工、地域、民族的狭隘局限性，形成了各方面、各个领域、各个层次的社会联系。

4. 人的自由个性的充分发展，表现为作为主体的人以自己的愿望施展自身各方面才能的自觉、自愿和自主的发展。

人的全面发展，它的实际意思就是指每一个人在以上各方面的充分和最大限度的发展，人由此从自然、社会和人自身中获得最

---

① 《马克思恩格斯全集》第3卷，人民出版社1960年版。

② 《马克思恩格斯全集》第39卷，人民出版社1960年版，第189页。

③ 吴向东，"对人的全面发展内涵的解释"，《教学与研究》，2004年第1期，第84—87页。

大的自由，并从这种自由中获得最大幸福。

自党的十六届三中全会明确提出要坚持以人为本，树立全面、协调、可持续的发展观，促进经济社会和人的全面发展后，人的全面发展的内涵更加丰富①。一是推进人的生活的全面发展。这里既包括人的物质生活的全面发展，也包括人的政治生活和精神生活的全面发展；二是推进人的能力的全面发展。强调提高人的综合素质，发展人的多方面的才能；三是推进人的社会关系的全面发展。强调人、社会和自然的和谐发展；四是推进人的个性的全面发展。强调人的平等、自主和创造性发展。由此可见，人的全面发展是指涉及人的生活和人的能力各个方面的全面提高和改善，强调人的丰富性和完整性。

人的全面发展贯穿人的一生。在从自然人转变为社会人的过程中，社会往往对不同年龄的人提出不同的发展目标，前一阶段的发展是后一阶段的发展顺利进行不可缺少的基础。不言而喻，青少年时期是由幼稚走向成熟的过渡期，是人的全面发展的重要阶段。一日之计在于晨，一年之计在于春，一生之计在于初。青少年思想活跃，追求新鲜事物，生命力旺盛，处于身体成长、世界观形成、个性发展、接受基础知识的黄金时期。这个阶段青少年成长发展的状况将直接关系到青少年一生的成长发展。

人的全面发展也是一个系统工程，必须有社会制度、物质条件、文化环境等各种因素共同来推动和起作用。从一定意义上讲，人的全面发展的过程，是一个不断学习、不断接受教育的社会化过程，包括有系统的、正规的教育如学校对学生的教育和非系统、非

① 孙秀云，"'人的全面发展'的解析"，《行政与法》，2004年第6期，第12—14页。

正规的教育如社会文化、大众传媒、群体亚文化对人的影响和教育。这是一个基础和前提。就个体而言,人由接受教育的社会化的过程学会思考、感觉和行为方式,发展人格与自我,接受社会的价值观念、文化习俗和行为准则,实现"生物人"向"社会人"的转化,从而有效地适应社会,参与实践,才可能实现自身的发展。从这个角度上看,青少年阶段所接受的教育,是每个人今后发展的起点、生长点和前提,关系到今后劳动和就业以及人才成长的更高阶段的事业和生活。

大量的研究结果表明,青春健康教育与青少年的社会化、健康人格的形成、身心的正常发展以及今后恋爱、择偶和婚姻家庭中的良好人际关系的建立密切相关①。要实现青少年全面发展的战略目标,青春健康教育是不可或缺的重要环节。作为系统、规范的素质教育的重要组成部分,青春健康教育有着自身的特点和优势,在促进人的全面发展中发挥着独特的作用。青春健康教育具有独特价值主要体现在其教育对象、教育功能以及教育目标的特殊性。青春健康教育的教育对象是青春期群体,他们性成熟前倾,而社会成熟滞后;他们性意识正处在加速发展中,产生种种不适应,面临种种行为的选择,而他们由于阅历浅、不成熟,行为带有自发性、盲目性;他们与师长、父母、同学和其他人的人际关系出现新的变化,面对变化,他们往往思想准备不足;他们明显表现出的生理、心理、社会三方面成熟的不同步。这就使得青春健康教育承受着其他基础教育少有的重大责任和风险。青春发育不能等待,青春健康教

---

① 刘明矾,"青春期性教育:全球青少年发展的重要课题",《江西师范大学学报》(哲学社会科学版),2002年第2期,第59—62页。

育必须适时;青春期经历不可重复,青春健康教育必须科学,不允许出现任何失误。在教育功能和教育目标方面,青春健康教育以性为主线,从青少年性成熟和社会需要相协调出发,将与性成熟有关的德、智、体等诸多方面的知识相互融合,不仅仅传授性知识,还传递给学生正确的性观念,培养健康的生活方式,建立良好的性道德,珍爱生命,珍爱青春,教会他们学会选择、学会自尊、学会自律、学会自护,使自己的行为符合社会的道德规范。无论是在促进每一个青少年都得到积极主动发展,并在发展过程中寻求个体需要与社会需要相互协调一致方面,还是在最大限度地开发青少年的潜能,使其多层次的生命意义得到充分体现方面,均产生了其他学科教育无法替代的重要作用。因而青春健康教育对于青少年身心的全面发展,进而为人一生的发展奠定坚实基础,起着十分关键的作用。用以人为本的科学发展观看问题,青春健康教育是育人工作的一部分。

和谐社会与公共政策的完善

所谓和谐社会,是指各种要素和关系相互融洽、良性运行与协调发展的社会,这是一个内涵相当丰富的概念。社会主义和谐社会的内涵和特征集中表现为"民主法治、公平公正、诚信友爱、充满活力、安定有序、人与自然和谐相处",它涉及人与人、人与社会、公民与政府、人与自然等多重关系,涵盖了人们的经济生活、政治生活、文化生活和日常生活。人是构成社会的主体,和谐社会以和谐的人为基本要素,没有和谐的人就不可能形成和谐的社会。而和谐的人只有在和谐的家庭、学校和社会生活中才能产生。青春健康教育是培养和谐的人的关键环节，不仅影响到青少年个体的全面发展，而且对构建和谐社会也产生着深刻影响。

如何针对不同年龄青少年的生理心理特点，进行适时、适度、适量、适当的青春期健康教育，仍是一个亟待探讨的问题，这也是促使青少年全面发展和构建和谐社会所必需的。

这里我们着重要谈的是与青春健康教育有关的公共政策问题。

构建社会主义和谐社会，是中国共产党最新的执政理念和崇高的治国理想，当然也是当代中国政府管理的最高价值取向和行政宗旨。作为一种新的社会发展目标，它将从诸多方面对政府管理提出新的要求，其中包括政府的公共政策。所谓公共政策，主要是指政府对公共事务进行管理与服务所制定的规则和措施，本质上是对公共利益进行权威性的公平公正的分配。政府通过制定和实施公共政策，协调社会主体之间的利益关系，化解社会矛盾、解决社会问题，保证社会和谐发展和不断进步。

近十几年来，国家各部门为青春健康教育创造了积极的政策环境，青春期教育、青少年性健康教育也几度列入我国的法律条文①。

1988 年 8 月 24 日，国家教委、国家计生委发布了《关于在中学开展青春期教育的通知》。通知中指出：青春期是人生观和世界观逐步形成的关键时期，适时地对他们进行青春期教育，是促进和保护青少年健康成长的需要。青春期教育包括性生理、性心理、性

① “如何把握青少年性健康教育的度(一)”，《中国学校卫生》，2000 年第 4 期，第 333—334 页。

道德教育三个方面。

1990年6月4日发布的《学校卫生工作条例》第十三条规定，学校应当把健康教育纳入教学计划。普通中小学必须开设健康教育课，普通高等学校、中等专业学校、技工学校、农业中学、职业中学应当开设健康教育选修课或者讲座。

在1992年9月8日卫生部卫生监督司和国家教委学校体育卫生司印发的《中小学生健康教育基本要求(试行)》中，将青春期教育内容融入中小学健康教育内容之中，为在中小学中开展青春期教育提供了可行性依据。

我国于1991年9月4日公布、1992年1月1日起施行的《中华人民共和国未成年人保护法》第三章第十三条中明确规定：学校应当全面贯彻国家的教育方针，对未成年学生进行德育、智育、体育、美育、劳动教育以及社会生活指导和青春期教育。

2002年9月1日起施行的《人口与计划生育法》第十三条规定：学校应当在学生中，以符合受教育者特征的适当方式，有计划地开展生理卫生教育、青春期教育或者性健康教育。

有关的法律法规为在学校实施青春期性教育提供了法律依据。可见，国家在公共政策和立法层面上保障了青少年在学校接受青春期性知识教育的权利，同时也强调，这是政府及学校的法定职责和应尽义务。但是，青少年的这一权利往往并没有像患者享有知情同意权一样得到社会的尊重与承认。人们很少重视青少年性发育过程的健康与否，在家庭里父母子女之间存在着如何谈论性问题的困惑，交流很少；学校里要么回避这类问题，要么简单地规定不准这样、不准那样。社会上把青少年的性行为归类于越轨行为，人们很少会去寻找问题的根源及青少年应有的基本健康权利。这一方面是因为国家对已有政策规定的实施力度还不够,另一方面则是由于相应的公共政策还不完善,无法用制度或机制来保证青春健康教育可持续健康地发展。

1994 年国际人口与发展大会把青少年的性与生殖健康确定为人口与发展要优先考虑的问题之一,青少年获取性与生殖健康信息、教育与服务的权利,也得到明确的强调。“性教育——青少年的权利”,这是在 2003 年的世界人口日,联合国人口基金提出的一个新的概念视角。基于青少年性和生殖健康的要求,政府就应承担以下义务①:

尊重青少年的权利,包括为他们提供有关性和生殖健康的教育,对避孕和预防艾滋病、性病提供咨询服务等;

保护青少年的权利,使他们免受性侵犯,以及一旦遭受性侵犯如何保护自己;

完善青少年的权利,通过立法和行政管理等措施,不断排除青少年获得性教育及服务的障碍,使他们充分参与到相关的教育方案中去。

从这一视角出发,政府及其职能机构应当为此而不断努力完善相应的公共政策。

1. 营造有利于青少年健康成长的社会文化环境。国家和社会政策的制定应有利于积极创造未成年人健康成长的良好社会环境和文化环境。政府职能机构应通过制定规章制度,甚至由权力机构立法,来抑制对青少年健康成长有负面影响的环境因素,

① 过保录,“试论以权利为导向的青少年性教育”,《江苏教育学院学报(社会科学版)》,2005 年第 2 期,第 25—28 页。

抵制各种不良社会风气对他们的侵蚀，严厉打击各种危害未成年人身心健康的违法犯罪活动。同时，还应积极鼓励新闻、宣传、出版、广播影视等部门创作、出版、播放更多、更好、有益于青少年健康成长的文学艺术和影视作品，努力为他们进行正面的教育和引导。

2. 建立健全有效的领导和协调机制，充分整合社会分散的从事青少年教育管理的政府部门、社会团体，如政府教育、卫生、人口计生等部门和共青团、少工委、未保委、计生协会等社会团体的力量，形成资源共享、优势互补、分工协作、共同推进青少年青春健康教育与服务的机制。

3. 除主要依靠政府投入外，制定优惠政策，鼓励多渠道筹资，寻求社会各界的支持，多形式、多方面寻求资金，引导和鼓励社会力量兴办公益性青少年活动场所和设施，为青少年开展丰富多彩的课外活动，提高综合素质，提供必要的条件。

4. 切实加强保护青少年权益方面的立法和执法工作，加大执法检查力度，依法督促，落实相应的法律责任，维护和保障青少年权益，为青少年思想道德建设创造良好的法制环境。

青春健康教育的新起点

我国的青春健康教育，起始于 20 世纪 70 年代末，经历了倡导、兴起、摸索、试点、推广几个阶段的发展，逐步成熟起来。时至今日，广大教育工作者对开展青春健康教育的紧迫性和必要性已基本达成共识，并在此前提下坚持不懈地努力与尝试，使这项工作取得了许多新进展。可以说，青春健康教育在今天已逐步趋于明朗化和制度化①。未来的社会将是一个更加开放的社会，青少年的社会生活、行为方式等方方面面正发生着大改观、大整合和大升华，未来的青春健康教育应在以下几个方面有所超越和实践，才会有新的发展。

(一) 青春健康教育应超越性知识教育

在青春健康教育中，性生理知识固然重要，但是青春健康教育应当从单纯的性生理教育发展成为性生理、性心理知识、性伦理道德教育相结合的模式，做到既重视人的生物性，又重视人的社会性。这是因为性问题不仅是一个生物层面的问题，它还有着心理、社会、文化等各个层面的属性。青春健康教育的目标是青少年在生理、心理、伦理等性的诸方面发展健康的综合，包括性生理发展的健康、性心理发展的健康、性道德发展的健康和性保护发展的健康。从这个教育目标出发，青春健康教育就不能只停留在性生理知识和性心理的传授，还要传递给青少年正确的性观念，培养健康的生活方式，建立良好的性道德。只有同时加强性道德教育，青春健康教育才能产生最大的合力，才能有利于青少年的健康成长和社会的健康发展。正如有的学者所指出的，"教育社会成员学会做人，学会辨别是非善恶，引导社会成员树立包括性观念在内的正确的人生观比教会他们掌握专门知识更为重要。"②

总之，性伦理、性道德的培养和建立才是青春健康教育的归宿。但性道德教育决不应该是空洞的说教，必须用科学道理向青

① 王燕，"呼唤尊重:开展青春期性教育的思考"，《思想·理论·教育》，2005年3月上半月，第53—55页。

② 彭晓辉，《性科学概论》，科学出版社2002年版。

少年讲清楚作为社会规范主体之一的道德，是怎样产生和如何在历史继承中发展的，符合本国、本民族社会文化的性道德又是怎样的，使其明白道德能解决当代生物医学所不能解决的难题，对性道德的严格要求是为了人类的健康生存和持续发展[①]，从而有助于青少年做出正确的自主选择。

（二）青春健康教育对象应超越进入青春期的青少年

在我国，性教育长期以来被称作是青春期教育，这里的“青春期”期三字心照不宣地隐藏着一个“性”字，这可能是中国特定的历史文化条件的产物，但这种以青春期教育代称性教育的做法，事实上已经给人们造成了一种错觉，似乎只有青春期才有必要进行性教育，而人生的其他阶段则不需要进行性教育[②]。不可否认，青春期是人的一生当中的性生理和性心理发展的重要时期，抓好青春期的性教育工作可以收到事半功倍的效果。但是，随着时代的进步、人民生活水平的提高，青少年的性成熟的时间也较过去有所提前，青春期教育的提法已经出现了明显的弊端。小学高年级已经有许多学生进入了青春期，如果是抱着等青少年进入青春期后才开展性教育的成见，就会失去性教育的时机。退一步说，即使广大青少年同时进入青春期，那么就能说青春期以前就没有性问题了吗？孩子们的性疑问应该如何解答呢？不同性别的儿童的性别角色应该如何培养呢？再者，青春期之后是否还要进行性教育呢？

---

① 朱琪，“关于青少年性教育的思考（三）”，《中国性科学》，2004 年第 10 期，第 28—31 页。

② 王雪峰，高畅，“青少年性教育的新视野”，《当代青年研究》，2005 年第 7 期，第 41—44 页。

这些疑问提醒我们必须对性教育问题进行重新思考，不能把性教育仅仅看成是青春期一段时间的事情。

另外，性贯穿人的一生，关系着婚姻家庭、健康、生育、人口素质等诸多方面，人生的不同阶段都会面临性问题，只是不同时期的性问题的性质不同而已。因此性教育也应贯穿于人的整个终生，是全程教育，而青春期性教育只是这个全程教育中的阶段教育，这个年龄段的教育目标、教育内容、教育方法也都应是阶段性的、过渡性的、发展性的。青少年处于何种年龄，就完成这个阶段具体的性教育任务，循序渐进，分阶段进行。以瑞典为代表的西方国家的性健康教育往往从小学甚至是幼儿阶段就开始了，一直到成年以后，而国内基本上只是在初中或高中的某一两个年级加以介绍，显然做得不够①。所以，我国的青春健康教育对象不应固守进入青春期的青少年，儿童早期也应得到重视，青春健康教育未来工作的重要任务就是构建从幼儿园到大学的系统的、分阶段的、有针对性的健康教育体系。

（三）青春健康教育应当超越传统的教育方式

我国的性教育一般都是采用传统的说教和读书的单一方式，教师习惯耳提面命，习惯用肯定的事实居高临下地“满堂灌”。但是随着世界经济、信息的全球化，教师在很多方面已不是先知先觉，单一的教育方式已不能适应时代和青少年的需求。因此，今天的青春健康教育应改变教师的主体地位，充分发挥受教育者的主

---

① 闵乐夫，王大凯，“国际青春期性教育现状、发展趋势及其对我国的启示”，《教育科学研究》，2001 年第 11 期，第 56—59 页。

动性，强调他们的自我选择。教育方式上，应当注意由接受式、传承式向体验式、自我教育式发展。除了开选修课或必修课等课题教学外，要更注重青少年的参与和体验，通过提供丰富多样的活动和练习，如录像、讲座、小组讨论、发宣传手册、开办展览、角色扮演、团体游戏、热线咨询、同伴教育等，让学生学会自己做决定，使知识变成学生自己的。另外，还可以利用广播、电影、电视、报刊、网络等载体传播性健康知识和信息。总之，要改变以前较单一的形式，采用灵活多样、生动的、启发式的教育方法。

（四）青春健康教育应当超越学校

在人的性观念的引导、性角色的塑造方面，学校是性教育方面的主渠道，其作用不容忽视。但是，学校决不是教育唯一的场所，学校性教育也不是性教育的全部。人的成长过程是从生物个体逐渐发展成为社会成员的社会化过程，家庭、学校、社会在人的社会化过程中都有各自的重要作用。在性教育的问题上，也必须由学校、家庭、社会进行全方位的教育，才能收到最佳效果。

一般而言，学校性教育偏重性生理、性心理知识教育和性道德教育，而家庭性教育由于个别性和示范性等特殊的优势，既是知识教育，同时更侧重情感教育。父母在情感教育方面具有得天独厚的优势，是学校无可替代的。家庭是青少年建立积极的性情感的场所，父母之间的相互尊重、体贴与关怀，以及适当的爱的表示，如拥抱、亲吻等等，都会让孩子体验到温馨而自然的情感。家庭生活中父母的自身行为对孩子性态度有着潜移默化的影响，这种影响比起学术性教育来，更加深刻而持久，更加有助于健康的性观念的形成。

另外，还要营造一个良好的社会文化氛围，要充分发挥非政府组织在青春健康教育领域的作用，整合社会各部门分散的资源，增设性健康咨询热线和面对面咨询点，进行广泛的咨询、辅导及治疗。

要逐渐完善性教育的功能，促进青少年良好健康地全面发展，仅仅依靠有限的学校性教育是绝对不适合的，应以学校为主体，同时辅以家庭、社会渠道的支持与配合，建立更加多渠道、全面化、立体式的性教育模式。

后　记

上海市计划生育协会组织实施的青春健康项目经历了五年多的实践，积累了丰富的经验。把这些经验上升到理论的高度来总结和思考，是所有参与这一项目的成员的共同愿望。在青春健康项目完成以后，来自上海社会科学院和华东理工大学一些从事社会学研究的年轻硕士和博士，怀着同样的热情加入到了这支研究队伍中来。他们帮助项目进行了理论的总结和提炼，使之形成了一本专著。

摆在我们面前的这本《让青春的日子阳光灿烂——青春健康项目的理论与实践》，是在一年的时间里，通过阅读大量的资料和文献后写成的。黄小妹同志特为本书的撰写提供了翻译资料。

我们相信，这本专著，将继续造福于广大的青少年，继续推动青春健康教育的发展。

青春健康项目在全国许多城市展开，但从实践上升到理论来总结，上海市计划生育协会首先进行了尝试，具有开创性意义。当然，因为这是探索难免存在许多不足和问题，希望读者能够提出批评意见。

本书由中国青少年研究会原副会长苏颂兴研究员负责框架的设计和写作提纲的起草，并完成了全书的统稿工作。孙常敏、刘永良负责书稿的审定。写作分工如下：

序　言　　　谢玲丽
前　言　　　孙常敏
第一章　　　苏颂兴
第二章　　　苏　萍
第三章　　　苏颂兴
第四章　　　刘永良
第五章　　　王　宏
第六章　　　朱眉华
第七章　　　韩晓燕
第八章　　　腾　文
第九章　　　腾　文
第十章　　　王　宏
第十一章　　高延延
第十二章　　佘　凌

在此我们感谢上海市人口和计划生育委员会主任谢玲丽女士为本书作序，上海市人口和计划生育委员会副主任孙常敏先生为本书撰写前言；感谢上海市计划生育协会秘书长沈龙英及王芳，承担了许多写作过程中的组织工作，为写作收集提供了大量的研究资料，并对写作提纲及书稿提出了许多有价值的意见。我们还要感谢上海人民出版社在出版本书的过程所给予的大力支持，特别要感谢责任编辑张珏对本书进行认真的编辑加工，使之得以顺利问世。

苏颂兴　刘永良

2006 年 8 月 28 日

图书在版编目（CIP）数据

让青春的日子阳光灿烂：青春健康项目的理论与实践/苏颂兴，刘永良主编.—上海：上海人民出版社，2006
（上海市计划生育协会青春健康项目丛书）
ISBN 7-208-06571-3

Ⅰ.让… Ⅱ.①苏…②刘… Ⅲ.青春期—性教育
Ⅳ.G479

中国版本图书馆CIP数据核字（2006）第121429号

责任编辑　张　珏
封面装帧　王晓阳

·上海市计划生育协会青春健康项目丛书·
让青春的日子阳光灿烂
青春健康项目的理论与实践
苏颂兴　刘永良　主编
世纪出版集团
上海人民出版社出版
（200001　上海福建中路193号　www.ewen.cc）
世纪出版集团发行中心发行
上海商务联西印刷有限公司印刷
开本635×965　1/16　印张18.5　插页4　字数202,000
2006年11月第1版　2006年11月第1次印刷
ISBN 7-208-06571-3/B·551
定价 26.00元